삼국지 8

도남(圖南)

삼국지 8
도남(圖南)

1판 1쇄 펴냄 2020년 2월 26일

원 작 나관중
편 저 요시카와 에이지
번 역 바른번역
출 간 하진석
출판사 코너스톤
주 소 서울시 마포구 독막로3길 51
전 화 02-518-3919
ISBN 979-11-90669-00-9 04830

천 하 패 권 을 다 투 는 영 웅 들

삼국지

도남

차례

◆◆◆

태양

1

오후(吳侯) 누이동생이기도 한 현덕의 부인은 이윽고 오나라 도읍 땅을 밟았다.

손권은 궁금한지 바로 누이에게 물었다.

"주선은 어찌 되었느냐?"

"오는 도중에 강 위에서 장비와 조운에게 참살당했어요."

"아두는?"

"오다가 빼앗겨버렸어요…. 그보다 어머님 용태는 어떤가요? 어서 뵙고 싶어요."

"모공께서는 후궁에 계시니 가서 뵈어라."

"아직 살아 계시다는 말이죠?"

"아주 건강하시지."

"뭐라고요?"

"아녀자 일은 아녀자끼리 얘기해라."

손권은 의아해하는 누이를 후궁으로 쫓아버린 뒤 정각(政閣)

으로 발걸음을 옮겨 신하들에게 선언했다.

"현덕이 성을 비운 사이에 내 누이는 그곳 가신들에게 쫓겨나 오늘 오나라 땅을 밟았다. 이제 오나라와 형주(荊州) 사이에는 사실상 아무런 연고가 없다. 즉시 대군을 일으켜 형주를 취하고 오랫동안 미뤄왔던 문제를 단번에 해결하겠다. 의견이 있다면 말하라."

그때 느닷없이 회의 중간에 강북에서 첩보가 날아들었다.

"조조가 적벽(赤壁)에서 당한 원수를 갚겠다며 40만 대군을 일으켜 시시각각 남쪽으로 내려온답니다."

갑자기 회의장에 긴장이 감돌았다.

때마침 내무사(內務吏)가 와서 보고했다.

"얼마 전부터 병상에 있던 중신 장굉이 오늘 아침 세상을 떠났고 숨을 거두기 직전에 주군께 유서를 남겼습니다."

"뭐라, 장굉이?"

하필이면 이런 때에 죽다니…. 장굉은 오나라 개국 공신이다. 손권은 눈물을 흘리며 유서를 읽었다.

장굉이 남긴 유서에는 누누이 주군에게 입은 은혜에 대한 감사로 가득했다. 지리적인 이점을 차지하기 위해 오나라 수도는 조금 더 중앙에 있어야 한다고 평소에 생각했으며, 여러 지방을 알아본 결과 말릉(秣陵, 남경南京 부근) 주변 산천이 가장 적합하다. 만년에 이르는 위업을 위한 기초를 다지기 위해서는 반드시 천도해야 한다. 이것이 죽음을 앞두고 마지막으로 올리는 간언이라면서 유서를 갈무리하였다.

"참으로 충성스럽구나. 충신의 유언을 흘려들을 순 없다."

손권은 시시각각 다가오는 전쟁에 대한 조짐에 유의하면서 즉시 정부를 건업(建業, 강소성江蘇省 남경)으로 옮겼다.

건업 땅에는 백두성(白頭城)을 세우고 예전 도읍에 살던 사람들을 이주시켰다.

여몽 의견을 받아들여 유수(濡須, 안휘성安徽省 소호巢湖와 장강長江 중간) 강기슭에 제방을 쌓았다. 이 작업을 위해 매일 수만이나 되는 인부를 동원했으니 오나라가 지닌 강한 국력이 토목 공사에서도 여실히 드러났다.

물론 앞으로 닥칠 재난에 대비한 국방 사업이다. 재난이란 다름 아닌 조조 군 침공이다!

조조는 숙원인 남방 원정을 이루고 오나라에 복수하기 위하여 오래전부터 군비를 확충해왔다.

40만이나 되는 대군.

'언제든' 출격할 수 있도록 준비하여 허도를 떠나려던 참에 장사(長史) 동소(董昭)가 알랑거리며 조조에게 권했다.

"승상처럼 조정에 혁혁한 공을 세운 사람은 역사에서도 유례를 찾기 쉽지 않습니다. 주공(周公)과 여망(呂望)이라 한들 어찌 승상과 견줄 수 있겠습니까? 난세에 일어나 도적과 역적 무리를 평정하고 바람으로 빗질하며 빗물로 목욕하는 등 30여 년 동안 만민을 위해, 한조(漢朝)를 위해 분골쇄신하셨다는 사실을 하늘과 온 백성이 압니다. 이제 슬슬 위공(魏公) 자리에 오르고 구석(九錫)을 받아서 승상이 갖는 위용과 공덕을 천하에 떨칠 때가 아니겠습니까?"

2

어떠한 영웅호걸인들 나이가 들고 처지가 바뀌면 인간 본연이 지닌 약점을 드러내기 마련이다.

조조가 한때 궁문을 지키는 일개 경비병이었던 시절, 비록 지위가 낮고 가난했으나 가슴에는 큰 뜻을 품고 의지를 불태우는 청년이었다. 때때로 동료가 출세를 위해 상관 비위를 맞추며 아첨하는 모습을 볼 때면 조조는 동료를 '비열한 사내로구나' 하며 불쌍하게 여겼다. 부하가 늘어놓는 아첨을 듣고 기뻐하는 상관의 어리석음도 비웃고 멸시하며 침을 뱉었다.

그 시절 조조는 당당한 기개를 지닌 청년이었다.

근래는 어땠을까? 조조도 적벽전 즈음에는 배에서 달구경을 하며 감개 깊게 노령을 셀 만큼 나이가 들었으니, 역경 앞에서도 큰소리치던 젊은 시절의 모습은 온데간데없고 측근이 해대는 사탕발림에 넘어가는 경향을 보였다.

이제 조조도 한때 자신이 모멸하고 비웃으며 침 뱉었던 상관 같은 존재가 되었다. 조정 신하로서 최고 자리에 올랐으니 감언이설이 주는 영향력은 궁문 경비대장과 감히 비교할 수 없을 만큼 막대했다.

"이참에 위공 자리에 올라 구석을 받으면 어떻겠습니까?"

중신 동소가 권하니 조조는 두말없이 동조했다.

'그래. 왜 여태껏 구석을 받지 않았을까?'

금세 의기양양해진 조조는 조정에 구석을 청했다. 물론 뜻대로 처리되었다. 조조는 이제 '위공'이라 불리었고 언제 어디서

나 구석의 예를 누렸다.

구석의 예란 이렇다.

첫째, 거마(車馬)는 대로(大輅)와 융로(戎輅)를 말한다. 대로는 황금으로 장식한 수레며 융로는 병거(兵車)를 뜻한다. 누런 말 8필이 수레를 끈다.

둘째, 의복은 왕의 예복에 해당한다. 곤면적석(袞冕赤舃)을 입고 붉은 신을 신는다.

셋째, 악현(樂懸)은 헌현(軒縣)의 음악과 당하(堂下)의 음악이다. 오르고 내릴 때 반드시 악곡을 연주한다.

넷째, 주호(朱戶). 대문을 붉게 칠한다.

다섯째, 납폐(納陛). 조폐(朝陛), 곧 조정 섬돌을 자유롭게 오르내릴 수 있다.

여섯째, 호분(虎賁). 항상 문을 지키는 군사 300명을 두었으며 호분군(虎賁軍)이라 부른다.

일곱째, 부월(鈇鉞). 부(鉞)란 금도끼와 은도끼를 뜻한다. 부월을 각각 하나씩 지녔다.

여덟째, 궁시(弓矢). 동궁(彤弓) 1장(張), 동시(彤矢) 100개, 노궁(玈弓) 10장, 노시(玈矢) 1000개를 내린다. 동궁과 노궁은 각각 붉은 활과 검은 활을 가리킨다.

아홉째, 거창(秬鬯). 제사를 지낼 때 쓰는 특별한 술이다.

이 모습을 지켜보고 순욱은 슬퍼했다. 조조가 차차 변하는 모습을 곁에서 냉정하게 바라보는 충신이 바로 조조보다 어린 순욱이다.

"승상께서도 이제 연세가 지긋하신 듯합니다."

"왜 그리 생각하느냐?"

"점점 판단력이 흐려지시는 것 같습니다."

"내가 구석의 예를 하사받은 일로 기분이 좋지 않은 게냐?"

조조는 벌컥 화를 냈다. 순욱은 조용히 말을 이어 나갔다.

"그렇습니다. 모름지기 뚜렷한 공을 세운 사람일수록 한발 물러나 겸허함을 보여야 합니다. 만약 그러지 못하면 황실에 대한 충성을 깃발에 내걸며 만민을 구한다는 명분으로 오늘날까지 이룬 업적이 모두 승상이 품은 욕망에서 비롯된 일이 되고 맙니다. 승상께서 젊었을 때는 생사에 대한 미망을 버리고 악전고투하며 오늘날 같은 위업을 이루었는데 그 정신과 지조를 고작 문 장식이나 허영에 찬 의례 따위와 맞바꾸시다니…. 인생을 맞이하는 결말치고는 하찮지 않습니까?"

순욱이 눈물을 머금은 채 충고했지만, 조조는 자리에서 핵 일어섰다.

"여봐라. 동소를 불러라."

신하에게 명하더니 조조는 성큼성큼 걸어 나갔다.

그 후로 순욱은 병에 걸렸다며 집에 틀어박혀 지냈다. 건안 17년 10월 겨울 남부 원정군이 도읍을 떠날 무렵, 조조는 순욱을 불러들였다. 하지만 순욱은 거절하고 말았다.

"이번에는 함께 가기 어려울 것 같습니다."

이윽고 사자가 집으로 발걸음 하였다.

"위공께서 보내신 위문품이오."

그러면서 사자는 음식 담는 용기를 가져왔다.

용기 위에는 '조조가 친히 봉했음'이라고 쓰인 종이가 붙어 있는 게 아닌가. 나중에 들여다보니 용기 안에는 아무것도 없었다.

"아…, 이것이 승상 마음이로구나."

순욱은 그날 밤 독을 먹고 스스로 목숨을 끊어버렸다.

3

남부 원정군은 수로와 육로를 이용해 오나라로 진군했다.

도중에 조조는 도읍에서 온 전갈을 받았다.

"순욱이 스스로 독을 먹었습니다."

"자결했구나…."

조조는 눈을 감으며 씁쓸하다는 듯이 잠시 얼굴을 찡그렸다. 이윽고 침묵을 깼다.

"순욱은 이제 딱 쉰이지. 가엾구나. 경후(敬侯)라는 시호를 내리노라."

그러고는 더는 아무 말도 하지 않았다. 순욱을 잃은 것을 다소 후회하는 눈치다.

이윽고 조조 군세는 안휘성에 들어갔고 유수 제방 앞에 200여 리에 걸친 진지를 구축했다.

"적 세력부터 살펴보자."

조조는 직접 산에 올랐다. 저 멀리 오나라 진지를 시찰하니 장강 지류가 광야를 따라 창자처럼 꼬불꼬불 굽이쳐 흐르고 그중에서 큰 강 하나에 병선 수백 척이 떠 있는 게 보였다.

그 부근을 중심으로 강과 육지에 적군이 가득했다. 노를 젓는 곳에 깃발이 나부꼈고 검과 창이 반짝이는 곳에 병마 소리가 울려 퍼졌으며 초목까지 나라를 지키기 위해 전율하는 듯했다.

"아아, 과연 오나라는 남방 강국이다. 이토록 사기가 높으니 방심할 수 없겠구나. 너희도 적벽에서 겪은 실패를 되풀이하지 않도록 조심하라."

좌우 대장에게 훈계하면서 조조가 막 산에서 내려가려 했을 때다. 석포(石砲) 소리가 무지막지하게 사방을 울렸다. 북쪽 지방에 없는 강력한 초약(硝藥)이 위력을 과시하듯 내뿜는 우렁찬 포성이다. 놀랄 여유조차 없었다. 산기슭 근처에 있는 강에서 홀연히 함성이 일었다.

어느새 주변 갈대밭에서 수많은 작은 배가 스르륵 나타나더니 정예 군사가 연기처럼 제방을 넘으며 돌진해 왔다. 그야말로 위나라 중군에 느닷없이 쐐기를 박는 듯한 모양새다.

"물러서지 마라. 기습이니 적군은 소수다."

조조는 산에서 내려와 당당히 진두에 서서 아군에서 일어난 혼란을 수습했다.

그러자 저쪽 제방 위에서 푸른 비단 우산을 쓰고 별 같은 장수들을 곁에 둔 오후 손권이 조조를 알아보고는 말을 걸터타고 달려오는 게 아닌가.

"적벽의 패장아, 아직도 목숨을 부지하였구나."

그 소리를 듣고 조조는 넝큼 뒤를 돌아봤다.

푸른 눈, 불그스름한 갈색 수염, 긴 몸통, 짧은 다리에 남쪽 사람 특유의 날카롭고 강인한 기질을 지닌 손권이 눈에 들어오는 게 아닌가. 손권은 창을 휘두르며 돌팔매처럼 날아 들어갔다.

"누구냐!"

조조는 부러 목청껏 외쳤다. 자신보다 훨씬 젊은 손권과 검이나 창으로 싸울 생각은 없는지라 위엄만 내비친 다음 발뺌하려는 것이다.

"도망치지 마라. 위나라 역적아."

조조 생각을 읽었는지 손권 좌우에서 한당과 주태가 뛰어나와 조조를 뒤쫓았다.

조조가 위기에 빠지자 위나라 군사도 북을 울리며 손권 뒤쪽을 공격하여 난전을 벌였고, 그사이에 위나라 장수 허저가 칼을 휘둘러 주태와 한당을 쫓아버리고 가까스로 조조를 구하여 중군으로 발걸음을 옮겼다.

오군은 잠시 진을 물렸으나 그날 밤 늦은 시각에 다시 위군 진영을 야습하고 사방에 불을 질렀다.

먼 길을 오느라 지쳐 있던 위군은 보기 좋게 허를 찔려 엄청난 타격을 입었고 조조는 어쩔 수 없이 수많은 아군 시체를 남기며 50리 정도 후퇴해야 했다.

"한심한 꼴이구나."

조조는 자신을 몹시 책망했다. 며칠 동안은 그저 진지를 수비하며 막사에 틀어박혀 병법서만 파고들었다.

책을 읽고 번민하며 뭔가 신묘한 계책을 찾는 모양이다. 정욱이 조용히 발소리를 죽이며 다가와 낮은 목소리로 위로했다.

"승상, 피곤하시겠습니다."

"오…, 정욱인가. 오나라 진지가 견고하여 손쓸 도리가 없구나. 전초전 때도 겨우 막아냈을 뿐이다."

"그동안 출진을 미루고 미뤄온지라 적에게 말미를 주고 말았습니다. 덕분에 오나라는 온 힘을 다해 국방에 대비했고 유수에 제방까지 쌓았습니다. 이번 원정은 포기하고 다음 기회를 노리면 어떻겠습니까?"

그날 밤 조조는 신기한 꿈을 꾸었다. 하늘에서 활활 타오르는 태양이 구름에 둘러싸인 채 장강으로 떨어지는 모습을 보고서 잠에서 깨어났다.

4

다음 날.

조조는 수하 50~60기만 데리고 진지를 둘러보다가 무심코 강가를 거닐었다.

마침 새빨간 석양이 상류 쪽 산으로 넘어가던 참인지라 조조는 무심코 간밤에 꾸었던 꿈을 다시 떠올렸다.

조조는 좌우에 서 있는 장수를 향해 물었다.

"어젯밤 신기한 꿈을 꿨는데 길몽일까, 흉몽일까?"

바로 그 순간, 저녁놀과 반짝이는 물결에 파묻혀 타오르는 불길처럼 새빨갛게 물든 안개 속에서 깃발이 하나둘 보인다 싶더니 순식간에 그 수가 구름처럼 불어났다.

"이런, 적인가?"

말할 것도 없이 적군이다.

황금 투구와 붉은 전포를 입고 맨 앞에서 달려온 적군 대장이 채찍으로 조조를 가리키며 야유했다.

"나라를 침범한 도적은 누구냐?"

"손권인가. 나는 조조다. 우리는 황실 뜻을 거스르는 역적을 토벌하라는 칙명을 받은 천자 군대다."

"우습구나."

손권은 호탕하게 웃어젖혔다.

"천자의 존귀함을 모르는 자가 이 세상에 어딨느냐. 해서 천자의 뜻을 사칭하는 자는 천지와 만민이 용서치 않으리라. 나 손권도 용서치 않겠다. 세상에서 으뜸가는 악당 조조야, 어서 목을 내밀어라."

이 말을 듣자 조조는 분노를 금치 못했다. 또다시 적의 도발에 넘어가 싸움을 벌였다. 이날 치른 전투도 격렬했는데 결국 위군이 대패했다.

"이번 원정에서는 웬일로 승상께서 부진하시군."

장수들은 의아하게 여겼다.

허도에서 출발했을 때 순욱이 독을 먹고 죽은 일 등이 승상 마음에 영향을 끼쳤으리라 수군대는 자도 있었다.

어찌 되었든 위나라 군세는 연전연패를 거듭하며 이듬해를 맞이했다.

해가 바뀌어 건안 18년 정월이 되어도 전황은 만족스럽지 않았고, 2월이 되자 매일 거센 비가 내려서 전쟁을 지속하기 쉽지 않았다.

인류가 그동안 지상에서 겪은 홍수 기록을 깨뜨릴 만한 큰비가 연일 퍼부었다. 밤낮으로 비가 멈추질 않아서 막사와 마구간이 떠내려간지라 조조가 주둔하는 중군마저 뗏목을 띄워 한참 먼 북쪽 산 위로 피신할 정도다.

당연히 식량난에 허덕였다. 병사는 이내 원통함과 향수를 느꼈다.

장수들 의견도 가지각색이었다. 강경론자들은 곧 따뜻한 봄날이 올 테니 죽은 말고기를 먹고 버티는 한이 있어도 때를 기다리다 결전을 벌이지 않으면 멀리 원정 온 보람이 없다고 주장했다.

이런 상황에서 오후 손권이 조조에게 서간을 보내왔다.

나도 그대와 마찬가지로 한조 신하인 동시에, 백성을 편안케 할 의무를 진 무가의 대들보요. 어진 자끼리 서로 싸우는 일을 비웃기라도 하듯 하늘은 거세게 봄비를 뿌리며 그대가 회군하기를 재촉하오. 현명한 판단을 내려 또다시 적벽에서 보인 어리석음을 범하는 일이 없도록 하시오.

건안 18년 2월 봄
오후 손권

문득 서간 뒷면을 보니 이렇게 쓰여 있는 게 아닌가.

그대가 죽지 않으면(足下不死)
나는 편치 않으리(孤不得安)

조조는 이내 쓴웃음을 지었다. 그러고는 다음 날 선선히 퇴각을 명했다.

"회군한다."

오군도 이 모습을 지켜보다 말릉 건업(남경)으로 전군의 말 머리를 돌렸다.

손권은 그 어느 때보다 자신감을 얻었다.

"조조마저 두려워하며 떠났다. 지금 현덕은 촉나라 경계에 있으니 이 기회에 형주를 치자."

어찌 생각하는지 신하에게 의견을 구했다.

원로 장소는 언제나 젊은 손권을 말리곤 했는데 이때도 충고해 마지않았다.

"촉나라 유장에게 서간을 띄우십시오. '현덕이 함께 촉나라를 치자고 오나라에 제안했다. 분명 촉나라를 점령할 속셈이다.' 이런 식으로 유장과 현덕을 이간질하고, 동시에 한중(漢中)의 장로에게 군수 물자를 지원하여 한동안 현덕을 괴롭힌 다음 천천히 형주를 취하는 편이 좋겠습니다."

상중하

1

사천(四川)과 섬서(陝西) 경계에 있는 가맹관(葭萌關)에서는 촉군 대신 싸우러 온 현덕이 지휘하는 형주 군과 한중의 장로 군이 대치하는 상태였다.

공격하기도 쉽지 않고 수비하기도 어려웠다.

양군은 악전고투하며 서로 한 발짝도 물러서지 않은 채 몇 달을 훌쩍 보냈다.

"조조가 오나라에 쳐들어와 유수에 있는 제방을 사이에 두고 위군과 오군이 사투를 벌인다는 소식이오. 방통, 어찌하면 좋겠소?"

현덕이 물으니 방통이 시원스레 답했다. 공명 대신 현덕을 따라온 유일한 군사다.

"머나먼 강남(江南)에서 벌어지는 싸움입니다. 이곳 전황과는 아무런 상관도 없는 일입니다."

"아니오, 꽤 상관있소."

"어째서입니까?"

"만약 조조가 이기면 오나라에 이어 형주도 치려 할 테고, 손권이 이기면 그 기세를 몰아 형주를 점령하려 들 건 불 보듯 뻔한 일. 어느 쪽이든 우리 형주가 위기에 처하지 않겠소?"

"형주에는 공명이 있습니다. 원정지에서 형주 걱정을 하시면 자신이 주군께 신뢰받지 못한다며 공명은 슬퍼할 것입니다."

"그렇구려…."

"오히려 이번 기회에 촉나라 유장에게 서간을 띄우십시오. '조조가 남벌에 나섰으니 오나라 손권이 형주에 도움을 청했다. 오나라와 형주는 순망치한(脣亡齒寒) 사이며 인척 관계도 있다. 해서 도와줘야 하는데 위나라 군세에 대항하기에는 병력과 군량이 턱없이 모자라다. 정예 병사 3~4만과 군량 10만 석을 지원해달라.' 이렇게 서간을 한번 띄워보는 게 좋지 않겠습니까?"

"과한 부탁이 아니오?"

"동종(同宗)이라는 연고와 이번 싸움에서 입은 은혜가 있으니 우리 요구를 듣고 유장이 어떻게 대처하는지 보면 속마음을 짐작할 수 있을 것이며, 만약 요청한 대로 들어준다면 그때는 또 생각이 있습니다."

"알겠소."

현덕이 보낸 사자가 성도(成都)를 향해 그 어느 때보다 발걸음을 바삐 놀렸다.

도중에 사자가 부수관(涪水關, 중경重慶 동쪽)에 이르렀을 때, 그날도 산 위에 있는 관문에서 손차양하며 길을 감시하던 파수

병이 이를 발견하여 촉나라 장수 양회(楊懷)와 고패(高沛)에게
알렸다.

"현덕 부하로 보이는, 작은 깃발을 든 형주 사자가 다가옵니
다. 통과시켜도 괜찮겠습니까?"

두 장수는 산속에서 심심풀이로 바둑을 두던 참에 현덕이라
는 이름을 듣더니 바로 눈을 부라렸다.

"잠깐, 함부로 통과시키지 마라."

이리 명한 다음 머리를 맞대고 상의했다.

성도로 향하던 사자는 관문 관리에게 현덕이 보낸 서간을 건
넸다. 서간을 보여주지 않으면 통과시키지 않겠다고 엄포를 놓
으니 어쩔 수 없이 증거로 내민 것이다. 고패와 양회는 몰래 서
간을 읽었다.

"지나가라."

사자는 관문을 통과해도 좋다는 허락을 받았고 서간도 이내
돌려받았다.

이상하게도 대장 양회가 수하를 끌고 사자와 동행하겠다고
나서는 게 아닌가.

"성도까지 안내하겠소."

이 무렵 촉나라에는 반현덕파가 대세였다. 양회도 그중 한
사람이었는데 즉각 유장을 찾아가 주장했다.

"현덕이 막대한 군사와 군량을 청한 모양이지만 결코 들어줘
서는 아니 됩니다. 현덕이 품은 야망을 향한 불길에 마른풀을
던져주는 일이나 마찬가지입니다."

유장은 여전히 미적지근한 표정이다. 계속 은혜도 입었고 동

종이라는 연고도 있다는 말을 중얼거릴 뿐이다. 그러자 이름은 유파(劉巴), 자는 자초(子初)라는 장수가 진언했다.

"주군, 사사로운 정에 얽매이다가는 자칫 나라를 잃을 수 있습니다. 군량과 병사를 지원받은 현덕은 날개 달린 범과 같으니 분명 이 나라를 짓밟을 것입니다."

황권도 나서서 입에서 신물이 나도록 주장했다.

"양회와 유파야말로 진정으로 나라를 걱정하는 충신입니다. 현명하게 판단하십시오."

중신들이 하나같이 반대하니 유장도 따를 수밖에 없었다.

그렇다고 딱 잘라 거절하기는 어려웠는지 전선에 나가기 어려운 늙은 병사 4000명, 곡물 1만 석, 폐품이나 다름없는 무구(武具)와 마구 등을 수레에 실어 사자와 함께 현덕에게 보냈다.

현덕은 그 냉담한 태도에 분노할 수밖에 없었다.

2

현덕이 화를 내는 건 보기 드문 일이다.

심지어 사신 앞에서 유장이 보낸 답장을 갈기갈기 찢어버리는 게 아닌가.

"우리 형주 군은 머나먼 촉나라 경계까지 와서 촉군 대신 싸우며 수많은 인명과 물자를 소모하는데 촉나라는 우리의 작은 요청조차 아쉬워하며 병사도 군량도 생색만 낼 뿐이라니 어찌된 일이냐. 이 꼴을 본 우리 병사들에게 무슨 말로 힘을 다해 싸우라 독려하겠느냐. 돌아가서 유장에게 이 말을 전하라."

물자를 운반해 온 사신은 허둥지둥 성도로 돌아갔다.

나중에 방통이 와서 조심스레 물어왔다.

"황숙은 어질고 자비로운 성품 탓에 화를 내지 않기로 유명한데 이번에는 벌컥 역정을 내셔서 뜻밖이었습니다. 화를 내보신 감상은 어떻습니까?"

"가끔은 괜찮을 것 같소. 그나저나 선생, 앞으로 내가 어찌해야 할지 모르겠소. 뭔가 좋은 생각 있소?"

"세 가지 방책이 있습니다. 이 중에서 마음에 드는 걸 고르십시오. 첫 방책은 불철주야 길을 서둘러 단숨에 성도로 쳐들어가는 일입니다. 반드시 성공할 것입니다. 이게 상책입니다."

"으음…."

"다음은 형주로 돌아가겠다고 유장에게 거짓 정보를 흘린 다음 철수할 준비를 합니다. 촉나라 명장 양회와 고패 등은 전부터 우리가 철군하기만을 원했을 테니 기쁨을 애써 감추면서 작별을 고하러 올 것입니다. 찾아온 두 사람을 죽인 다음 군사를 이끌고 단숨에 부수관을 점령하십시오. 이건 중책입니다."

"흠…. 또 하나는?"

"군사를 이끌고 일단 백제성으로 후퇴하여 형주 수비를 견고히 하며 다음 기회를 노리는 방법입니다. 이는 하책입니다."

"하책은 피했으면 하오. 첫 안도 너무 급하니 자칫하면 대패할 수 있겠소."

"중책을 택하시지요."

"중용, 이는 내 신조이기도 하오."

며칠 후 성도에 있던 유장은 현덕이 보낸 서간을 읽을 수 있었다.

오나라와 위나라 간에 일어난 싸움이 격화되어 형주에도 위기가 닥쳐오니 지금 돌아가지 않으면 절망적입니다. 본의는 아니지만 가맹관에 촉나라 명장을 파견해주십시오. 이 현덕은 급히 형주로 돌아가겠습니다.

"것 봐라. 현덕이 돌아가겠다 하잖느냐."
유장은 무척 슬퍼했다.
그 순간 반현덕 세력은 속으로 쾌재를 불렀다.
그동안 상황을 몰아온 장송은 홀로 고민에 빠졌다. 앞으로 장송이 곤란한 상황에 빠질 건 불 보듯 뻔했다.
"그래."
장송은 집에 돌아와 붓을 들어 현덕을 격려하는 글을 썼다.

모처럼 촉나라 땅을 밟았는데 지금 형주로 돌아가면 모든 게 물거품이 됩니다. 말을 달려 성도로 오십시오. 유감입니다. 성도에 있는 동지들은 현덕이 오기만을 학수고대합니다….

글을 써 내려가던 중 집안사람 하나가 알려왔다.
"손님이 드셨습니다."
장송은 허둥지둥 편지를 소맷자락에 감추고 객실로 나가 보니 주당을 자랑하는 형 장숙(張肅)이 벌써 술을 들이켜느라 정신없었다.

"형님이셨구려."

"안색이 나쁘구나."

"피곤해서 그렇소. 공무가 바쁘다 보니…."

"피곤하면 약을 먹어야지. 자, 한잔 따라주마."

장송도 엉겁결에 술 한잔을 마셨다. 형은 좀처럼 돌아가지 않았고 상대하다 보니 장송도 거나하게 취했다. 장송은 술자리를 하다가 두 번 정도 볼일을 보러 자리를 비웠는데 갑자기 장숙이 돌아가겠다며 술자리를 파하였다. 곧이어 성도에 있는 병사가 우르르 밀어닥쳤다. 다짜고짜 장송을 포박하더니 가족과 하인까지 모조리 잡아갔다.

다음 날 저잣거리에서 참수형이 집행됐다. 장송 가족과 하인이다. 팻말에는 매국노 죄목이 줄줄이 적혀 있는 게 아닌가. 장송을 고발한 사람은 다름 아닌 형 장숙이라는 소문이 파다했다. 아뿔싸! 형과 술잔을 주고받는 사이에 장송이 소맷자락에서 떨어트린 자필 편지가 결정적인 증거였다고 한다.

취중에는 딴사람

1

현덕은 가맹관에서 물러나 일단 부성(涪城) 아래로 군사를 집결시킨 다음, 부수관을 지키는 촉나라 장수 고패와 양회에게 사신을 보내 관문을 열어달라고 청했다.

"아시는 것처럼 화급히 형주로 돌아가기로 결정했소. 내일 관문을 지나겠소이다."

고패는 손뼉을 치며 기뻐했다.

"양회, 때가 왔소이다. 현덕이 내일 부수관을 지날 때 그동안에 쌓인 노고를 위로한다는 핑계로 주연을 열어 그 자리에서 현덕을 없애버립시다. 훗날 촉나라를 위협하는 화근을 뿌리 뽑기 위해서요. 실수하지 마시오."

두 사람은 단단히 벼르며 날이 밝아오기를 기다렸다.

다음 날 현덕은 군세 한가운데에서 방통과 말 머리를 나란히 한 채 이야기를 나누며 부수관을 향해 발걸음을 재촉했다.

이때 갑자기 산바람이 불더니 깃대가 뚝 부러졌다. 현덕은 가던 길을 멈추며 눈살을 찌푸렸다.

"이런, 흉조가 아닌가."

방통이 웃으며 말을 받아넘겼다.

"하늘이 미리 흉사를 알려주었으니 흉조는 아닙니다. 되레 길조입니다. 아마도 양회와 고패가 오늘 주군을 죽이려 획책하는 모양입니다. 주군, 방심하지 마십시오."

"그렇다면…."

현덕은 갑옷을 껴입고 보검을 차고서 악귀든 나찰이든 어디 한번 덤벼보라는 기개로 말을 걸터타고 나아갔다.

방통은 위연과 황충 등 장수에게 몇 마디 속닥이는 한편 행군 중에도 단단히 진형을 유지했다.

어느덧 저쪽 산기슭 사이로 관문을 상징하는 제법 큰 건물이 보이기 시작했다.

아름다운 비단 깃발을 든 한 무리 군세가 음악을 울리며 다가오는 게 아닌가.

선두에 있는 대장이 말을 걸어왔다.

"오늘 형주로 돌아가신다는 유 황숙 아니십니까? 먼 길을 가야 하니 부수관에서 조금이나마 여독을 푸셨으면 하는 뜻에서 약소하게나마 술과 안주를 진상하고자 마중 나왔습니다. 부디 받아주십시오."

방통이 나와서 인사를 받았다.

"귀한 예물이오. 황숙께서도 기뻐하실 터. 고패와 양회 두 장군에게 잘 전해주시오."

"곧 직접 발걸음 한다고 합니다. 술과 음식부터 전하라는 명을 받은지라 저쪽에 마련해두었습니다."

그곳에는 수많은 술 항아리와 함께 새끼 양 요리와 통닭구이 등이 차려진 주안상이 보였다.

일행은 잠시 쉴 겸 임시 막사를 세운 다음 술 항아리를 열고 주변 경치를 둘러보며 너도나도 잔을 기울였다. 그곳에 고패와 양회가 태연하게 군사 300여 명을 이끌고 찾아왔다.

"못내 아쉽소. 적어도 오늘은 술자리에서 정을 한번 나누었으면 하오."

"어서 오시오."

이들을 맞아들여 현덕은 막사 안에서 주연을 벌였다. 평소와는 달리 현덕이 술을 꽤 마셔서 방통이 적잖이 걱정했으나 그 사이에 관평(關平)과 유봉(劉封)은 자리에서 일어나 미리 상의한 대로 밖에 있던 관문병 300여 명을 멀리 쫓아냈다.

그다음에 다시 장막 안으로 뛰어들어 왔다.

"자객들아, 순순히 오라를 받아랏!"

관평과 유봉은 큰 소리로 외치면서 단숨에 양회를 걸어차고 고패에게 달려들어 뒷짐결박해버렸다.

"손님에게 무슨 짓이냐?"

양회가 험악하게 소리치자 관평이 양회 품을 뒤져 단검을 찾아냈다. 고패 품속에서도 단검이 나온 건 당연지사다.

"어디다 쓰려고 가져왔느냐?"

관평이 단검을 들이대며 묻자 양회와 고패는 당당하게 맞받아쳤다.

"무인이 무기를 지니고 다니는 게 뭐가 이상하단 말이냐!"

관평과 유봉은 허리에 찬 장검을 뽑아 들며 외쳤다.

"무인의 무기란 정정당당한 검을 이르는 말이다. 너희 같은
비열한 짐승에게 천벌을 내리기 위해 잘 벼려두었다. 자, 칼이
얼마나 잘 드는지 똑똑히 봐라."

그러면서 두 사람을 막사 밖으로 끌어내어 단칼에 목을 베
었다.

2

"주군, 왜 그리 침통해하십니까?"

"좀 전까지 함께 술을 마시던 고패와 양회가 이미 죽었다고
생각하니 기분이 썩 좋지는 않구려."

"그토록 마음이 약하신데 여태까지 어떻게 수많은 싸움을 버
텨오셨습니까?"

"전장은 별개요."

"이곳도 전장입니다. 아직 부수관을 점령하지 못했습니다."

"고패와 양회가 데려온 관문병 300여 명은 어찌하였소?"

"포로로 삼았습니다. 한데 모아 술과 안주를 내주니 아주 기
뻐했습니다."

"어째서 포로에게 술을 대접하였소?"

"해 질 녘까지 마음껏 즐기게 내버려 두시지요. 그 후에 저
포로들을 이용할 계책이 따로 있습니다."

방통이 가까이 다가와 조용히 뭐라고 속닥이자 현덕은 끄덕

이더니 묘안이라고 중얼거렸다.

해가 질 때까지 막사 주변에는 노랫소리가 울려 퍼졌고 때때로 함성이 터져 나왔으니 주연이 주욱 이어진 모양이다.

"별이 보인다."

각적(角笛) 소리가 울리자 방통은 군세를 모아 느릿느릿 부수관으로 움직였다. 선두는 포로가 된 관문병 300여 명이 맡았다. 이 포로들은 이미 방통이 부린 술수에 넘어가 현덕에게 항복한 상태다. 거대한 절벽과도 같은 철문 앞에 이르자 관문병들이 외쳤다.

"양 장군과 고 장군이 돌아오셨다. 문을 열어라."

"알았다!"

낮에 벌어진 일을 까맣게 모르는 부수관 병사들이 철문을 활짝 열어젖혔다.

"가라!"

군사들은 함성을 지르며 노도같이 관문으로 밀어닥쳤다. 현덕 군은 거의 싸우지도 않고 부수관을 점령할 수 있었다.

현덕은 바로 요새 곳곳에 병사를 배치하고 승리 함성을 세 차례 외치라고 시켰다.

"촉나라는 이미 내 손안에 있다!"

산과 골짜기가 술렁이는 가운데 장병들은 창고 안에서 술을 꺼내 마음껏 축배를 들었다.

현덕은 낮부터 술을 마신데다 밤에도 막료와 함께 잔을 나누다 보니 만취하여 곯아떨어졌다.

현덕은 앞뒤도 구분하지 못했고 커다란 술병을 끌어안은 채

잠이 곤히 들어버렸다. 문득 눈을 떠보니 방통이 혼자 남아 술을 마시는 게 눈에 띄었다.

"아직 밤이오?"

방통이 빙긋 웃으며 입을 열었다.

"이미 새가 지저귑니다. 한잔 더 하시겠습니까?"

"아니오. 해가 떴으니 그만 마셔야겠소."

"지금이 바로 인생을 즐길 때가 아니겠습니까?"

"그렇소. 어제는 정말 유쾌했소이다. 술을 마시며 성을 얻은 것이나 마찬가지였소."

"호오, 그리 유쾌하셨습니까?"

방통은 찌부러진 코를 씰룩이며 빈정거렸다.

"진정한 군자라면 타국을 빼앗고 즐거워할 리가 없는데 주군답지 않으시군요."

현덕은 취중에 자기 얼굴을 거꾸로 쓸어 올린 듯한 기분이 든 모양인지 벌컥 화를 냈다.

"옛날 무왕(武王)은 주왕(紂王)을 토벌한 다음 노래를 부르고 춤을 췄다고 한다. 무왕이 진두지휘하는 군세는 인의를 따르는 병사가 아니었다는 말이냐. 무례한 놈, 썩 물러나라!"

순간 방통은 벌벌 떨며 바로 자리를 떴다. 현덕은 여전히 취기가 올라 있던 듯했다. 좌우 신하에게 부축 받으며 갈지자 걸음으로 후당에 있는 침소에 들 수 있었다.

푹 자고 일어나 옷을 갈아입는데 시종이 다가와 현덕이 아침에 부린 추태에 대해 넌지시 말을 꺼냈다.

"오늘 아침에는 정말 노기등등하셨는지 방통도 간 떨어지게 놀라며 물러나더이다."

"뭐라? 내가 그리 화를 냈단 말이냐."

현덕은 황급히 옷매무새를 다듬고 방통을 불러들였다. 그러고는 자세를 낮추며 사과했다.

"선생, 오늘 아침에는 내가 취한 나머지 무례를 저질렀소이다. 너그러이 용서해주시오."

방통은 귀머거리마냥 말이 없었으나 현덕이 거듭 사죄하자 겨우 입을 열었다.

"주군과 신하 모두 술에 빠진 물고기나 다름없었습니다. 술자리에서 있던 일 아닙니까? 취중에는 다들 다른 사람이 되는 법입니다. 제가 건방지게 빈정거린 일도 잊어주십시오."

그러면서 두 사람은 손뼉을 치며 쾌활하게 웃었다.

위연과 황충

1

현덕이 부성을 점령했다. 이 소식은 촉나라 전체를 거세게 뒤흔들었다.

특히 성도는 혼란에 빠졌고 태수 유장도 소스라치게 놀랐다.

"설마 이런 일이 벌어지다니…."

유괴(劉璝), 냉포(冷苞), 장임(張任), 등현(鄧賢) 등은 통탄하는 이들을 무시하며 자신들이 내보인 선견지명을 뽐냈다.

"것 봐라."

그렇다고 이제는 같은 편끼리 다툴 때가 아니었다.

"걱정하지 마십시오. 저희 넷이 성도에 있는 정예 5만을 이끌고 낙현(雒縣) 쪽 험준한 길목에서 현덕을 막아내겠습니다."

"그리하라."

이제는 유장도 미몽에서 깨어났는지 모든 일을 신하들에게 맡길 수밖에 없었다.

촉군이 출발하는 날 있었던 일이다. 유괴가 다른 세 장수에게 제안했다.

"금병산(錦屛山) 바위 동굴에 도사가 산다고 들었소. 자허상인(紫虛上人)이라 하는데 점을 쳐서 길흉화복을 귀신같이 알아맞힌다 하오. 이번에 성도 대군을 이끌고 형주 군과 대결하기 전에 한번 싸움에 대한 승패를 점쳐보면 어떻겠소? 어쩌면 적절한 도움이 될지도 모르오."

장임이 웃으며 일갈했다.

"어이없소. 우리는 나라의 흥망을 책임지고 군을 지휘하는 장수요. 산에 사는 일개 도사가 치는 점괘에나 의지하는 장수가 어찌 병사들 사기를 끌어올릴 수 있겠소."

"싸우는 게 두려우니 길흉을 점쳐보자는 말이 아니오. 이번 전투가 촉나라 운명을 좌우하는 만큼 만전을 기하고 흉사를 피하도록 해야 하지 않겠소? 어디까지나 촉나라를 걱정해서 그런 것이지 결코 망설임이나 두려움 탓에 한 말은 아니오."

"그렇게까지 말한다면 굳이 말리지는 않겠소이다. 귀공 혼자서 다녀오시오."

"좋소."

유괴는 부하 수십 기를 데리고 곧장 금병산에 올랐다.

자허상인은 동굴 앞에서 안개를 들이마시며 명상하는 중이었다.

유괴는 도사 앞에 단정히 꿇어앉아 물었다.

"상인(上人), 무엇이 보입니까?"

자허상인은 무뚝뚝하게 답했다.

"촉나라가 보이네."

"서축 41주뿐입니까? 천하는 보이지 않습니까?"

"왜 쓸데없는 걸 물어보나. 그대가 알고 싶은 것만 알려주겠네. 동자야."

자허상인은 뒤에 시립하던 동자를 불러 종이와 붓을 가져오게 하더니 글을 써서 유괴에게 건넸다.

읽어보니 이렇게 쓰여 있는 게 아닌가.

왼쪽의 용, 오른쪽의 봉(左龍右鳳)

서천에 날아 들어오네(飛入西川)

봉추는 땅에 떨어지고(鳳雛墜地)

와룡은 하늘에 오르네(臥龍昇天)

하나를 얻고 하나를 잃으니(一得一失)

이는 하늘의 이치로다(天數如然)

아무쪼록 바르게 처신하여(宜歸正道)

구천에 떨어지지 마라(勿喪九泉)

"상인…. 촉나라가 이길 수 있겠습니까?"

"하늘이 정한 일은 피하기 쉽지 않네."

"저희 장수 넷의 운명은 어떻습니까?"

"하늘이 정한 뜻에서 벗어날 순 없지, 암 그렇고말고."

"무슨 말씀이신지요?"

"더는 해줄 말이 없네그려."

"현덕은 촉나라에서 성공하겠습니까, 실패하겠습니까?"

"하나를 얻고 하나를 잃을 것이네. 거기 쓴 내용을 찬찬히 읽어보게나. 귀찮네. 더는 묻지 말게."

도사는 눈을 감더니 돌이라도 된 듯 더는 입을 열지 않았다.

유괴는 산에서 내려와 세 장수에게 가서 무슨 일이 있었는지 이야기했다.

"조심해야겠소. 아무래도 우리가 유리하다는 내용이 아닌 것 같소."

그러자 장임이 웃으며 눙쳤다.

"아니, 유괴 장군은 그런 미신을 다 믿는단 말이오. 산에 사는 미치광이가 한 헛소리가 그리도 의미 있다면 말 울음소리나 개 짖는 소리도 일일이 신경 써야 하지 않겠소? 외적과 싸우기 전에 자기 마음속에 있는 적부터 당장 퇴치해야겠소. 현혹되지 마시오."

그러고는 즉시 군을 움직이기 시작했다.

2

낙성(雒城)은 낙현 쪽 산맥과 길이 모이는 요충지로 성도와 부성 중간 지점이다.

현덕이 부성에서 내보낸 척후 부대가 황급히 돌아와 현재 상황을 보고했다.

"촉나라 장수 넷은 5만 군세를 둘로 나누어 한쪽은 낙성을 지키고 다른 한쪽은 낙산(雒山)을 배후에 두고 견고한 진지를 지었습니다."

현덕은 즉시 장수를 모아놓고 전기를 띄웠다.

"적군 선진은 촉나라 명장 냉포와 등현이다. 이 둘을 무찌르는 사람이 이번 성도 공략에서 첫 공로자가 되리라. 누가 그 일에 나서보겠는가?"

그러자 장수 중에서 노익장을 과시하는 황충이 몸을 뒤흔들며 나섰다.

"제게 명해주십시오."

그 말이 채 끝나기도 전에 다른 젊은 장수가 끼어들었다.

"노장군 황충의 나이를 생각하면 어려운 일입니다. 선진은 제게 맡겨주십시오."

다름 아닌 위연이다. 전쟁에서 첫 전투 승패는 대단히 중요하다. 어찌 노장에게 맡길 수 있겠는가. 위연은 이리 주장하며 선봉에 세워달라고 절실하게 청했다.

"이상한 말을 다 하는구려."

황충도 가만있지 않았다.

"귀공이 선봉에 자원함은 하등 신기한 일이 아니나 이 황충을 쓸모없는 사람 취급하는 말은 그냥 듣고 넘길 수 없소이다. 어째서 내게는 힘든 일이라 하시오?"

황충이 따지고 들자 위연이 맞받아쳤다.

"굳이 말로 설명해야겠소? 귀공뿐만이 아니라 누구든 늙고 기운이 쇠하면 강적을 물리치기 어려운 게 상식이오."

"말을 삼가시오. 늙은이가 꼭 젊은이에게 진다는 법은 없소이다. 오히려 귀공처럼 그저 젊은 혈기만 믿는 자가 더 위태롭지 않겠소?"

"나이를 봐서 좋게 말하며 넘기려 했건만 말씀이 지나치시오. 지금 당장 어느 쪽이 더 기력과 완력이 강한지 주군 앞에서 승부를 가려봅시다. 황충 장군, 이리 나오시오!"

"좋소이다! 어찌 마다하겠소."

황충과 위연은 단에서 뚜벅뚜벅 내려갔다. 젊은 호랑이와 늙은 용이 서로 무기를 들고 싸우려 자세를 취하자 현덕은 놀라면서 당상에서 호되게 꾸짖었다.

"둘 다 멈추지 못할까. 지금 아군끼리 싸운다고 우리 군에게 무슨 이득이 있겠느냐? 적을 앞둔 상황에서 유치한 다툼을 일으키다니. 그대들에게 선봉을 맡길 순 없다."

현덕한테 꾸지람을 들은 황충과 위연은 면목이 없다는 듯 나란히 땅에 엎드려 머리를 떨궜다.

이때 방통이 현덕을 달래며 선봉을 열망하는 두 장수에게 기회를 주지 않으면 모처럼 끓어오른 투지가 꺾인다며 방책을 내놓았다.

애초에 현덕도 진심으로 화낸 건 아니다. 되레 대장들의 넘치는 의욕을 보고 내심 기뻐하던 참이다.

"방통에게 맡기겠다. 잘 처리하라."

현덕이 시원스레 허락했다.

그러자 방통은 두 사람에게 다짐했다.

"지금 촉나라 냉포와 등현은 낙산 산맥을 등지고 좌우로 갈라져 포진했소. 귀공들도 군사를 이끌고 각 장수를 맡아 공격하시오. 먼저 적진을 분쇄하여 우리 군 깃발을 세운 사람이 첫 공훈을 차지할 터."

황충과 위연은 군사를 거느리며 용감하게 출발했다. 방통은 현덕에게 충고했다.

"저들은 분명 도중에 다툼을 일으킬 것입니다. 주군께서도 즉각 병사를 이끌고 뒤따르십시오."

"부성 수비는?"

"제가 맡겠습니다."

"좋소."

현덕도 서둘러 채비하여 유봉과 관우의 양아들 관평을 데리고 그날로 낙현을 향해 출발했다.

3

선봉대 황충과 위연이 이끄는 군세는 거침없이 달려 나가 이윽고 적군 앞에 진지를 세웠다.

위연은 척후에게 물었다.

"어떠냐. 황충 군세는 진을 다 세웠느냐?"

"이미 정연하게 포진했습니다. 저녁때가 지난 후에 한번 더 밥 짓는 연기가 오른 것으로 보아 한밤중에 진지를 떠나 왼쪽 산길로 진군하여 새벽녘에 적을 공격하려는 모양입니다."

"이런, 방심할 수 없겠군. 꾸물대다가는 황충이 선수를 치겠구나."

이미 위연에게 적군 따위는 안중에 없었다. 오직 황충이 먼저 공을 세워서 자기 체면이 깎이는 일만을 두려워했다.

그뿐 아니라 황충을 앞질러서 혼자 공훈을 독차지하겠다는 심보다.

"우리 부대는 이경(二更)에 식사하고 삼경(三更)에 출격할 것이다. 병사들에게 똑똑히 일러두어라."

예상보다 출발 시각이 빨라 장병들은 적잖이 당황했다.

애초에 두 장수는 부성을 떠날 때 현덕 앞에서 작전 방침을 정했다.

'황충은 냉포를 치고, 위연은 등현을 격파한다.'

맙소사! 위연은 딴마음을 품었다.

'그 정도로는 모자라다. 단독으로 냉포와 등현을 둘 다 분쇄하여 늙은 황충 코를 납작하게 만들리라.'

위연은 출격 시간을 앞당겼을 뿐만 아니라 하물며 황충이 가야 할 왼쪽 산길로 진군했다.

밤새 산을 넘자 새벽녘에 적진이 보였다.

"봐라. 적은 안개에 파묻혀 단잠에 빠졌구나. 이때다! 단번에 쳐부숴라."

위연 군세는 우르르 산에서 나와 적군 진영으로 돌격했다.

"위연, 왔구나."

뜻밖에도 적군은 진문을 활짝 열어젖힌 채 당당히 위연 군을 맞이하며 일제히 활과 철포를 쏘아댔다.

냉포는 말을 무섭게 걸터타고 나와 위연에게 도전장을 내밀었다. 바라는 바라며 위연은 있는 힘껏 싸웠지만, 곧 후방부터 무너지기 시작했다.

"무슨 일이지?"

꼼꼼히 살펴보니 놀랍게도 적이 산길에 복병을 심어둔 모양이다. 어느새 위연 군은 앞뒤로 협공당하는 형세가 되었다.

"아뿔싸!"

위연은 냉포를 내버려 둔 채 들판 쪽으로 5~6리 도망쳤다.

그러자 들판 끝에 보이는 산기슭과 숲속에서 한 무리 군세가 나타나는 게 아닌가.

"위연, 어디로 가느냐?"

"깨끗하게 항복하라."

적군은 힘차게 북을 울리고 함성을 지르며 도망치는 위연 군을 착착 포위해 들어갔다.

"에구머니나, 등현이 이끄는 군사로군."

위연은 허둥지둥 다른 방향으로 줄행랑을 놓았다.

"비겁하다!"

누가 도망치는 위연을 쫓아왔다. 뒤돌아보니 촉나라 맹장 등현이다.

"게 서라, 위연!"

등현은 장창을 머리 위로 들어 올리며 말 위에서 기세등등하게 발돋움했다.

금방이라도 창이 날아와 위연의 등을 꿰뚫을 것만 같았다.

이때 흰 깃털이 달린 화살 1대가 바람을 가르며 피웅! 날아가더니 등현이 절규하는 소리가 울려 퍼졌다. 흰 화살에 숨통을 꿰뚫린 등현은 장창을 든 채로 기세 좋게 땅바닥에 고꾸라지고 말았다.

등현의 전우 냉포는 이 광경을 지켜보더니 등현 대신 위연을 쫓아다니느라 바빴다. 어느새 위연은 혼자 도망치느라 정신이 없었다.

이때 당당하게 징과 북을 울리고 깃발을 휘날리며 한 무리 군마가 들판을 가로질러 냉포 군 측면을 공격하기 시작했다.

"황충이 여기 있다. 위연, 두려워 마라."

노장 황충이 활을 든 채로 선두에 서서 달려왔다. 아까 화살을 쏘아 위연을 위기에서 구한 사람은 다름 아닌 황충이다!

위연 군을 상대로 승기를 잡고 있던 냉포 군세는 황충이 해온 기습 탓에 패색이 짙어져 유괴가 주둔하는 진지를 향해 퇴각했으나 놀랍게도 그곳에는 이미 낯선 깃발이 펄럭이는 게 아닌가.

4

유괴 측 진지는 이미 현덕의 명을 받은 관평 군세가 점령한 상태였다.

"아니, 벌써!"

돌아갈 진지를 잃은 냉포는 말을 타고 허둥지둥 산속으로 뛰어들었다.

"옳거니. 걸려들었다!"

느닷없이 주변 수풀 속에서 갈고랑이와 올가미가 튀어나와 도망치려던 냉포를 말에서 떨어뜨렸다.

"적장을 잡았다!"

이곳에서 냉포를 기다리던 자는 다름 아닌 위연이다. 위연은 득의양양했다.

사실 위연은 군법까지 어겨가며 황충보다 앞서 가려다 대패하고 수많은 병사를 잃어 초조한 빛이 역력했다.

'뭐라도 공을 세우지 못하면 체면이 말이 아니다.'

그러던 중에 가까스로 적의 대장을 생포했으니 대단히 만족스러운 눈치다.

그 외에도 수많은 촉군이 사로잡혔고 현덕이 있는 후진으로 끌려왔다. 일단 전초전은 형주 군이 대승하였으니 현덕은 장병들에게 상을 내리는 한편 항복한 병사들을 회유하여 아군으로 삼았다.

이때 노장 황충이 현덕 앞에 나와 호소했다.

"작전을 무시하고 앞서 나가는 일은 군법을 거스르는 행위입니다. 위연은 공연히 위법을 저질렀습니다. 군 기강을 바로잡기 위해서라도 공정한 처분을 내려주십시오."

"위연을 불러라."

현덕이 부르자 위연은 직접 냉포를 잡아끌며 나타났다.

현덕은 차마 이 젊고 용맹한 장수를 군법에 따라 처벌할 수 없었다. 현덕은 자비심을 애써 억누르며 위연을 꾸짖었다.

"그대는 황충이 쏜 화살 덕에 위기를 모면했다고 들었다. 내 앞에서 황충에게 사의를 표하라."

위연은 황충을 향해 심심한 사과를 했다.

"귀공이 쏜 화살이 아니었다면 나는 이미 등현에게 목이 베였을 터. 그 은혜에 머리 숙여 감사드리오."

그러면서 무릎을 꿇고 절을 올렸다.

그 모습을 보던 현덕은 이어서 사죄하라고 명했다. 위연은 멋대로 앞서 나간 일에 대한 명임을 눈치챘다.

"제가 젊고 미숙하여 생각만 앞서다 보니 시간과 길을 잘못 택했을 뿐만 아니라 스스로 위기에 빠졌습니다. 면목이 없습니다. 이 모든 일이 주군의 은혜에 보답하려다 저지른 실수입니다. 너그러이 용서해주십시오."

황충은 더는 아무 말도 하지 못했다. 현덕은 황충이 늙은 나이에도 끄떡없이 잘 싸웠다며 치하하며 약속했다.

"성도에 입성하면 반드시 이번 공훈에 걸맞는 상을 제대로 내리겠노라."

그런 다음 현덕은 적장을 설득하려 무진 노력했다.

"그대에게 말을 1필 주겠소. 낙성으로 돌아가서 성문을 열어 항복하도록 동료를 설득해주시오. 내 반드시 그대를 중용하고 그 가문에도 예전 못지않은 번영을 약속하겠소."

현덕이 정중한 태도로 냉포를 묶어둔 뒷결박을 풀어주자 냉포는 희색이 가득하여 낙성으로 내달렸다. 위연은 냉포를 배웅하며 가증스럽다는 듯이 중얼거렸다.

"저놈은 분명 돌아오지 않을 것입니다."

현덕은 개의치 않았다.

"돌아오지 않으면 냉포가 신의를 잃을 뿐이니 내 인애(仁愛)에 대한 신념은 흔들리지 않는다."

예상대로 냉포는 현덕에게 돌아가지 않았다. 낙성으로 돌아온 냉포는 아군 유괴와 장임에게 너스레를 늘어놓았다.

"한번은 적에게 생포 당했으나 감시병을 죽이고 도망쳐 나오느라 진땀깨나 흘렸소. 전초전에는 패배했지만, 현덕 따위 아무것도 아니더이다!"

냉포는 되레 큰소리를 뻥뻥 쳤다. 패장인 주제에 묘하게 기염이 왕성했다.

"무엇보다 병력이 더 있어야 하오."

세 장수는 성도에 거듭 지원군을 청했다.

곧 유장의 아들 유순(劉循)과 조부 오의(吳懿)가 2만여 기를 이끌고 낙성으로 진군해 왔다. 지원군 중에는 촉군에서 상승왕(常勝王)이라 불리던 오란(吳蘭) 장군과 뇌동(雷同) 장군 등도 가세했다.

나이로 보나 태수 유장의 장인이라는 신분으로 보나 당연히 오의가 총대장이다.

오의는 도착하자마자 명했다.

"지금 부강(涪江)은 수위가 높다. 적이 구축한 진지를 단번에 물로 휩쓸어버려라."

어둠을 틈타 부강에 쌓아둔 제방을 부수는 작전을 세웠다. 이를 수행하기 위해 가래와 괭이를 든 농기구 부대 5000명을 편성하여 출격 명령을 기다렸다.

단발머리 장사

1

현덕은 이번에 빼앗은 진지 두 곳을 각각 황충과 위연에게
맡겨 부수(涪水) 전선을 지키게 한 다음 일단 부성으로 발걸음
을 돌렸다.

때마침 멀리 보냈던 밀정이 돌아와 현덕에게 보고했다.

"오나라 손권이 한중의 장로에게 밀사를 보냈습니다. 오나라
는 한중이 처한 처지를 가엾이 여긴다면서 병력과 군수 물자를
아낌없이 지원하겠다고 약속했습니다. 기세등등해진 장로는
야망을 실현하기 위해 군사를 이끌고 가맹관으로 쳐들어왔습
니다."

현덕은 아연실색하며 즉시 방통을 불러들였다.

"만약 장로에게 가맹관을 빼앗긴다면 촉나라와 형주 간 연락
이 끊어지니 우리 군은 진퇴양난에 빠질 것이오. 누구를 보내
막아내면 좋겠소."

"맹달(孟達)이 적임입니다."

즉시 맹달이 불려 왔다. 맹달은 대장을 한 사람 더 붙여달라고 청했다.

"형주에서 유표를 섬기며 중랑장(中郞將)을 지냈던 곽준(霍峻)이라는 자가 우리 군에 있습니다. 비록 눈에 띄는 무공은 없는 인물이나 곽준과 함께 가면 최선을 다할 수 있습니다."

"그리하라."

현덕은 맹달이 해온 청을 받아들여 곽준에게도 가맹관을 수호하라는 명을 내렸다. 그날 즉시 두 사람은 가맹관을 향해 서둘러 길을 떠났다.

방통은 이 둘을 환송한 다음 부성에 임시로 마련한 집에 발걸음을 하였다. 방통이 거실에서 쉬는데 문지기가 허둥지둥 달려와 알리는 게 아닌가.

"이상한 손님이 들었습니다."

"이상한 손님이라니? 풍채가 어떻기에 그러느냐."

"키는 7척이나 되는 것 같습니다. 묘하게도 머리카락이 짧아 목덜미까지밖에 없고 용모가 늠름했습니다. 한마디로 장사입니다."

"어디 한번 보자."

성격이 대범한 방통은 몸소 발걸음을 옮겼다.

직접 가보니 현관 앞 대청마루에 한 남자가 벌러덩 누워 있는 게 아닌가. 제법 오랫동안 부랑자 생활을 경험한 방통도 이 무례한 장사를 보더니 기가 막힌다는 표정을 지었다.

"이보시오, 선생."

"오, 그대가 집주인인가?"

"집주인이고 뭐고, 대체 당신은 누구요?"

"그대는 손님을 대할 줄도 모르나? 예부터 다하게나. 그다음에 천하 대사를 말하겠네."

"놀랍구려."

"뭘 그리 놀라시나. 방통씩이나 되는 사람이…."

"하하하. 일단 일어나시오."

"술과 음식 준비부터 하게나."

"이미 했소이다."

"가지. 어딘가?"

"이쪽으로."

방통은 낯선 남자를 방으로 안내하여 상석을 권한 다음 술과 음식을 융숭하게 대접했다. 남자는 거리낌 없이 잘 먹고 잘 마셨다.

하지만 언제까지고 천하 대사를 말할 기색은 보이지 않았다. 실컷 먹고 마신 다음 벌러덩 드러눕더니 그대로 곤히 잠이 들어버렸다.

"세상에, 뭐 이런 사람이 다 있나."

너무나도 뻔뻔한 태도에 혀를 내두르던 차에 법정이 화급히 들었다. 방통은 손님이 먹고 마시는 사이에 사람을 보내 촉나라 사정에 밝고 인맥이 넓은 법정을 불러온 것이다.

"어서 오시오. 일부러 불러내 미안하오. 혹시 저기서 술에 취해 잠든 사람이 누군지 아시오?"

법정은 잠든 얼굴을 들여다보더니 손뼉을 치며 웃었다.

"영년(永年)이군. 이자는 영년이라는 유쾌한 남자요."

법정 목소리를 듣고 잠에서 깼는지 영년은 부스럭거리며 일어났다.

영년은 얼굴을 들더니 반가워하며 외쳤다.

"이게 누군가, 법정 아닌가!"

두 사람은 서로 손뼉을 치며 웃었다.

방통은 어안이 벙벙한 채 물었다.

"두 분은 친구 사이요?"

"그렇소."

법정은 자랑스럽다는 듯이 고개를 끄덕이며 정식으로 소개했다.

"이 사람 이름은 팽의(彭義), 자는 영년이고, 촉나라에 사는 뛰어난 선비요. 예전에 주군 유장에게 지나치게 간언을 하다 보니 관직을 박탈당하고 머리카락까지 잘리는 수모를 당했다오. 하하하."

"으하하…."

영년도 마치 남의 일인 양 함께 웃어젖혔다.

2

촉나라에 오기 전까지만 해도 촉나라가 약하다는 말만 들려왔다. 나라에 인물이 없다는 소문을 그대로 믿은 것이다. 막상 뚜껑을 열어보니 뜻밖에도 인재가 많고 장병이 강한 나라다.

진정한 국력은 위기가 닥쳐야 드러나게 마련이다.

이런 생각을 하던 방통은 다시 제대로 영년에게 예를 갖추어 대했다.

"선생, 모처럼 오셨는데, 유 황숙과 만나보면 어떻겠소."

법정도 옆에서 거들었다.

"영년, 어떤가. 함께 부성에 가보지 않겠나?"

영년은 단호하게 답했다.

"물론이지. 그러려고 왔네그려. 현덕과 만나야 발걸음 한 보람이 있지."

세 사람은 함께 부성으로 가벼운 발걸음을 놀렸다. 현덕과 만나자마자 영년은 툭 터놓고 이것저것 물어왔다.

"소생이 보기에 부수 전선에 있는 황숙 수하들은 지금 사지에 내몰린 처지입니다. 혹시 알면서 부러 그러셨습니까?"

"황충과 위연이 주둔하는 진지를 두고 하는 말이오?"

"물론입니다."

"어째서 위험하다고 하시는지…."

"그 주변은 드넓은 평지여서 언뜻 보기에는 눈치채기 쉽지 않지만, 지형을 자세히 살펴보면 호수 밑바닥이나 다름없는 곳입니다."

"뭐라? 호수 밑바닥이라니…."

"부강에는 수십 리에 걸친 긴 제방이 있습니다. 만약 이 제방을 무너뜨리면 그 주변에 물이 흘러들어 깊이가 1장이 넘는 호수가 생길 테니 아무도 살아남지 못할 것입니다."

현덕은 눈이 휘둥그레졌다. 방덕 역시 무슨 말인지 금방 알아들었다.

"충고해주셔서 진심으로 감사하오."

현덕은 심심한 감사를 표하며 영년을 막빈으로 삼는 한편 즉시 파발을 띄워 위연과 황충에게 경고했다.

'제방을 경계하라.'

미리 위험을 알아차린 덕분에 위연과 황충은 서로 긴밀하게 연락을 주고받으며 밤낮으로 주변을 철저히 경계했다.

낙성에서 대기하던 농기구 부대는 매일 밤 기회를 엿봤으나 도저히 제방에 손댈 수가 없었다.

그러던 어느 날 밤, 비바람이 거세게 불어닥쳤다.

"오늘이야말로!"

5000명 농기구 부대는 칠흑 같은 밤을 틈타 부강 기슭에 다가가서 혀가 빠지게 제방을 부수기 시작했다.

그 순간 뜻밖에도 뒤쪽에서 복병이 나타났다. 주변이 몹시 어두웠던 탓에 적이 어디에 있고 얼마나 있는지 알 수 없어 농기구 부대는 허둥지둥 아군끼리 싸우거나 엉뚱한 방향으로 갔다 돌아오는 등 대혼란에 빠졌다. 대장 냉포가 어딨는지조차 파악할 수 없었다.

냉포는 도망치던 끝에 또다시 위연에게 붙잡혔다.

촉나라 장수 오란과 뇌동은 냉포를 되찾으러 낙성에서 나와 형주 군을 추격했지만 길을 막고 기다리던 황충이 오란과 뇌동을 격퇴해버렸다.

어찌하면 좋은가! 냉포는 다음 날 또다시 포로가 되어 부성으로 끌려가는 수모를 겪어야 했다.

현덕은 약속을 어긴 냉포를 냉엄하게 질책했다.

"나는 무인으로서 예를 다해 그대를 대했고 인의로써 용서했다. 허나 그대는 은혜를 원수로 갚았다. 이제는 아무런 연민과 거리낌 없이 그대 목을 벨 수 있겠구나."

바로 수하에게 명하여 성 밖에서 냉포 목을 깔끔하게 베었다.

현덕은 위연과 황충에게 거한 상을 내리고 막빈 영년에게 전투 결과를 알리며 깍듯이 예를 다했다.

"모두 그대가 해준 충고 덕분이오."

그 무렵 형주에서 마량이 공명이 보낸 서간을 들고 먼 길을 찾아왔다.

낙봉파(落鳳坡)

1

"아, 그리운 서체로군."

현덕은 공명이 보낸 서간을 받더니 먹물 향과 서체에 감격하며 빠져들 듯이 읽어 내려갔다.

방통은 현덕 곁에 서 있었다.

옆에 사람이 있다는 사실마저 잊은 채 현덕은 공명이 보내온 서간을 몇 번이고 반복하여 읽고 또 읽었다.

현덕은 깊은 정을 내비쳤다. 멀리 떨어진 탓도 있겠으나 정말로 아름다운 군신 관계.

'휴….'

방통은 속으로 한숨을 내쉬었다. 신기한 한숨이다. 방통은 마음속에 생각지도 못한 감정이 솟아오르는 걸 억누르지 못했다. 바로 일종의 질투 같은 감정이다.

"선생, 공명은 형주에서 끊임없이 나를 걱정하오. 형주가 안전하다고는 하나 최근에 천문을 보니 서쪽에서는 여전히 항성

빛이 강하고 객성 빛이 약하니 올해는 원정으로 큰 이득을 보기 어려울 것 같고, 대장 신상에 흉사가 낄 징조마저 보인다 하니 조심하라 하오."

"호오, 그렇습니까?"

방통은 퉁명스럽게 대꾸했다.

"해서 곰곰이 생각해보았는데 대사를 급하게 처리하지 않는 게 좋겠소. 일단 서간을 가져온 마량을 돌려보낸 다음 나도 형주로 돌아가 공명과 잘 상의해보는 게 안전한 방법 같은데 선생 생각은 어떻소?"

"글쎄요…."

방통은 잠시간 말이 없었다.

방통은 자신 안에서 휘몰아치는 감정과 무진 싸우는 중이다. 억누르려 해도 마음속에서 부글부글 치솟는 기묘한 질투심을 스스로 부끄러워하며 떨쳐 내려 힘썼으나 결국 저도 모르게 이성과는 정반대 말이 입에서 흘러나오는 게 아닌가.

"뜻밖의 말씀이십니다. 인명은 재천이라고 하지 않습니까. 이만큼이나 원정을 진행한 마당에 이제 와 공명이 보낸 서간에 마음이 흔들리시면 되겠습니까?"

어느새 방통은 그저 반대를 위한 반대를 하였다.

'내가 촉나라에서 혁혁한 공을 세울 것 같으니 공명은 이를 시기한 것이다. 해서 적당한 핑계를 대며 주군 마음을 흔들어 서촉 원정에 대한 공을 빼앗으려는 속셈이리라.'

방통은 점점 이런 식으로만 생각했다. 해서 평소와는 달리 말이 길어졌다.

"저도 조금이나마 천문을 볼 줄 압니다. 올해는 황숙에게 길한 해는 아니나 그리 흉한 해도 아닙니다. 항성이 서방에서 빛나는 것도 황숙께서 성도를 취할 것이라는 징조입니다. 오히려 신속하게 진군하는 편이 좋습니다. 위연과 황충을 부수 전선에 세워두는 건 하책입니다."

방통이 격려하니 현덕은 바로 다음 날 부성을 떠나 전선으로 향했다.

"낙성은 촉나라에서 가장 험준한 요해요. 어떻게 돌파하면 좋겠소?"

예전에 장송에게 받은 서촉 41주 지도를 펼쳐보며 현덕은 고민에 빠졌다.

그러던 중 법정이 또 다른 지도를 가져왔다.

"잘 알려지지 않은 사실인데 낙산 북쪽에 샛길이 있습니다. 이 길은 낙성 동문으로 이어집니다. 산맥 남쪽에도 샛길이 있는데 서문과 이어집니다. 제 지도와 장송이 건네준 지도를 비교해보십시오."

자세히 비교해보니 법정 말대로다.

현덕은 이내 마음을 정했다.

"방통 선생은 군사 절반을 이끌고 북쪽 길로 가시오. 나는 나머지 반을 이끌고 남쪽 길로 갈 테니 나중에 낙성에서 만납시다그려."

방통은 의아하다는 표정을 지었다. 북쪽 길은 넓고 다니기 쉽지만, 남쪽 길은 좁은데다 험난하다. 현덕은 방통 표정을 보고는 덧붙였다.

"간밤에 꿈에서 괴물이 나타나 쇠로 된 여의(如意, 승려가 설법할 때 드는 불교 도구 – 옮긴이)를 휘둘러 내 오른쪽 팔꿈치를 쳤소이다. 덕분에 오늘 아침까지 팔꿈치가 아팠소. 이 꿈 탓인지 군사 신변이 걱정되오. 차라리 군사께선 부성으로 돌아가 후방을 지키면 어떻겠소?"

물론 방통은 그 말을 웃어넘기고 전장에 나설 준비를 서둘렀다. 아뿔싸! 출발하는 날 아침, 방통이 탄 말이 묘하게 난동을 부리다 오른쪽 앞다리가 부러지는 바람에 불길하게도 방통은 낙마하고 말았다.

2

방통이 낙마하는 모습을 보자 현덕은 깜짝 놀라 말에서 내려 몸소 방통을 안아 일으켰다.

"군사, 어째서 이런 난폭한 말을 타시오. 다른 말로 바꾸는 게 좋겠소이다."

방통은 허리를 어루만지며 일어났다.

"오랫동안 타고 다닌 말인데…. 여태까지는 이런 일이 없었습니다."

방통은 연신 고개를 갸웃거렸다.

현덕은 순간 얼굴을 찡그렸다. 출진을 앞둔 상황에서 불길한 징조다. 현덕은 자신이 타고 다니던 온순한 백마를 방통에게 하사했다.

"군사, 타시오. 이 말이라면 괜찮을 것이오."

주군이 베푼 은혜에 감격한 나머지 방통도 이때만큼은 눈물을 글썽거렸다. 방통은 고마운 마음으로 백마로 갈아탄 다음 현덕과 작별하고 북쪽 큰길로 나아갔다.

훗날 돌이켜보면 진격하기 편한 큰길을 택했을 때 이미 방통의 운명은 정해진 것이나 다름없었다.

촉나라에서 으뜸가는 명장 장임과 용장 오의, 유괴 등은 앞선 전투에서 냉포를 잃고 원통해하며 낙성 안에서 얼굴을 맞대고 복수를 다짐하던 참이었다. 때마침 척후병이 와서 현덕이 이끄는 대군이 남쪽과 북쪽 길로 다가오는 중이라고 보고했다.

"바로 지금이 기회다."

장임은 각 장군과 협의하여 싸울 준비를 단단히 하는 한편 노련한 궁수 3000명을 복병으로 삼아 산길 험준한 곳에 심어둔 채 다음 보고를 기다렸다.

"적군이 보입니다."

척후 부대 대장이 와서 장임에게 알렸다.

"예상하신 대로 적군 대장으로 보이는 자는 달빛처럼 새하얀 말을 탔습니다. 지금도 그 대장이 지휘하는 가운데 적군은 무더위 속에서 힘겹게 산을 넘습니다."

그 말을 듣자 장임은 무릎을 탁 치며 기뻐했다.

"옳거니!"

장임은 즉시 복병으로 심어둔 궁수 3000명에게 명했다.

"분명 그 백마를 탄 장수가 현덕이다. 적군이 다가오면 일제히 백마를 노려 화살과 돌을 퍼부어라."

궁수들은 노궁과 철궁을 빈틈없이 준비하며 적이 오기만을 애타게 기다렸다.

때는 늦여름이었다.

풀과 나무도 무더위에 시들어갔다. 방통이 지휘하는 군대는 등에와 벌에게 시달려 시뻘건 얼굴을 한 채 열 걸음을 기어오르다 한숨을 쉬고, 스무 걸음을 걷다가 땀을 닦으며 헐떡헐떡 산을 넘었다.

문득 전방을 바라보니 양쪽에 절벽이 늘어선 가운데 나무가 하늘을 가릴 듯 울울창창하게 우거진 험준한 길이 보였다.

방통은 그늘로 들어가 땀을 식혔다.

"아마도 이렇게 험준한 산길은 촉나라밖에 없을 것이다. 여기는 뭐라 불리는 곳이냐?"

방통은 촉군에 있다가 귀순한 병사에게 물었다.

"낙봉파(落鳳坡)입니다."

"뭐라, 낙봉파?"

방통은 무슨 일인지 갑자기 안색이 새파랗게 바뀌더니 가던 길을 멈췄다.

"내 도호가 봉추인데 이곳 이름이 낙봉파라니…. 불길하다."

방통은 급히 말 머리를 돌리고 채찍을 들어 전군에게 명했다.

"되돌아가자. 다른 길로 가야겠다."

그 채찍이 방통의 죽음을 부르는 신호가 될 줄이야.

갑자기 산이 무너질 듯 석포와 불화살 소리가 울려 퍼졌다.

"앗!"

몸을 숨길 틈도 없이 방통이 탄 말은 화살을 맞아 붉게 물들어갔고 비처럼 쏟아지는 화살 속에서 가엾은 봉추 선생, 희대의 인재는 허무하게 백마와 함께 쓰러졌다. 서른여섯이라는 젊은 나이였다.

3

촉나라 장임은 백마에 탄 적장이 현덕이라 착각하고 절벽 위에서 방통의 죽음을 내려다보고는 무진 기뻐하며 수하에게 명했다.

"적군 총대장은 죽었다. 수장을 잃은 형주 군 놈들 시체로 골짜기를 메워버려라."

산을 뒤흔들 듯이 승리에 찬 함성을 지르며 촉나라 병사들은 허둥대는 형주 군을 무참히 공격했다. 형주 군은 독 안에 든 쥐처럼 그저 도망치느라 바빴고 촉나라 군사가 자행하는 일방적인 학살에 대항할 의지조차 잃었다. 산으로 골짜기로 도망친 이들도 원숭이처럼 날렵한 촉나라 군사가 휘두르는 창을 피하지는 못했다.

"후속 부대가 전투를 벌입니다."

위연은 방통보다 훨씬 앞쪽에서 진군하다가 전령을 받았으나, 그리 대수롭지 않게 여겼다.

'분명 선봉과 주력 부대를 차단하려는 작전이구나.'

다시 오던 길을 되돌아갔다.

그런데 바위산을 깎아서 만든 동굴 앞까지 왔을 때 위에서 기다리던 장임 부대가 일제히 활을 쏘고 돌을 던지는 게 아닌가.

"안 되겠다. 복병이 깔렸구나."

"동굴 입구가 사람과 말 시신과 바위에 가로막혀 되돌아갈 수 없습니다."

앞쪽에 있던 군사의 말을 듣고 위연은 진퇴양난에 빠졌다.

"좋다. 이리된 이상 우리만이라도 서둘러 낙성으로 가서 남쪽 길로 진격하는 황숙 본대와 합류하자."

결심을 굳힌 위연은 말을 타며 앞으로 죽죽 전진했다.

겨우 낙산 등줄기를 넘어서 서쪽 기슭을 향해 내려가자 아래로 낙성 서쪽 성곽이 보였고, 아미문(蛾眉門), 사월문(斜月門), 철귀문(鐵鬼門), 극관문(棘冠門) 등이 산을 등지고 날카로운 욱은지붕(지붕면 중간 부분이 안쪽으로 휜 지붕 – 옮긴이)이 줄줄이 드러났다.

형주 군이 나타난 걸 알아차린 촉군은 북과 징을 울리며 각 문에서 연기같이 뛰어나와 위연 군을 둘러쌌다.

"형주 군을 모조리 죽여라!"

지휘관은 오란과 뇌동 등 명망 높은 촉나라 대장들이다. 위연은 중군을 뒤에 남겨둔 채 선봉대만 데리고 적지로 들어섰을 때부터 이미 죽음을 각오했다. 얌전히 죽을 수는 없다며 적과 맞서 죽을힘을 다해 싸웠다.

이때 돌연 뒤쪽 산에서 나타난 군사 한 무리가 북과 징을 울리고 함성을 지르며 핏물이 강을 이룬 전장에 검과 창이 격전하는 노도를 몰고 왔다.

'기쁘구나. 분명 유 황숙이다.'

위연의 기대와는 달리 장임 부대다.

"꼼짝없이 전멸하겠구나."

위연도 이제는 자포자기했다.

그 순간 남쪽 산길에서 현덕이 보낸 선봉대가 위연 이름을 부르며 달려왔다.

"황충이 여기 있다. 안심하라 위연."

이윽고 현덕이 이끄는 중군도 착착 도착했다. 이로써 양쪽 병력이 백중세를 이루어 마침내 격전이 벌어졌으나 현덕은 방통이 보이지 않는 걸 수상히 여겼고, 이에 부리나케 퇴각 명령을 내렸다.

"부성으로 돌아가라!"

형주 군은 큰길에 있는 관문을 돌파하며 썰물같이 부성으로 퇴각했다.

관평과 유봉 등 부성을 지키던 이들이 자못 궁금한지 현덕을 마중 나왔다.

이윽고 도망쳐 온 패잔병을 통해 '군사 방통은 낙봉파에서 처참하게 전사했다'는 사실이 알려졌다.

현덕은 말할 필요도 없이 비탄에 빠졌다.

"나쁜 예감이 적중했구나."

돌이켜보면 불길한 징조가 수두룩했다.

죽은 방통의 혼백을 달래기 위해 태백성이 반짝이는 하늘 아래 제단을 쌓고 원정대 장병들은 그 앞에서 공손히 절하며 눈물을 철철 흘렸다.

"낙성을 짓밟아버리겠다!"

위연과 유봉 등 젊은 장수는 복수심을 불태웠으나, 현덕은 수심에 잠긴 채 성문을 굳게 걸어 잠그고 수비에만 집중했다.

"함부로 나서지 마라."

그러고는 관평을 급히 형주로 보내며 공명에게 하루속히 촉나라로 건너오라는 서간을 전하도록 부탁했다.

파군성(破軍星)

1

칠월 칠석날 초저녁이다.

성안 거리는 온통 붉은 연등과 푸른 연등으로 수놓아 미려하고도 화려했다.

비록 형주성에 현덕은 없었지만, 공명은 관례대로 제사를 올리고 주연을 열어 장수들이 오랫동안 노고해온 보람을 위로했다.

밤이 이슥해졌을 때 큰 별 하나가 수상하게 빛나며 서쪽 하늘로 날아가더니 흰빛을 남기고는 땅에 떨어졌다.

"아아, 파군성이다."

공명은 잔을 떨어뜨리더니 느닷없이 슬프다고 읊조렸다.

다들 술이 깬 듯 잔을 내리며 물었다.

"군사, 어째서 그리 슬퍼하십니까?"

"제군들, 오늘부터 며칠 동안은 멀리 나가지 마시오. 조만간 안 좋은 소식이 있을 것이오."

그로부터 이레 후에 공명이 한 예언대로 관평이 원정지에서 서간을 갖고 돌아왔다.

"군사 방통은 전사했고 주군은 부성에 머무르는 중인데 사방이 적으로 둘러싸여 진퇴양난에 빠졌습니다."

그러면서 현덕이 쓴 서간을 내밀었다.

공명은 서간을 읽더니 눈물을 줄줄 흘렸다. 즉시 주군을 구하러 갈 준비를 하라고 명했으나 한 가지 걱정이 남았다. 다름 아닌 형주의 안전이다.

"관우, 귀공과 관평은 형주에 남아서 동쪽으로는 오나라에 대비하고 북쪽으로는 조조를 막아내며 주군께서 원정 나가신 동안 적이 한 치도 침범하지 못하도록 지켜주시오. 촉나라에 들어가 싸우기보다 훨씬 어렵고 중요한 일이오. 귀공 말고는 적임자가 없소이다. 그 옛날 도원에서 맺은 결의를 생각해서라도 이 어려운 임무를 맡아주시오."

"도원결의 얘기를 꺼내시니 더는 할 말이 없소이다. 안심하고 촉나라로 서두르시오. 형주는 반드시 지켜내겠소."

"받으시오."

공명은 현덕이 맡기고 간 형주 총대장 인수(印綬)를 관우에게 넘겼다.

관우는 공손하게 받은 다음 감격했다.

"대장부가 신임을 받아 한때라도 국가 대사를 맡았으니 이제는 죽어도 여한이 없소이다."

공명은 언짢은 표정을 지었다. 죽음을 가볍게 여기는 듯한 관우 말투 탓이다. 한 나라를 짊어진 자가 그토록 죽음을 가벼이 여겨서는 안심할 수 없었다. 공명은 시험 삼아 관우에게 질문했다.

"다름 아닌 귀공이니 만에 하나라도 실수할 일은 없겠으나 만약 오나라 손권과 위나라 조조가 동시에 형주로 쳐들어오면 어찌하겠소?"

"부대를 둘로 나누어 각각 격파하겠소."

"위험한 작전이오. 내가 귀공에게 여덟 글자로 가르침을 내리겠소."

"어떤 내용이오?"

"북쪽의 조조를 막아내고(北拒曹操) 동쪽의 손권과 화친하시오(東和孫權). 이 말을 꼭 기억하시오."

"그렇구려…. 잊지 않도록 마음에 새겨두겠소이다."

"부탁하오."

하여 형주 인수는 관우가 이어받았다.

이적, 미축, 상랑(向朗), 마량 등 여러 문관이 관우를 보좌했고 관평, 주창, 요화(廖化), 미방 등 장수들도 형주에 남아 관우를 도왔다.

공명은 1만이 채 되지 않는 형주 정예 병사만을 이끌고 출발했다.

장비를 대장으로 삼아 협소한 수로와 험준한 육로 양쪽을 이용하여 촉나라로 향했다.

"장비, 그대는 파군(巴郡, 중경)을 지나 낙성 서쪽으로 가시오. 나는 조운을 선봉으로 삼아 배편으로 낙성까지 가겠소."

부대를 둘로 나누어 촉나라로 출발하는 날, 야외에서 연회를 베풀어 잔을 들고 서로의 앞날이 무사하길 기도했다.

"어느 쪽이 먼저 낙성에 도착하는지 선진을 겨룹시다. 건승하시오."

2

공명은 장비와 헤어질 때 장비에게 단단히 충고했다.

"촉나라에는 훌륭한 무인이 많소. 귀공 같은 호걸이 몇 사람이나 있소. 게다가 지세도 험준하오. 함부로 진격하거나 퇴각해서는 아니 되오. 약탈이나 도적질을 하지 않도록 부하들을 잘 타이르시오. 가는 곳마다 노인과 아이를 정중하게 대하고 덕으로만 민심을 얻으시오. 군율은 엄하게 지키되 개인적인 감정으로 부하를 채찍질해서는 아니 되오. 이를 지키면서 신속하게 낙성으로 진군하여 경사스러운 첫 공훈을 차지하시오."

장비는 공명에게 예를 다하고 용감하게 앞으로 전진했다.

장비 수하 1만 기는 한천(漢川)을 휩쓸었다. 장비 군은 군령을 단단히 지키고 약탈과 살육을 저지르지 않아 가는 곳마다 병사와 백성은 장비 군 깃발을 보고 항복해 왔다.

이윽고 장비 군은 파군에 이르렀다.

촉나라 명장 엄안(嚴顔)은 비록 늙었으나 활을 잘 쐈고 태도를 능숙히 휘둘렀으며 기개도 높았다.

장비는 성 밖 10리에 진지를 세우고 사신을 보내서 이런 말을 전했다.

"늙은 엄안 보게나. 내 깃발을 보고도 어찌 항복하지 않는가? 더 지체하면 성벽을 부수고 온 성을 피로 물들이리라."

"가소롭구나. 떠돌이 들개 같으니라고⋯."

엄안은 사자의 귀와 코를 자른 다음 성 밖으로 쫓아냈다. 이를 본 장비는 당연히 격노했다.

"두고 봐라. 지금 당장 파성(巴城)을 잿더미로 만들어주마."

쏜살같이 말을 타고 해자 앞까지 다가갔다.

하지만 적은 성문을 닫고 방루를 견고히 쌓을 뿐 아무도 나가서 싸우지 않았다. 그뿐만 아니라 성루에서 고개를 비죽 내밀어 장비를 마구 조롱해대는 게 아닌가.

"그 말을 후회하게 해주마."

장비는 해가 질 때까지 맹공을 퍼부었다.

그렇지만 성벽은 함락될 기미가 보이지 않았다. 일사불란하게 성벽을 기어오르던 병사들은 모조리 화살이나 돌에 맞아 해자에 푹푹 처박히기 일쑤다.

장비는 그 자리에서 야영하고 이튿날 새벽부터 다시 공세를 펼쳤다. 그러자 노장 엄안은 처음으로 성루 위에 모습을 드러내어 장비를 도발했다.

"네놈이 성을 피로 물들이겠다고 한 말은 이제 보니 자기들 피를 뿌리겠다는 소리였구나. 정말 수고가 많다."

장비 얼굴은 붉은 칠을 한 것처럼 새빨개졌다. 수염이 덥수룩한 입을 헤벌쭉 벌리며 꽥 소리 질렀다.

"좋다. 네놈을 사로잡아 살을 뜯어먹어 주마!"

그러자 엄안이 튕긴 활시위 소리가 아침 공기를 뒤흔드는 동시에 획 하고 화살이 날아왔다.

"앗!"

장비가 말 등에 몸을 잽싸게 숙이자 화살은 투구에 맞고 튕겨 나갔다. 다행히 화살이 투구를 꿰뚫지는 못했으나 금속끼리 부딪친 강렬한 충격이 장비의 뇌와 콧등을 때리며 눈에서 불꽃을 튀겼다.

장비도 이 충격에는 버티지 못하고 어질어질 현기증을 느낄 정도였다.

"오늘은 일진이 사납군."

그날 장비는 후진으로 물러났다.

"과연, 촉나라에는 꽤 뛰어난 무장이 있기는 하군."

장비가 적에게 감탄하는 건 드문 일이다. 엄안 실력을 인정하며 힘만으로는 성을 뚫기 어렵다는 사실을 깨달았다.

성에서 조금 떨어진 곳에 꽤 높은 언덕이 있는 게 눈에 띄었다. 장비는 그 언덕에 올라 성안을 두루두루 살펴보았다. 성안에 있는 병사는 정연하게 자리를 지켰고 꽤나 강해 보였다. 장비는 목청이 좋은 부하를 골라 그 언덕에 서서 욕설과 악담을 퍼붓도록 시켰다.

그래도 아무도 신경 쓰지 않았고 나와서 싸우려는 기미조차 보이지 않았다.

아군 병사를 성 가까이에 보내 도망치는 척하며 적군을 유인한 다음 단번에 성안으로 뚫고 들어가는 작전도 시도해봤으나 소용없었다.

"놈이 부리는 전술은 마치 어린아이 장난 같구나. 정말 웃겨서 말이 안 나올 지경이다."

엄안은 그저 비웃으며 적들이 고군분투하는 모습을 지켜볼
뿐 결코 장비 계책에 말려들지 않았다.

장비, 풀을 베다

1

돌파구는 백방으로 노력하고 고뇌한 끝에야 나타나는 법. 인생이란 늘 그렇다.

장비는 돌연 한 가지 계책을 생각해냈다.

"모여라."

병사를 700~800명 모은 다음 명했다.

"너희는 이제부터 낫을 들고 산에 들어가 말꼴을 베어 와라. 되도록 파성 뒷산 깊은 곳에 난 꼴을 베라."

낫을 든 풀베기 부대는 뿔뿔이 흩어져 파성 뒷산에 하나둘 올랐다.

다음 날에도, 그다음 날에도 병사들은 그저 예초하러 나갔다. 성안에 있는 엄안은 이 광경을 수상히 여겼다.

"장비 녀석, 무슨 생각으로 갑자기 풀을 베기 시작했지?"

엄안이 성문을 굳게 닫고 지키기만 하니 그동안 손쓸 도리 없이 발만 동동 구르던 장비가 어째서 갑자기 공격을 멈추고 산에서 풀이나 베기 시작했는지 그 이유를 도통 짐작할 수 없었다.

"다들 낫을 들고 성 뒷문으로 모여라."

엄안은 정찰병 열을 골라서 명했다.

저녁녘에 정찰병들은 낫을 들고 성 뒷문으로 모였다.

"너희는 밤에 뒷산으로 올라 동틀 녘에 장비 병사가 오거든 그 사이에 끼어 장비 본진으로 은근슬쩍 숨어들어 가라. 그러고는 놈들이 왜 풀을 베는지 알아내는 즉시 돌아와 알려라. 빨리 와 보고하는 순으로 상을 내리겠다."

엄안이 파견한 세작들은 풀베기 부대로 변장하고 각각 산으로 들어갔다.

다음 날 저녁.

장비 병사들은 평소처럼 말에 풀을 가득 싣고 줄줄이 본진으로 돌아왔는데 풀베기 부대 대장이 장비에게 가서 구시렁거렸다.

"장군, 일이 힘들어서 드리는 말씀은 아닙니다만 굳이 이런 식으로 산길을 만들지 않아도 파성 뒤쪽에는 낙성으로 가는 샛길이 있습니다. 왜 그 길로 가지 않습니까?"

그러자 장비는 처음 들었다는 듯 눈을 부릅뜨며 소리쳤다.

"뭐, 뭐라. 샛길이 있단 말이냐? 멍청한 놈, 그런 길이 있는 걸 알면서 왜 여태까지 말을 안 했느냐!"

장비가 사자가 울부짖듯 우렁차게 호통치자 풀베기 부대뿐 아니라 전군이 벌벌 떨었다.

"더는 지체할 수 없다. 출발 준비를 서둘러라. 파성 따위는 내버려 두고 곧장 낙성으로 간다. 밥을 짓고 군장을 꾸려라."

장비가 다급히 명령하자 진지는 초저녁부터 어수선해졌다.

이경에 식사를 했다.

삼경에 병마가 대오를 갖추었다.

사경이 되자 병마는 달빛이 비치는 가운데 이슬에 젖으며 조용히 산길로 나아갔다.

엄안이 심어둔 세작은 어둠을 틈타 장비 군을 탈출하여 성안으로 달려들어 갔다.

돌아온 밀정들은 엄안에게 일제히 똑같은 보고를 했다.

"오호라!"

엄안은 손뼉을 쳤다.

"파군성 수비가 철통 같으니 포기하고 샛길을 통해 낙성으로 가려는 모양이구나. 장비, 어리석구나. 나도 바라는 바다."

엄안은 부대를 나누어 샛길 이곳저곳에 복병을 심었다. 그러고는 장수들에게 단단히 일러두었다.

"장비의 선진과 중군이 산을 넘을 때쯤이면 한참 후방에 군량미를 실은 수레가 있을 것이다. 그때를 노리며 대기하다 북소리를 신호 삼아 덤벼들어 적의 허리를 끊어라. 그러고 나서 나뉘어진 적군을 각개 격파로 몰살시켜라."

이윽고 적의 선봉과 중군이 나무로 우거진 산길을 지나갔다. 장비도 똑똑히 보였다. 엄안은 선봉과 중군을 그냥 보내고 이어서 병참 부대가 다가오자 북을 치며 아군에게 신호를 보냈다.

"지금이닷!"

2

사방에 숨어 있던 복병은 함성을 지르며 적 부대를 절단했고 후미에 있던 병참 부대를 포위했다.

놀랍게도 아까 중군과 함께 지나간 줄 알았던 장비가 병참 부대 안에서 뛰어나오며 큰 소리로 외쳤다.

"엄안, 이 영감태기야. 잘 만났다."

엄안은 깜짝 놀라 하마터면 말에서 떨어질 뻔했다.

표범 같은 머리, 형형한 눈, 호랑이 같은 수염을 보아하니 틀림없이 장비다.

"그래, 잘 만났다. 장비야, 꼼짝 마라."

부하들 앞에서 도망칠 수도 없는 노릇이라 엄안은 어쩔 수 없이 말을 걸터타고 장비에게 덤벼들었다.

"늙은이가 겁이 없구나."

장비는 비웃으면서 장팔사모(丈八蛇矛)도 쓰지 않은 채 손을 뻗어 엄안 갑옷에 달린 끈을 홱 움켜잡았다. 그러고는 엄안을 아군 부대 한가운데로 기세 좋게 던져버렸다.

"자, 받아랏."

엄안은 비록 내동댕이쳐졌지만 추하게 뒹굴지는 않았으니 과연 무예를 갈고닦은 노장이다. 조금 비틀거리기는 했으나 즉시 일어서서 주위에 있는 병사와 맞서 싸웠다. 그래도 나이는 속일 수 없었다. 싸우다 힘이 다해 적에게 사로잡혀 꽁꽁 묶이고 말았다.

아까 중군을 이끌고 지나갔던 장비처럼 생긴 장수는 변장한

가짜였다. 선봉대와 중군도 금세 되돌아와서 엄안 군을 착착 포위했다.

"엄안은 이미 우리 포로가 되었다. 항복하는 자는 살려주겠으나 저항하는 자는 갈기갈기 찢어 멧돼지와 늑대 먹이로 던져주겠다."

장비가 엄포하자 엄안 군은 앞다퉈 갑옷과 무기를 던져버렸고 반 이상이 자진하여 포로가 되었다. 마침내 장비 군은 파성 땅을 밟을 수 있었다.

장비는 세 가지 군령을 내렸다.

하나, 백성을 해하지 마라.
하나, 성에 있는 물건을 함부로 부수지 마라.
하나, 성에 있는 신하와 백성을 정중하게 대하라.

그러자 파성에 있는 민중은 장비를 달리 보며 존경했다.

"장비라는 대장은 소문과는 달리 훌륭한 인물이구나."

장비는 단 위에 올라 엄안을 내려다봤다.

엄안은 꿇어앉지 않았다.

장비는 눈을 부릅뜨며 질타했다.

"너는 예의도 모르느냐?"

엄안은 장비를 비웃으며 차갑게 받아쳤다.

"적에게 차릴 예의 따위는 모른다."

장비는 단 위에서 펄쩍 뛰어내렸다. 그러고는 허리에 찬 검을 빼 들며 위협했다.

"헛소리 마라. 당장 항복하지 않으면 그 목을 베어버리겠다."

"그러냐. 목아…, 오랫동안 함께한 내 목아. 이제 헤어질 때구나. 장비, 머뭇거리지 마라. 베라!"

엄안은 길게 목을 쭉 내밀었다.

장비는 돌연 엄안 뒤에 서서 뒷짐결박을 슬슬 풀었다. 그러고는 손을 움켜잡고 단상 위에 오르더니 무릎을 꿇고 재배했다.

"엄안, 귀공은 진정한 무장이오. 귀공의 절개와 의리를 해하려는 뜻이 아니었소. 방금 저지른 무례를 용서해주시오."

"그대가 의리를 안다는 말인가."

"엄안, 귀공은 내가 황숙과 관우와 나눈 도원결의를 모른단 말이오?"

"물론 아오. 그대도 이토록 훌륭한 무장인데 관우와 현덕은 얼마나 더 뛰어난 인물일지 상상하기조차 어렵구려."

"우리와 함께 촉나라 백성을 편안하게 해주시오."

"그대도 말을 참 재치 있게 하는구면."

엄안은 장비에게 은혜를 느끼고는 항복하고 말았다. 이와 동시에 성도로 가기 위한 계책도 알려줬다.

"이곳과 낙성 사이에는 크고 작은 관문이 37개나 있소. 정면으로 돌파하려다가는 100만 군사로도 3년 이상 걸릴 터. 내가 선봉에 서서 '나조차 버티지 못했는데 그대들이 감히 당할 수 있겠는가?' 하고 설득하면 자진해서 항복할 것이오."

실제로 엄안을 앞세우며 나아가니 잇달아 관문과 성이 저절로 길을 열어 피 한 방울 흘리지 않은 채 모든 요새를 무사 통과할 수 있었다.

금안교

1

공명이 7월 10일에 형주를 출발하며 띄운 파발은 이윽고 현덕이 머무는 부성에 도착했다.

"오, 육로와 수로로 나뉘어 곧장 촉나라로 서두른다는군. 기다려지는구나. 공명과 장비는 언제쯤 도착할까…."

현덕은 부성에 틀어박혀서 떠다니는 구름과 날아다니는 새에게 눈길조차 주지 않은 채 그저 하늘만 쳐다보았다.

그러던 어느 날 황충이 간언했다.

"주군, 요즘 적군 분위기를 보니 우리 군이 부성에서 나오는 기색이 없어 기다리다 지쳐 나태해진 모양입니다. 곧 공명이 군사를 이끌고 나타나면 적의 사기도 금세 오를 것입니다. 따라서 원군만을 기다릴 게 아니라 적의 허를 찔러 승리를 거둬 두면 성도 공략을 위한 여정에 적지 않은 도움이 될 것입니다."

"일리 있다."

사려 깊은 현덕도 황충이 충언하자 마음이 움직였다.

때마침 정찰병이 올린 보고를 들어보니 황충이 말한 대로다. 현덕은 마침내 100일 동안 지속한 농성을 접고 과감히 성 밖으로 나섰다.

물론 야습이다. 예상대로 야외에 진을 친 적군은 허둥지둥 도망치느라 바빴다. 유쾌하게 대승을 거두었다. 형주 군은 막대한 군량과 무기를 노획하며 낙성 근처까지 수월하게 진격했다.

궤멸당한 촉군은 하나같이 성으로 도망쳤고 성문을 단단히 걸어 잠갔다. 촉나라 명장 장임이 내린 명을 순순히 따르는 듯했다.

이 성 남쪽에는 두 갈래 산길이 있었고, 북쪽은 부수에 접한 형국이다. 현덕은 몸소 서문을 공격했고, 황충과 위연이 이끄는 군세는 동문을 습격했다.

안타깝게도 성이 함락되기는커녕 문짝 하나 꿈쩍하지 않았다. 꼬박 나흘 동안 목이 쉬고 손발이 지칠 때까지 동문과 서문을 공격했으나 별다른 피해를 입히지 못했다.

"때가 무르익었소."

장임이 오란과 뇌동에게 묘한 말을 내뱉었다. 두 장군도 장임이 내놓은 의견에 고개를 끄덕이며 동의했다.

사실 촉군은 그동안 진심으로 싸운 게 아니었다. 현덕 군세를 유인하면서 지치기만을 기다려왔던 것이다.

촉군은 남쪽 산에 있는 샛길을 통해 잇달아 산으로 들어가 먼 길을 우회했다. 북문에서는 강에 배를 띄워 밤사이에 맞은편 기슭으로 건너가서 현덕 군의 퇴로를 막기 위해 숨을 죽이고 기다렸다.

"성 수비는 백성에게 맡겨라. 일부 장병 외에는 모두 성 밖으로 나가서 현덕 군을 철저하게 섬멸하라."

장임은 용기 있는 결단을 내렸고 곧이어 봉화를 신호 삼아 성문에서 군사들이 징과 북을 울리고 함성을 지르며 쏟아져 나오는 게 아닌가.

때는 해 질 녘이다. 요 며칠 동안 피로가 쌓였는지 현덕 휘하 군마는 조용히 밥 짓는 연기를 피우던 중이다. 당연히 제대로 맞서지 못했다.

마치 황하에 이는 거센 물살에 사람과 말이 휩쓸려 가는 듯한 모습이다. 현덕 군은 추풍낙엽인 듯 사방팔방으로 흩어져 줄행랑을 놓았다.

"쏴라."

"나가라!"

도망치는 길목마다 산과 강으로 우회해 온 촉군이 진지를 세우고 단단히 벼른 채 기다렸다. 오란과 뇌동 두 장군과 수하들은 피에 굶주렸다는 듯이 용맹을 십분 떨쳤다.

"안타깝구나. 어째서 눈치채지 못했을까…."

현덕은 비통한 나머지 얼굴을 말갈기에 파묻으며 정신없이 채찍을 휘둘렀다.

문득 주변을 돌아보니 아군은 단 한 사람도 없었다.

가을바람이 구슬피 불었고 하얀 별하늘이 반짝였다. 다행히도 밤이다.

현덕은 지친 말을 채찍질하며 애써 산길을 달려 나갔다.

뒤에서는 계속 촉군이 쫓아오는 소리가 들려왔다.

골짜기와 봉우리에서도 촉군이 내지르는 함성이 무섭게 메아리쳤다.

"하늘이 나를 버렸는가…."

현덕은 울부짖었다.

이때 산 위에서 군사 한 무리가 뛰어 내려오는 걸 보고 현덕은 눈물을 닦으며 조용히 마지막 각오를 다졌다.

2

"이름 있는 적장 같구나. 생포하라!"

현덕은 몰려오는 군마 속에서 누가 이렇게 외치는 소리를 들었다. 신기하게도 익숙한 목소리다.

"잠깐, 기다려라."

누가 병사들을 제지하며 말을 몰아 현덕 앞으로 달려왔다. 세세히 살펴보니 다름 아닌 장비다.

"오, 장비구나."

"황숙 아니십니까?"

장비는 말에서 부리나케 뛰어내렸다. 그러고는 현덕 손을 덥석 잡으며 재회를 기뻐했다.

적군은 산기슭까지 성큼성큼 다가왔다. 급한 상황인지라 자세한 이야기는 나중으로 미루고 장비는 전군을 이끌며 반격에 나서 촉군을 들입다 쳐부쉈다.

홀연히 새로운 부대가 나타나 기세등등하게 성 아래까지 밀고 들어오는 모습을 보자 촉나라 장군 장임은 다급히 명했다.

"다리를 올리고 성문을 닫아라."

그러고는 낙성에 전군을 수용한 다음 이내 잠잠해졌다. 훗날 사람들에게 이런 말이 오르내렸다.

"유 황숙은 그날 패전했을 때 이미 죽은 목숨이나 다름없었으나, 파군을 돌파하고 산을 넘어 길잡이로 나선 엄안의 안내를 받으며 낙성까지 달려온 장비 장군의 원군과 약속이라도 한 듯 만나서 구사일생으로 살아남다니 단순한 우연이나 기적이 아니다. 분명히 날 때부터 훗날 천자에 오르는 운명과 행운이 따랐을 것이다."

무사히 부성으로 돌아간 현덕은 장비에게 엄안이 세운 공로를 듣자 대단히 기뻐하며 금 사슬로 짠 갑옷을 벗어서 엄안에게 하사했다.

"노장군, 약소하나 일단 받아주시오. 귀공이 아니었으면 내 동생도 이토록 빨리 서른 군데가 넘는 요해를 무사히 지나오지 못했을 터."

게다가 엄안이 설득한 덕에 각 요새가 잇달아 항복해 장비 병력은 몇 배로 불어난 상태다.

부성은 갑작스레 우세해졌다. 이를 알지 못한 채 낙성을 나와 부성을 습격한 오란과 뇌동은 장비, 황충, 위연 등이 꾸민 교묘한 생포 작전에 감쪽같이 걸려들어 포로가 되었고 마침내 현덕에게 항복했다.

"한심하구나."

낙성 안에서 오의와 유괴 등이 그 소식을 듣고 이를 부드득

갔았고 격분하며 외쳤다.

"이리된 이상 결전을 치르는 한편 성도에 전령을 보내 대군을 요청합시다!"

명장 장임은 침통하게 말을 던졌다.

"그 방법도 좋지만 우선 이러면 어떻겠는가."

붓을 들어 그림을 그려가면서 조용하고도 은밀하게 작전을 설명했다.

다음 날 장임은 말을 걸터타고 부대 선두에 서서 당당하게 성문을 나섰다.

"네놈이 장임이구나."

장비는 장임을 보자마자 장팔사모를 휘두르며 사납게 달려들었다.

"이런, 안 되겠군."

수십 합을 싸운 끝에 장임은 달아나기 시작했다.

성 북쪽은 산기슭과 골짜기와 부수 강변이 맞닿아 있는 복잡한 지형이다. 장비는 어느새 장임을 놓치고 몇 안 되는 병사와 함께 이곳저곳 헤매던 중 순식간에 적에게 둘러싸였다.

"저 호랑이 수염이 난 장수를 사로잡아라!"

사방에 적의 깃발이 가득했고 북소리와 함께 달려온 촉병들이 장비 수하를 몰살해버렸다. 장비는 혼자서 가까스로 피바다를 헤치면서 부수 쪽으로 혈로를 뚫었다.

촉나라 장수 오의는 비겁하다고 장비를 조롱하며 쫓아가다가 봉변을 당했다. 갑자기 옆에 있던 제방을 넘어 창을 들고 덤벼든 형주 군 대장과 싸우다 몇 합 만에 무기를 뺏기고 생포 당했던 것이다.

"어이, 장비. 내가 왔네. 어서 돌아와 함께 적을 무찌르세."

그 목소리를 듣고 장비가 획 뒤돌아보니 공명과 함께 형주를 출발했던 상산의 조운이다.

3

공명 휘하 군사는 장강을 통해 좁은 물길을 1000리나 거슬러 올라온 끝에 부수 강변에 도착했다는 것이다.

적병을 섬멸한 다음 조운이 경위를 차근차근 설명하자 장비가 물어왔다.

"군사는 이미 부성에 가 계신가?"

"그러하네."

"서두르세, 우리."

두 사람은 서둘러 부성으로 발걸음을 옮겼다.

조운은 도중에 생포한 촉나라 장수 오의를 데리고 입성했다.

"나를 따르지 않겠소?"

현덕이 정중하게 묻자 오의는 현덕의 범상치 않은 인품을 보고 진심으로 항복했다.

공명도 마침 그곳에 있었다. 오의에게 손님에 대한 예우를 다하며 질문했다.

"낙성 안에 병력은 얼마나 있소? 유장의 아들 유순을 보좌하는 장임은 어떤 인물이오?"

"유괴는 몰라도 장임이 지닌 지략은 보통이 아닙니다. 촉나라에서 으뜸가는 명장이라 할 수 있습니다. 쉽게 낙성을 취하기는 어려울 것입니다."

"음…. 장임을 생포한 다음에 낙성을 공략해야겠구려."

공명이 마치 상 위에 있는 그릇이라도 집듯이 가볍게 말하는 걸 듣고 오의는 공명을 수상쩍게 바라보았다.

'이 사람은 큰소리치는 버릇이 있나? 아니면 정신이 좀 이상한 건가?'

다음 날 공명은 오의가 하는 안내를 받으며 주변 지형을 구석구석 살피고 다녔다.

공명은 돌아와서 위연과 황충을 불러 명했다.

"금안교(金雁橋) 주변 5~6리에는 갈대가 무성하니 복병을 두기에 적합하오. 위연은 철쟁(鐵鎗) 부대 1000명과 함께 왼편에 숨어 있다가 적이 다가오면 단번에 찔러 들어가시오. 황충은 언월도 부대를 이끌고 오른편에 숨어 적병과 말 다리를 노려 공격하시오. 장임은 불리해지면 반드시 동쪽 산을 향해 도망칠 터."

공명은 마치 장기판 위에서 말을 움직이듯이 설명했고 장비와 조운에게도 따로 계략을 일러주었다.

이윽고 낙성 앞에서 북소리와 징 소리가 울려 퍼졌다. 성안에 있는 병사에게 보내는 도전장이다.

망루에서 형세를 살피던 장임은 적군 후방에 연락 부대가 없는 걸 보고 이렇게 생각했다.

'공명은 병법에 어둡구나.'

장임은 적을 되도록 성 가까이에 끌어들인 다음 섬멸하는 전략을 세웠다. 적군은 해자로 바싹 다가와 성벽을 기어오르기 시작했다.

"좋았어. 나가라."

여덟 성문을 열고 밖으로 기세 좋게 나섰다. 동시에 남쪽과 북쪽 산기슭에 매복시켜둔 성병도 봉황 날개처럼 적병을 싹 둘러쌌다.

현덕 휘하 군사는 처참하게 궤멸당하여 퇴각하기 시작했다.

"지금이 기회다."

장임이 마침내 진 앞에 모습을 드러냈다. 오늘이야말로 형주군을 섬멸할 날이라고 하면서 몸소 군사를 이끌고 금안교를 넘어 2리나 전진했다.

"아뿔싸!"

이때 뒤돌아보니 뒤쪽에 적군이 보이는 게 아닌가. 게다가 금안교가 부서져 있다니….

"방심하지 마라. 적 조자룡이 뒤에 있다."

허둥지둥 돌아가려는 순간 좌우에 펼쳐진 갈대밭에서 창이 우수수 튀어나왔다. 우르르 밀어닥치는 창을 피하려 몸을 돌리자 이번에는 다른 쪽에서 언월도가 말과 사람 다리를 싹둑싹둑 베기 시작했다.

"이런 제길, 남쪽으로 퇴각하자."

그곳에도 이미 형주 군이 버티고 기다렸다.

어쩔 수 없이 부수 지류를 따라 동쪽 산지로 말 머리를 돌렸다. 얕은 물을 건너서 겨우 맞은편 광야로 발을 내디뎠다. 그곳에도 수상한 군세 한 무리가 깃발을 휘날리며 사륜거 1대를 지키고 있는 게 아닌가.

"여봐라, 저기 우선(羽扇)을 들고 수레에 앉아 손짓하며 나를 부르는 자는 누구냐?"

"원군으로 온 현덕의 군사 공명일 것입니다."

"하하하. 공명인가…."

장임은 어깨를 들썩이며 웃어젖혔다.

4

이상하게도 공명이 탄 사륜거를 지키는 병사들은 노인이었고 다른 병사도 뒤룩뒤룩 살이 쪘거나 허약해 보이는 이들뿐이다.

"소문으로 들은 공명과는 영 딴판이구나. 손자와 견줄 만한 용병의 달인이라고 들었건만 저 진형과 병사는 대체 뭐란 말이냐? 이런 병사 따위 식은 죽 먹기다. 저 버러지 같은 놈들을 싹 쓸어버려라!"

장임이 호령하자 배후에 있던 병사 수천이 한꺼번에 우르르 달려들었다.

사륜거는 그 모습을 보자 줄걸음을 놓았다. 우왕좌왕 갈피를 못 잡았다.

"수레에 앉은 절름발이야, 게 서라!"

잘만 하면 맨손으로 사로잡을 수 있겠다며 장임은 말을 걸터타고 득의양양하게 달려 나갔다. 다른 병사에게는 눈길도 주지 않고 수레를 향해 굵은 팔을 쭈욱 뻗은 찰나.

"잡았다!"

발밑에서 이런 소리가 들려왔다. 어찌 된 영문인지 갑자기 밑에서 말 다리를 번쩍 들어 넘어뜨린 사나운 병사가 있었다.

장임은 쿵 하고 보기 좋게 낙마했다. 순식간에 또 다른 사람이 장임을 덮쳐 왔다. 이자도 일개 병사치고는 엄청난 괴력을 자랑하는 소유자다.

그도 그럴 것이 두 사람은 병사로 변장한 위연과 장비다.

파괴된 줄 알았던 금안교도 사실은 부서지지는 않았다. 장임이 상류로 피해 물이 얕은 곳을 건너 성으로 향한 사실을 알고 갈대밭에 주둔하던 형주 군은 사륜거를 끌고 강 맞은편으로 건너가 미리 이곳에 와서 장임을 기다리던 것이다.

산과 골짜기로 도망친 촉나라 군사도 거의 죽거나 항복했다.

그중에는 얼마 전에 성도에서 막 지원군으로 나온 탁응(卓膺)이라는 대장도 끼어 있었다.

장비, 황충, 위연이 이끄는 각 부대도 저마다 공을 세우며 이곳으로 모여들었다. 마치 만개했던 꽃이 해가 져서 다시 오므라드는 것처럼 한 곳으로 모여드는 형주 군 모습은 그야말로 장관이다.

"아아, 촉나라도 이제 끝이구나."

포로가 되어 끌려가는 도중에 장임은 하늘을 바라보며 짧게 탄식했다. 부성에 도착하자 현덕이 장임에게 정중하게 권했다.

"촉나라 장수들은 다 항복했소. 귀공만 항복하지 말라는 법도 없잖소."

그러자 장임은 당당하게 거부했다.

"내 비록 미천하지만, 촉나라에 충성을 맹세한 몸. 어찌 두 주 군을 섬기겠소."

현덕은 아까운 인물이라며 갖은 방법으로 설득했으나 장임은 끝끝내 듣지 않았다. 그저 우렁차게 외칠 뿐이다.

"목을 쳐라."

보다 못한 공명이 현덕에게 조언했다.

"집요하게 청하는 것도 진정한 충신에 대한 예의가 아닙니다. 자비로운 마음으로 목을 쳐서 그 충절을 인정하시는 게 좋겠습니다."

하여 장임 목을 베고 시신을 수습하여 금안교 옆에 충혼비를 세워주었다. 밤중에 기러기가 떼 지어 비석 주위를 맴돌며 울었다. 장임의 충혼을 달래주는 것 같았다.

이윽고 낙성은 본격적으로 형주 군에게 둘러싸였다.

항복한 오의와 엄안 등 몇몇 대장이 진 앞에 나와 성안에 있는 군사를 열심히 설득했다.

"무익한 농성은 성안 백성을 괴롭힐 뿐이다. 우리조차 항복했는데 어찌 그대들이 지키겠소. 개죽음당하지 마시오."

이때 유일하게 남은 장수 유괴가 성루 위에 나타나 비난을 퍼부었다.

"나라 은혜를 잊은 놈들이 무에 그리 할 말이 많으냐?"

다음 순간 유괴는 성루에서 아래로 고꾸라졌다. 누가 뒤에서 유괴를 밀어버린 모양이다. 동시에 성문이 안쪽에서 활짝 열리는 게 아닌가.

순식간에 성 위에는 현덕을 상징하는 깃발이 휘날렸다. 성안에 있던 사람 중 7할 정도가 항복해왔다.

유장의 아들 유순은 이 난리 통에 놀라 몇 안 되는 수하를 이끌고 북문을 통해 서둘러 달아났다. 이 잔병들은 곧장 성도로 발걸음을 부지런히 놀렸다.

"유괴를 성루에서 떠민 자는 누구냐?"

점령 후에 현덕이 자못 궁금하여 물었다.

"무양(武陽) 출신으로 이름은 장익(張翼), 자는 백공(伯恭)이라는 자입니다."

옆에서 누가 넌지시 알려주었다.

현덕은 잊지 않고 장익을 불러 적당한 상을 내렸다.

5

낙성 시내는 이내 평온을 되찾아갔다. 피난 갔던 백성도 다시 하나둘 낙성 땅을 밟았다.

"정말 고마운 공고가 나붙었구나."

팻말을 보는 이마다 새로운 정치를 찬양했다.

공명은 남몰래 시내를 돌아다니며 거리 분위기를 살핀 다음 현덕에게 진언했다.

"주군께서 베푸신 성덕은 성 곳곳에 알려진 듯합니다. 이제 성도만 남았으나 자칫 서두르다가는 일을 그르칠 우려가 있습니다. 낙성을 중심으로 주변 지방을 포섭한 다음에 성도를 공략해도 늦지 않을 것입니다."

"옳거니!"

현덕도 같은 생각이었던 모양인지 즉시 부대를 나눠 각 지방으로 파견했다.

엄안과 탁응에게는 장비를 붙여 파서(巴西)와 덕양(德陽) 지방으로 보냈다.

장의와 오의에게는 조운을 붙여 정강(定江)과 건위(犍爲) 지방으로 파견했다.

이들 부대가 각 지방을 포섭하는 한편 공명은 항복한 장수들을 불러 성도 공략을 위한 작전을 심도 깊게 논의했다.

"이곳 낙성과 성도 사이에는 어떤 요해가 있소?"

항복한 장수 하나가 입을 열었다.

"면죽관(綿竹關)이 있습니다. 그 외에는 검문소 역할을 하는 관문뿐이라 별 볼 일 없습니다."

이때 법정이 들었다. 법정도 이번 원정 때부터 현덕 편이 된 사람인지라 촉나라 사정에 밝았다.

"성도 민중은 곧 주군이 다스릴 백성입니다. 그러니 가혹한 전투를 벌이거나 지나친 두려움을 주는 일은 삼가는 게 좋겠습니다. 사방에 주군의 어진 통치를 증명해 보이며 서서히 은덕으로 민심을 얻어야 합니다. 제가 한번 서간을 보내 성도에 있는 유장을 설득해보겠습니다. 유장도 민심을 잃었다는 사실을 알면 제 발로 항복하러 올지도 모릅니다."

"아주 좋은 생각이오."

공명은 법정이 내놓은 생각을 극찬하며 그 방침에 따르기로 결정했다.

한편, 성도에서는 곧 현덕이 쳐들어온다는 불안이 컸는지 민심이 흔들렸고 대책을 논의하느라 부성(府城) 내부는 어지간히 어수선했다.

오늘도 태수 유장을 중심으로 적을 막을 방법을 논의하는 회의가 열렸으니 그 자리에서 종사(從事) 정탁(鄭度)이 열변을 토했다.

"국가에 위기가 닥치면 자연히 방어하는 힘도 강해지는 법. 관민이 똘똘 뭉쳐 험난함을 이겨낼 의지가 있다면 먼 길을 오느라 지친 형주 군을 두려워할 이유가 어딨겠소. 아무리 현덕이 우리 촉나라를 침략한다 해도 민심을 얻지는 못했소이다. 당장 파서 지방에 있는 모든 농민을 부수 서쪽으로 이주시키고 마을에는 아무것도 남기지 맙시다. 쌀과 곡식을 불태우고 논밭을 갈아엎으며 물에 독을 풀어서 형주 군이 쌀 한 톨도 얻지 못하게 만들면 100일 내로 굶주림에 빠져 허덕일 터. 성도와 면죽관을 철통같이 방어함과 동시에 밤낮으로 적을 기습하여 괴롭힌다면 아마 겨울이 올 때쯤에 현덕이 이끄는 대군은 전멸을 면하지 못할 것이오. 제군들은 어찌 생각하시오?"

일동은 쥐 죽은 듯이 말이 없었다. 이때 태수 유장이 어렵게 말을 꺼냈다.

"모름지기 국왕이란 나라를 지키고 백성을 편안케 해야 하는 법인데 백성을 이주시켜서 적을 막는다는 말은 난생처음 들어 보는구나. 이는 곧 패배로 이어질 책략이다. 마음에 딱히 들지 않는다."

유장은 평소 모습과는 달리 명언을 내뱉으며 정탁이 제안한 의견을 거부했다.

이때 법정이 정식으로 서간을 보내왔다. 내용을 보아하니 대세를 설명하면서 지금 현덕과 화친했을 때 얻을 이익을 제시하고 이를 통해 가문을 존속시키는 게 현명한 판단이라고 쓰여 있었다.

"나라를 배신하고 적에게 투항한 배은망덕한 놈이 무슨 면목으로 내게 추태를 보이느냐."

유장은 길길이 화를 내며 법정이 보낸 사신을 그 자리에서 베어버렸다.

즉시 면죽관을 방어하는 병사를 충원함과 동시에 가신 동화(董和)가 낸 의견을 수용하여 한중의 장로에게 부리나케 사신을 보냈다. 아무리 찬밥 더운밥 가릴 처지가 못 된다고는 하나 위험한 사상적 침략주의 국가에 도움을 청하는 어리석은 길을 택하고 말았던 것이다.

서량, 다시 한번 불타다

1

홀연히 몽골고원에 나타나 오랑캐 군세를 거느리고 순식간에 농서(隴西, 감숙성甘肅省) 지방을 평정하며 나날이 기세를 더해가는 이가 있었다.

건안 18년 8월 가을이다. 이 군세를 이끄는 대장은 다름 아닌 예전에 조조에게 패하고 어디론가 도망친 마등 장군의 아들 마초다.

'반드시 아버지 원수 조조를 쓰러뜨리겠다.'

마초는 그동안 몽골족 마을에 숨어들어 와신상담하며 재기를 꾀했다.

"조조 목을 칠 때까지 칠전팔기하리라."

이 기백으로 가는 곳마다 풀을 베듯 적을 휩쓸다 보니 마초 군세는 점점 강대해졌다.

이곳 기현(冀縣)에 있는 성 하나는 좀처럼 함락되지 않았다.

대장은 위강(韋康)이다. 위강은 장안(長安)의 하후연에게 사

자를 보내 원군을 청했으나 '중앙에 계신 조 승상의 허락 없이
는 군사를 움직이기 어렵다'는 답장을 받고 낙담했다.

"적은 병력으로 성을 지켜내는 일은 쉽지 않다. 아군도 우리
를 저버렸으니 차라리…."

위강은 급기야 항복할 생각마저 들었다.

동료 중 참군(參軍) 양부(楊阜)라는 장수가 있었다. 양부는
위강이 먹은 생각에 극구 반대하며 항복을 말렸다. 허나 위강
은 끝내 성문을 열고 마초에게 무릎을 꿇었다.

"좋다."

마초는 항복을 기꺼이 받아들이고 성안으로 들어가더니 위
강과 수하 40여 명을 붙잡아 줄줄이 목을 쳤다.

"위기가 닥쳤을 때 항복하는 자는 의리가 없으니 아군으로
삼아도 어차피 쓸모없다."

마초는 전혀 아쉬워하지 않았다.

그때 한 신하가 경솔하게 말을 건넸다.

"양부는 베지 않으십니까? 그자는 위강에게 항복하지 말자
고 간언한 발칙한 놈입니다."

"그게 의리고 무인이 가야 할 길이다. 양부는 베지 않겠다."

마초는 되레 양부를 살려줬을 뿐만 아니라 참사(參事)로 삼
아서 기성(冀城) 수비를 맡겼다.

양부는 마초를 따르는 척하면서 몰래 기회를 엿보다가 어느
날 마초에게 며칠 말미를 달라고 청했다.

"제 부인은 두어 달 전에 고향 임조(臨洮)에서 세상을 떠났는
데 이번 전란을 겪느라 장례도 제대로 치르지 못했습니다. 이

래서는 고향 사람과 친구에게 체면이 서지 않으니 한번 다녀오고 싶습니다."

"좋다."

마초는 흔쾌히 허락했다.

이윽고 양부는 고향 땅을 밟았다. 진짜 목적은 역성(歷城)에 사는 숙모를 뵙는 일이다. 숙모는 '정숙하고 현명한 부인'이라 주변 나라까지 소문난 사람이다.

"면목 없습니다."

양부는 숙모를 만나자 바닥에 엎드려 대성통곡했다.

"안타까울 뿐입니다. 지금 저는 적군을 위해 일하는 처지가 되었습니다. 진심으로 항복하지는 않았습니다만 오늘 이곳에 찾아온 이유는 따로 유감스러운 일이 있어서입니다."

"양부, 사내답지 못하게 왜 그리 눈물을 흘리나. 사람은 마지막에 진심을 보이면 된다네. 살아 있는 동안에 듣는 칭찬이나 험담 따위 마음에 두지 말게나."

"고맙습니다. 제 자신이 부끄러워서 눈물을 흘린 게 아닙니다. 숙모님 아들 생각을 하니 분통합니다."

"아니, 무슨 말인가?"

"마초 놈이 부리는 횡포로 이 지방에 사는 모든 사대부가 치욕을 입은 마당에 어찌 이곳 역성에서 한가로이 지낸다는 말입니까? 젊은이가 들고 일어서지는 못할망정…. 저는 그 사실에 몹시 분개해서 발걸음 하였습니다. 현명한 숙모님 자식이 어찌 그럴 수 있단 말입니까?"

"게 누구 없느냐? 강서(姜敍)를 불러와라."

부인이 시녀 방에 말하자마자 방에 걸린 장막을 넘어 한 청년이 나타났다.

"어머님, 강서는 여기 있으니 부르지 마십시오."

바로 역성의 무이장군(撫夷將軍) 강서다!

2

강서와 양부는 사촌 형제 사이고 위강과 강서는 주종 사이다.

본디 강서가 역성에서 병사를 이끌고 위강에게 힘을 보태주어야 했으나 위강이 빨리 항복하는 바람에 가지 못했다.

"아까부터 장막 뒤에서 얘기를 들어보니 형님께서는 내가 한가롭게 지낸다고 분개하신 모양이오만 형님이야말로 한번도 싸우지 않고 마초에게 항복하여 기성을 내주지 않았소? 이제와 세상일에 어두운 우리 어머님 앞에서 마치 내가 태만하고 비겁한 사람인 양 험담을 하다니 자기 잘못은 덮어둔 채 남을 헐뜯는 비열한 행각이 아니겠소?"

젊은 강서는 어머니가 옆에 계신 것도 잊은 채 사촌 형을 비난했다.

양부는 강서가 보여주는 기개를 되레 기뻐하며 자신은 주군 원수를 갚기 위해 잠시 항복한 척했다고 해명했다.

"만약 자네가 역성 병사를 이끌고 기성으로 쳐들어온다면 나는 성안에서 호응하겠네. 내가 이 말을 하려고 일부러 아내 장례를 핑계로 말미를 얻어 자네를 찾아온 걸세."

강서는 다감한 청년이다. 의리를 위해서는 제 한 몸 죽더라도 여한이 없다면서 양부와 굳게 약속한 다음 은밀하게 전투 준비를 시작했다.

역성에는 강서가 신뢰하는 장수가 두 사람 있다. 통병교위(統兵校尉) 윤봉(尹奉)과 조앙(趙昂)이다.

조앙의 아들 조월(趙月)은 기성이 함락된 후 마초의 시종이 되어버렸다. 조앙은 귀가하자마자 슬피 울면서 아내에게 상의했다.

"오늘 주군 강서가 마초를 칠 준비를 하라는 명을 내렸는데 우리 아이는 지금 적의 성에 있소. 만약 아비인 내가 강서 수하 임을 알면 조월은 순식간에 목숨을 잃을 텐데 이 일을 어찌한 단 말이오. 당신에게는 좋은 생각이라도 있소?"

조앙 처는 그 얘기를 듣자 눈물을 글썽였지만, 이내 마음을 다잡으려는 듯 목소리를 높이며 남편을 나무랐다.

"우리 아이 하나 걱정하느라 주군이 내린 명을 어기고 고향을 배신하는 행위는 당신의 무명을 더럽힐 뿐만 아니라 조상의 명예를 훼손하고 자손에게 수치를 안겨주는 짓입니다. 대체 무얼 망설이겠습니까? 만약 당신이 대의를 버리고 불의를 저지른다면 저도 더는 살아 있을 이유가 없습니다."

오랫동안 동고동락한 처가 훌륭한 말을 해주자 조앙은 그저 눈이 휘둥그레질 뿐이다.

"알겠소이다. 더는 흔들리지 않겠소."

강서와 양부는 역성에 주둔했고 윤봉과 조앙은 병사를 이끌고 기산(祁山)으로 진군했다.

조앙의 처는 의복과 머리 장식을 팔아 기산 진지를 직접 찾아 갔다. 도중에 술을 여러 항아리 사서 진중으로 보냈던 것이다.

"출진 축하 선물입니다. 모든 병사에게 한잔씩 나눠 주세요."

"이 술은 조앙 교위(校尉) 부인이 우리를 격려하기 위해 머리 장식과 옷을 팔아가며 마련했다."

병사들에게 술을 나눠 주자 다들 감격하며 눈물을 줄줄 흘렸고 사기가 하늘을 찌를 듯 드높아졌다.

한편, 이 소식은 금세 기성으로 전해졌고 마초는 얼굴이 시뻘게졌다.

"전투에 앞서 조앙의 자식 조월의 목을 베어라!"

이 명령을 내려 전군에 흐르는 사기를 북돋웠다.

방덕과 마대는 즉시 출발했다. 물론 마초도 가만있지 않았다. 살기를 내뿜으며 역성으로 발걸음을 옮겼다.

이때 마치 백로 무리처럼 새하얀 부대가 마초 군 앞길을 막아서는 게 아닌가. 강서와 양부를 비롯한 모든 장병이 흰 전포를 입고 흰 깃발을 든 채 진군했다.

"돌아가신 주군의 원수인 마초를 토벌하여 저승에 있는 영혼을 달래리라."

복수전을 결심한 역성 군은 비장한 마음으로 전투에 임했다.

"미천한 것들…."

마초는 비웃더니 마치 흰 눈을 치우듯이 백색 군세를 공격하기 시작했다.

3

마초가 선보인 용맹함은 만부부당했다. 당연히 역성 병사들은 철저하게 짓밟혔다. 강서와 양부도 마초를 당해내지 못하고 도망칠 수밖에 없었다.

하지만 기산에는 윤봉과 조앙이 지휘하는 부대가 든든하게 버텼다.

"바로 지금이 기회다."

느닷없이 북소리를 울리며 마초 군 측면으로 거세게 치고 들어갔다.

강서와 양부도 재빨리 말 머리를 돌렸다.

"마초가 계략에 걸려들었다!"

아군을 격려하며 측면으로 치고 들어온 부대와 함께 마초 군을 협공하기 시작했다.

마초 군세는 잠시 고전을 면치 못했다. 허나 장비가 부실한 지방 병사는 애초에 온전한 장비를 갖춘 용맹한 오랑캐 병사의 상대가 되지 않는 법.

마초 군은 순식간에 불리한 진형을 이겨내더니 반격에 박차를 가했다. 강서와 역성 측 군세는 또다시 뿔뿔이 흩어져 곳곳에 시체를 쌓아갔으니 곧 궤멸당할 위기에 처했다.

그때 뜻밖에도 산을 넘어온 위나라 대군이 마초 군 후방을 덮쳤다. 바로 장안의 하후연이다.

여러 장수가 진두에 서서 외쳐댔다.

"조 승상이 내리신 명령에 따라 역적 마초를 토벌하러 왔도다. 목숨이 아깝거든 항복하여 중앙 정부 휘하로 복속하라!"

하후연이 지휘하는 군세는 훈련을 충분히 받고 장비도 제대로 갖춘 중앙군인지라 용맹한 마초 군도 적잖이 당혹했다.

"일단 물러서자."

결국, 마초도 퇴각을 명했다.

마초 군은 기성으로 돌아갔다. 맙소사! 갑자기 기성에서 화살이 비처럼 쏟아지는 게 아닌가.

"멍청한 놈, 우리는 적이 아니다! 당황하지 마라. 눈을 똑바로 뜨고 봐라."

마초가 꾸짖으며 성문 앞으로 다가가자 누가 성벽 위에서 마초를 향해 시체를 몇 구 던졌다.

"아, 아니?"

그중 한 구는 부인 양(楊)씨다. 다른 시체 세 구는 마초의 아이들이다.

뒤이어 성 위에서 시체가 하나둘 떨어졌다. 모두 마초 일가친척이다.

마초는 부아가 치밀어오른 나머지 낙마할 뻔했다. 이때 마대와 방덕이 마초를 따라잡았다.

"우리가 성을 비운 사이에 양관(梁寬)과 조구(趙衢)가 반기를 꾀하여 하후연 군세를 끌어들인 모양입니다. 이곳은 위험하니 어서 피하시지요."

마대와 방덕이 마초를 재촉하고 앞길을 막아서는 적을 흩뜨리며 밤새 달려 나갔다.

홀연히 아침 안개에 파묻힌 성문이 눈에 띄었다. 마초는 몹시 두려워하며 물었다.

"어딘가?"

방덕이 기운 없이 대답했다.

"적군 진영인 역성입니다."

"뭐, 역성?"

마초는 슬금슬금 뒷걸음질쳤다. 아군 병사는 뿔뿔이 흩어져 불과 50~60기밖에 남지 않았다. 이래서는 승산이 없다.

방덕은 곤란한 상황을 돌파할 줄 아는 지략이 뛰어난 장수다. 마초와 마대를 격려하며 선두에 나섰다.

"강서 부대다!"

방덕이 외치자 이 잔병들은 쉽게 성안으로 입성했다.

밤사이에 잇달아 승전보를 받아서 기뻐하던 성병들은 갑자기 성안에서 난전이 벌어지자 당황해 마지않았다.

성안으로 잠입한 마초 일당은 먼저 강서 집을 습격하여 그 어머니를 살해했다.

그러고 나서 윤봉과 조앙 집을 포위하여 처자와 하인을 모조리 없애버렸다. 다행히 정절 높은 조앙의 부인은 기산 진지에 가 있어 목숨을 건졌다.

방비가 부족한 상황이다 보니 성안에 있던 병사는 대개 도망가거나 죽임을 당하여 역성은 불과 50~60기밖에 남지 않은 마초 군에게 점령당했다. 이 또한 하룻밤밖에 가지는 못했다.

다음 날, 날이 밝아오자 하후연, 강서, 양부 군세가 쳐들어와 순식간에 역성을 탈환했고 마초는 난전 속에서 분투하다가 마대, 방덕과 함께 나라 밖으로 갈데없이 멀리 도주했다.

마초와 장비

1

혜성같이 나타났다가 안개처럼 사라진 마초는 대체 어디로 도망쳤을까?

농서 지방은 평화를 되찾았다. 하후연은 전후 치안을 강서에게 맡기는 한편 양부에게는 예를 다했다. 하후연은 양부를 굳이 수레에 태워 도읍으로 올려 보냈다.

"그대는 이번 전란에서 중앙 권위를 지켜낸 최고 공헌자요."

양부는 이번 싸움에서 몸 여기저기를 부상당한 까닭이다.

이윽고 양부를 태운 수레가 허도에 도착하자 조조는 양부가 보여준 충절을 칭송해 마지않았다.

"그대를 관내후(關內侯)로 봉하노라."

양부는 극구 사양했다.

"기성에서 주군을 잃고 역성에서 일족을 잃었으나 마초는 살아 있으니 무슨 면목으로 영예로운 작위를 받겠습니까? 그저 부끄러울 따름입니다."

작위를 받지 않으려 거부하니 조조는 거듭 타일렀다.

"서토(西土) 사람들은 그대가 보여준 행동거지와 겸손한 마음가짐을 미담으로 여긴다. 만약 내가 그 충절에 보답하지 않으면 조조는 어리석은 자라고 소문날 터. 단지 그대 한 사람을 빛내기 위해 작위를 내리는 게 아니다. 그대가 보여준 충의와 선행을 만민에게 모범으로 삼으려는 의도니 그 뜻을 웅숭깊게 헤아리려오."

양부도 더는 거절하지 못하고 은혜에 감사하며 일약 관내후 자리에 올랐다.

마초와 수하 마대와 방덕 등 6~7명은 각지를 유랑하다가 한중에 이르러 오두미교(五斗米敎) 종문대장군(宗門大將軍) 장로의 신세를 졌다.

장로에게는 마침 혼기가 찬 딸이 있었다.

"마초는 세상에 견줄 사람이 없는 영걸이다. 나이도 젊으니 마초를 우리 집안 사위로 삼으면 한중이 쌓을 기업은 더욱 확고해질 터. 장래에 촉나라를 상대할 때도 상당히 도움이 되겠지."

장로가 이 생각을 일족이자 대장인 양백(楊柏)에게 상의하자 난색을 지었다.

"글쎄, 잘 모르겠습니다."

"문제라도 있소?"

"신중하게 생각하셔야 합니다."

"왜 그렇소?"

"마초는 용맹하나 지략이 모자랍니다. 성품을 보면 부모와 처자를 돌보지 않고 공명심만 앞서는 사람 같습니다. 가족조차 사랑하지 않는 자가 어찌 다른 사람을 사랑하겠습니까?"

하여 혼담은 없던 일이 되었다.

마초는 이 사실을 전해 듣고 양백에게 앙심을 품었다.

'쓸데없는 말을 해서 잘돼가던 일에 초를 치는구나.'

마초가 해코지할까 봐 두려워진 양백은 형 양송(楊松)을 찾아가 애걸복걸했다.

"나 좀 살려주시오. 뭔가 좋은 방법은 없겠소?"

이때 촉나라 태수 유장이 보낸 밀사로서 황권이 한중 땅을 밟은 참이다. 마침 그날 양송은 황권과 밀담을 나눌 약속이 있었는지라 동생을 방에 두고 황권이 머무르는 객관으로 발걸음을 옮겼다.

"예전부터 정식으로 사자를 보내서 여러 차례 장로 장군께 도움을 청했지만 좀처럼 촉나라를 도와주시지 않는구려. 역사적으로 촉나라와 한중은 순망치한 관계니 만약 현덕이 촉나라를 점령하면 그다음에는 분명 한중을 노릴 터."

황권은 한중이 현덕을 퇴치해준다면 촉나라 영토 중 20주를 한중에 넘기겠다며 열의를 다해 설득했다.

"좋소. 다시 한번 장로 장군과 상의해보겠소."

양송은 촉나라를 도와주겠다고 약속한 다음 성으로 발걸음을 옮겼다. 그러고는 장로와 이 문제를 다시 논의하던 중 때마침 마초가 와 끼어들었다.

"제게 군사를 맡겨주시면 가맹관을 뚫고 단숨에 촉나라로 들어가 현덕을 토벌하여 그동안 빚진 은혜에 보답하겠습니다."

마초를 보내면 성공할 것으로 믿어 의심치 않은 장로는 촉나라를 돕기로 결정했다. 군사 한 무리를 마초에게 내주며 양백을 동행시켰다.

2

해가 져도 전운(戰雲)이 붉게 감돌았고 해가 떠도 전진(戰塵)이 자욱이 피어올랐다.

현덕 군과 촉군!

양군은 면죽관에서 대치했으니 이제 성도는 코앞이다. 이곳만 점령하면 이제 현덕은 촉나라를 손에 넣은 것이나 다름없다. 반대로 이곳에서 지면 현덕 군세는 추풍낙엽처럼 흩어져 허무하게 원정지에 떠도는 원혼이 될 것이다.

"무슨 소리지?"

본진에 있던 현덕은 귀청이 터질 듯 쩌렁쩌렁한 북소리와 징소리를 들었다. 그래도 현덕의 표정은 밝았다. 때마침 산기슭에서 사자가 달려와 큰 소리로 보고했다.

"위연이 면죽관 최고 용장 이엄(李嚴)을 사로잡았습니다."

"해서 함성이 들렸군그래."

현덕은 발돋움하며 기다렸다.

위연이 포로 이엄을 데리고 저벅저벅 걸어 들어왔다. 현덕은 위연이 세운 공을 한껏 치하한 다음 이엄의 뒷짐결박을 풀어주고 예를 다했다.

"아무리 전시라고는 하나 평소 사람들에게 존경을 받는 무인에게 어찌 치욕을 줄 수 있겠소."

이엄은 현덕이 베푸는 은혜에 감복하여 충성을 맹세한 다음 현덕의 허락을 받고 일단 면죽관으로 돌아갔다.

면죽관 대장 비관(費觀)과 이엄은 막역한 친구 사이다. 이엄은 친구에게 현덕이 얼마나 덕망 높은 인물인지 설파했다.

"자네가 그토록 칭찬하다니 현덕은 진정한 군자인가 보군. 우리는 생사를 함께하자고 맹세한 사이 아닌가. 자네 권유대로 면죽관을 내주겠네그려."

비관은 이엄과 함께 성에서 나왔다. 하여 면죽관도 현덕 손에 떨어졌다.

그 무렵 일어난 일이다. 아주 먼 나라 영웅 정도로 여겼던 서량(西涼)의 마초가 촉나라에 왔다는 소문이 파다했다.

잇따라 날아온 소식은 마초가 한중 군을 이끌고 가맹관으로 쳐들어온다는 것이다.

"아마 성도의 유장이 곤궁한 나머지 나라를 떼어 준다는 조건으로 한중의 장로에게 협력을 청한 모양이오."

현덕은 공명과 대책을 논의했다. 공명은 장비를 맨 먼저 불러들였다.

"그대와 상의하고 싶은 일이 있소."

"무슨 일입니까?"

"관우 일이오."

"형주에 있는 관우 형님에게 무슨 일이라도 생겼습니까?"

"다름 아니라 관우를 가맹관에 불러야겠소. 그대가 관우 대신 형주로 가줬으면 하오."

"아니, 왜 저를 형주로 보내고 관우 형님을 여기로 부른단 말입니까?"

장비는 불만이 가득한 표정이다. 여차하면 고함이라도 칠 기세다.

공명은 태연하게 말을 늘어놓았다.

"이번에 가맹관을 노리는 적은 서량에서 으뜸가는 호걸 마초요. 관우가 아니면 마초를 당해내기 어렵다 판단했소. 그러니 그대를 형주로 보내고 관우를 부르려 하오."

"도저히 군사가 하는 말씀이라 믿기 어렵습니다. 어찌 저를 가벼이 여기시는지요. 마초 같은 촌놈 따위 별것 아닙니다. 옛날에 장판교(長坂橋)에서 두 눈만으로 조조 100만 군사를 막아낸 사람이 누구인지 진정 모르신단 말입니까?"

장비는 눈꼬리를 치켜세우며 대들었다.

공명은 빙그레 미소를 지으며 고개를 갸웃거렸다.

"비록 그대가 장판교에서 용맹함을 떨치기는 했으나 내가 보기에 마초는 위세가 대단한 호걸인 것 같소만…."

"만약 제가 마초에게 패한다면 어떠한 군벌이라도 달게 받겠습니다."

장비는 그 자리에서 서약서를 쓰더니 손가락을 깨물어 피로 서명한 다음 눈물을 흘리면서 공명과 현덕 앞에 내밀었다.

"그렇게까지 말한다면야…."

공명은 일단 장비가 해온 청을 기꺼이 받아들였으나 만약에 일어날 상황에 대비해 신중을 기하는 뜻에서 위연에게 선봉을 명하고 현덕에게는 후방을 맡아달라 청했다. 이 편제만 보아도 공명이 얼마나 가맹관에서 치를 전투 방비를 중시했는지 짐작할 수 있다.

3

가맹관은 사천과 섬서 사이에 있는 험준한 요해다. 만약 그곳에 현덕이 파견한 지원군까지 입성하면 더욱 난공불락이 될 건 불 보듯 뻔한 일인지라, 한중 군을 이끌고 온 마초는 연일 맹렬하게 가맹관을 공격했다.

"현덕이 파견하는 원군이 오기 전에 끝내야 한다."

안타깝게도 현덕 군 선봉과 중군이 가맹관에 속속 도착했고 성 위에는 눈에 띄게 깃발이 늘어났다.

"허둥대며 부리나케 먼 길을 달려온 현덕 군 따위는 두려워하지 마라."

마초 군세는 맹공을 멈추지 않았고 더욱 거세게 관문을 공격했다.

그러자 대장 한 사람을 필두로 병사 한 무리가 관문 위에서 내려와 한중 군 선봉과 결전을 청했다.

"현덕 군 휘하에 위연이 있음을 모르느냐?"

"적으로 손색이 없구나."

위연이라는 말에 한중 군 양백이 달려들어 10여 합을 싸웠지만 당해내지 못하고 부하와 함께 발뺌했다.

"비겁하다."

위연은 승리에 취하여 줄기차게 쫓아 정신을 차려보니 그만 적진 깊숙한 곳까지 들어와 있는 게 아닌가.

그곳은 서량의 마대가 주둔하는 진지다. 위연은 마대를 보더니 마초인 줄 착각하며 칼을 빼 들고 기세 좋게 달려들었다.

마대는 붉은 창을 휘두르며 잠시 맞서 싸웠으나 금세 위연이 지닌 절륜한 실력을 알아봤다.

'강적이다. 방심할 수 없구나.'

마대는 재빨리 말을 내달려 방패 그늘에 숨으려는 찰나.

"게 서라!"

위연이 외친 순간, 마대가 몸을 홱 돌리더니 붉은 창을 잽싸게 던졌다.

"받아라!"

위연은 날래게 몸을 숙였다.

그사이에 마대는 허리에 맨 반궁(半弓)을 들어 화살을 바람같이 쐈다. 화살은 날아가 위연 오른쪽 팔꿈치에 정확하게 맞았다. 위연은 가까스로 말안장을 붙잡아 낙마를 면했으나 선혈로 등자가 붉게 물들어갔다. 위연은 말 머리를 돌려 가맹관으로 달려 들어갔다.

마대는 무너지기 시작한 아군 진형을 재정비한 다음 관문으로 밀물처럼 들이닥쳤다. 그러자 관문 위에서 또 다른 맹장이 내려오는 게 아닌가. 그자는 목청껏 자기 이름을 외쳤다.

"내가 바로 도원에서 맹세한 연인 장비다."

마대는 이 말을 듣자마자 대검을 빼 들며 용맹하게 달려들었다.

"네가 장비냐. 오랫동안 싸워보고 싶었는데 마침 잘됐구나."

"네놈이 마초냐?"

"아니다. 마초의 일족, 마대다."

"마대? 그런 놈 따윈 안중에 없다. 당장 마초를 데려와라."

"닥쳐라. 내 실력을 맛본 다음에 말해도 늦지 않다."

마대는 힘차게 검을 휘둘렀다.

장비는 순식간에 휘두르는 마대의 검을 장팔사모로 날려버렸다. 마대는 화들짝 놀라면서 도망치려 움찔했다.

"마대야, 네 목은 두고 가야지."

장비가 반쯤 놀리면서 마대를 쫓으려는 순간, 관문 위에서 누가 장비에게 명하는 소리가 들려왔다. 돌아다 보니 주군 현덕이다.

"멈춰라! 적을 얕봐서는 안 된다. 우리는 오늘 막 도착했으니 병사도 말도 다 지친 상태다. 관문을 닫고 병사들을 쉬게 하는 게 급선무다."

현덕은 망루에 올라 적진을 꼼꼼하게 바라봤다. 산기슭 부근에 수풀처럼 깃발이 늘어선 모습이 눈에 띄었다. 이윽고 대장 한 사람이 진 앞으로 말을 걸터타고 나와 사기를 고취했다. 사자 모양을 한 투구를 쓰고 은빛 갑옷을 입은 채 긴 창(鎗)을 이리저리 휘두르니 주변에 거센 바람이 부는 듯했다.

"마초로군. 세간에선 마초가 지닌 절등한 용맹함을 칭송하며 서량의 금마초(錦馬超)라 하더구나. 저 모습을 보니 분명하군. 과연 뛰어난 무장이로다."

현덕이 마초를 칭찬하자 장비는 이를 갈면서 부르르 몸을 떨었다.

4

마초는 관문 아래로 나와 씩씩하게 외쳤다.

"장비는 어디로 숨었느냐? 내 모습을 보고 겁이라도 났느냐. 벌집 안에 숨은 벌들아. 문을 열고 썩 나오지 못할까."

"그 입 다물게 해주마."

장비는 망루 위에서 온몸에 힘을 주고 주먹을 움켜쥐며 마초를 노려봤으나 현덕이 옆에서 장비를 엄하게 제지했다.

"오늘은 싸우지 마라."

다음 날도 마초 군이 찾아와서 어제같이 성문에 침을 퉤퉤 뱉으며 도발했다.

"이제 싸워라."

마침내 현덕이 허락하자 장비는 성문을 열고 장팔사모를 든 채 뛰어나가 마초 앞에 당당하게 섰다.

"내가 바로 연인 장비다."

마초는 호탕하게 웃어젖혔다.

"우리 집안은 대대로 제후를 배출한 가문이다. 너 같은 하찮은 촌놈 따위를 어찌 알겠느냐."

곧 두 사람은 격렬한 싸움을 벌였다. 그 모습이 너무나 무시무시한 나머지 구경하는 이마다 자리에 서서 벌벌 떨 정도였다. 마치 사나운 독수리 2마리가 서로 살을 뜯고 구름 위에서 울부짖는 듯했다.

'호각지세다.'

100여 합을 싸우고는 말을 바꾸고 50~60합 불꽃을 튀기고는 물을 마셔가며 싸웠다.

그동안 양군은 서로 적당한 거리를 둔 채 징과 북을 울리고 우렁차게 함성을 지르며 각각 자기편 장수를 응원했다.

중천에 떠 있던 해가 서쪽 하늘로 저물 때까지 싸웠으나 승부가 나지 않았다. 마초와 장비는 여전히 정기와 위력을 떨쳤다.

슬슬 하늘이 어둑어둑해졌다. 양군은 서로 사자를 띄웠다.

"화톳불을 피울 동안 잠시간 군사를 물리고 두 장군에게 휴식할 시간을 주어 다시 기운을 차린 다음 결전을 치르는 게 어떻겠소?"

합의한 양군은 서로 징을 쳐서 퇴각을 알렸다. 마초와 장비도 온몸에서 허연 김을 내뿜으며 각자 진영으로 발걸음을 떼었다.

얼마 후에 다시 장비가 관문을 나서려 채비하자 현덕이 극구 말렸다.

"밤이다. 내일 다시 싸워라."

오늘 싸움을 보고 나니 현덕은 만에 하나라도 장비가 패배하여 마초에게 죽임을 당할까 봐 노심초사했다.

적군은 밤이 깊어도 물러나지 않았으며 수많은 횃불과 화톳불을 활활 피웠다.

"장비, 이제 싸울 기력이 없느냐?"

마초가 비웃으며 도발했다.

"뭐라!"

마침내 장비는 현덕이 내린 명을 거스르며 멋대로 관문을 열고 나가 마초에게 달려들었다.

마초는 금방 도망쳤다. 애초에 이는 모두 계략이다. 장비도 그 사실을 눈치채기는 했으나 성격 탓인지 그냥 두고 보질 못했다.

"비열하구나, 마초. 아까 큰소리치던 기개는 어디다 숨겨놓았느냐."

장비는 마초를 쫓아가다 그만 적진 깊숙이 발을 들여놓고 말았다.

마초는 돌연 말을 멈추더니 휙 뒤돌아 활을 쐈다. 장비는 몸을 숙인 채 말을 걸터타고 마초에게 돌진했다.

마초는 활을 버리더니 동으로 만든 팔각봉을 들어 장비를 담대하게 맞이했다. 장비가 긴 팔로 사모를 휘두르니 2장이나 앞으로 쭉 뻗었다.

"장비, 멈춰라."

뒤에서 누군가 외치는 소리가 들려왔다.

장비를 쫓아온 사람은 다름 아닌 현덕이다. 현덕은 마초를 향해 제안했다.

"나는 천하에 인의의 깃발을 내건 이래 한번도 적을 속인 적이 없소. 나를 믿고 오늘은 이만 물러나 주시오. 우리도 물러나겠소이다."

마초도 온종일 싸우느라 지쳤는지라 현덕이 해오는 제안을 순순히 받아들였다.

"잘 가시오."

마초는 현덕에게 인사하더니 선선히 퇴각했다.

그날 밤이 되어서야 군사 공명이 도착했다.

"전황은 어떻습니까?"

공명도 이곳 상황을 염려한 모양이다. 그날 일을 자세히 듣더니 현덕에게 진언했다.

5

"마초와 장비를 계속 싸우게 했다가는 한쪽이 분명 죽을 것입니다. 둘 다 희대 호걸이 아닙니까? 송구하오나 누가 죽든 주군 덕망을 훼손할 것입니다."

공명은 현덕에게 충고했다. 현덕도 같은 생각이다. 적을 살려주려면 아군으로 영입할 수밖에 없었다. 만약 그럴 수 없다면 아군에게 엄청난 위협이 될 뿐이니 온갖 수단을 동원해서 없애야만 했다.

"이는 하늘이 내린 기회입니다. 제게 묘안이 있습니다. 반드시 마초를 아군으로 끌어들여 보이겠습니다. 애초에 그럴 생각으로 왔습니다."

공명은 미심쩍어하는 현덕에게 그 이유를 찬찬히 설명했다.

"요즘 마초가 평소보다 더 강하게 나오는 이유는 앞뒤로 적에게 둘러싸여서입니다. 지금 마초는 진퇴양난에 빠진 상황이라 죽을 각오로 분투합니다."

이렇게 말머리를 꺼내더니 술술 계략을 풀어놓는 게 아닌가.

"사실은 제가 손을 써서 마초가 괴로운 처지에 놓이도록 미리 씨앗을 뿌려놓았습니다. 한중의 장로는 야심가로 어떻게든 한녕왕(漢寧王) 칭호를 얻고 싶은지라 심복 양송에게 밀서를 보냈습니다. 양송은 탐욕스러운 인물이라 수많은 금품을 뇌물로 주니 홀랑 넘어왔습니다. 제가 보낸 밀서에는 '우리 주군 현덕이 촉나라를 점령하면 천자께 상주하여 장로를 한녕왕에 봉하도록 조처하겠다. 확실하게 약속한다. 대신 가맹관에서 마초를 다시 불러들여라.' 이렇게 써서 보냈습니다."

"아…."

현덕은 눈을 동그랗게 뜨며 공명이 짠 계략에 새삼 놀랐다.

"몇 차례 연락을 주고받으며 교섭을 진행했습니다. 장로가 원한 바이기도 했고 양송에게도 여러 좋은 조건을 제시했으니 한중과 나눈 비밀 외교는 잘 성사되었습니다. 이로써 한중 측 방침은 급하게 바뀌어 마초 군은 즉시 퇴각하라는 명령을 이미 몇 번이나 받았을 것입니다."

"음…."

"하지만 마초가 순순히 명령에 따라 퇴각할 리 없습니다. 마초는 지금 나라가 없는 처지입니다. 이번 기회에 지반이나 병력을 거머쥐지 않으면 자기 운명은 끝이라 생각합니다. 세간에 쏠리는 이목과 체면도 신경 쓰이겠지요. 해서 한중이 내리는 명령을 듣지 않고 되레 급하게 가맹관을 공격하는 중입니다."

"오호라."

"장로는 마초를 안 좋게 보기 시작했습니다. 장로의 동생 장위는 양송과 친밀해서 그런지 마초에 대한 험담을 늘어놓았습니다. 마초는 한중의 병사를 이용하여 촉나라를 차지한 다음 한중에도 활시위를 겨눌 것이라는 소문을 퍼뜨리는 모양입니다."

"아, 장로는 어찌 생각하오?"

"장로 역시 길길이 화를 냈고 장위에게 병사를 내주어 국경을 지키도록 한 다음 설사 마초가 돌아오더라도 한중 땅에는 들이지 말라고 명하는 한편 마초가 있는 진지에 사자를 보내서 그대는 내 명을 거역하고 가맹관에서 퇴각하지 않았으니 달포 내로 세 가지 공을 세워라. 첫째, 촉나라를 점령하라. 둘째, 유장 목을 베어라. 셋째, 현덕이 지휘하는 형주 군을 모조리 촉나라 밖으로 쫓아내라. 이렇게 통보했다고 합니다. 이처럼 현재 마초는 몹시도 난처한 상황입니다. 저는 궁지에 몰린 마초를 구해낼까 합니다. 제 세 치 혀에 맡겨주십시오."

"군사가 직접 가서 마초를 설득하겠다는 말이오?"

"그렇습니다. 그 정도 성의는 보여야…."

"위험하오. 만에 하나라도 일이 잘못되면 돌이킬 수 없소."

"걱정하지 마십시오. 내일 해가 뜨는 대로 마초를 찾아가 보겠습니다."

"일단 하룻밤 생각해봅시다."

현덕은 쉽게 허락하지 않았다. 뜻밖에도 다음 날 적당한 인물이 가맹관에 발걸음 했다. 마치 하늘이 현덕을 돕는 듯했다.

6

그 사람 이름은 이회, 자는 덕앙(德昻)으로 촉나라에서 명망 높은 현자다. 면죽관에 있는 조운이 직접 서간을 보내며 현덕에게 천거한 인물이다.

이회는 현덕에게 물었다.

"공명 군사는 왔습니까?"

"어젯밤에 관문에 도착했소이다."

"마초를 설득하기 위해서지요?"

"어떻게 아셨소?"

"바둑은 직접 두는 사람보다 옆에서 지켜보는 사람에게 더 잘 보인다고들 합니다. 제삼자로서 방관하면 공명 군사가 오늘까지 한중의 장로에게 어떤 계략을 썼는지 훤히 들여다보이게 마련입니다."

"잠시만. 그건 그렇다 치고 귀하께선 무슨 일로 오셨소?"

"마초를 설득하러 왔습니다."

"흐음…. 마초를 내 휘하로 데려올 자신은 있소?"

"있습니다. 공명 군사를 제외하면 제가 적임자일 겁니다."

"그대는 예전에 유장 앞에서 나를 멀리하라고 간언한 적이 있잖소. 이제 와 나를 돕겠다니…. 그대는 유장과 나 둘 중 어느 쪽에 충성을 바칠 셈이오?"

"훌륭한 새는 나무를 골라서 둥지를 튼다고 합니다. 무슨 말이 더 필요하겠습니까. 황숙, 당신도 그저 촉나라를 집어삼키려는 게 아니잖습니까. 인(仁)으로써 촉나라를 다스리러 온 게 아닙니까?"

이때 병풍 뒤에서 대화를 듣던 공명이 두 사람 앞으로 나오더니 말을 툭 던졌다.

"이회, 나 대신 마초 진에 다녀오시오. 그대라면 분명 사명을 다할 수 있겠소."

공명은 현덕에게 허락을 구함과 동시에 마초에게 보낼 서간을 청했다.

잠시 후에 이회는 현덕이 쓴 서간을 들고 관문 밖으로 기세 좋게 나섰다.

마초는 본진에서 이회를 맞이하자마자 대뜸 물었다.

"넌 현덕에게 부탁을 받고 온 세객이 아니냐?"

"그렇소."

이회는 태연하게 고개를 주억거렸다.

"유 황숙 부탁으로 발걸음 한 건 아니오."

"그럼?"

"그대의 돌아가신 아버지요."

"무에?"

"불효자식을 잘 타일러달라 부탁하시더이다. 그것도 꿈에서 말이오."

"궤변은 집어치워라, 사기꾼아. 저 상자 안에는 시퍼렇게 갈아놓은 보검이 있다."

"검이 그대 목에 꽂히지 않기를 바랄 뿐이오."

"끈질기구나."

"마초, 앞날이 창창한 그대가 안타까워 그렇소! 잘 들으시오.

그대 부군을 죽인 사람은 대체 누구요? 애당초 그대가 서량에서 군사를 일으켰을 때 불구대천 원수로 지목한 자는 위나라 조조 아니었소?"

"…."

"그 조조와 싸우다 패하고 한중으로 도망와 장로의 도구로 이용만 당하다 그 일족 양송이 모함하여 진퇴양난에 빠지고 의미 없는 싸움이나 하다가 헛되이 목숨을 내버리려 하다니…. 이토록 어리석은 자가 또 어딨겠소. 부끄러운 줄 아시오. 부군 마등도 저승에서 통곡할 터."

"으음…."

"구천을 떠도는 아버지의 원통한 마음을 헤아려주시오. 만약 그대가 현덕을 죽이면 누가 가장 기뻐하리라 생각하오? 바로 조조 아니오."

"현사(賢士), 내 잘못을 깨달았소. 용서해주오."

마초는 이회 앞에 넙죽 엎드리더니 통곡하기 시작했다.

"잘못을 알았다면 막사 밖에 있는 병사들을 당장 물리시오!"

이회는 목소리에 힘을 주며 외치더니 주변을 흘겨봤다.

숨어 있던 무사들은 당황하며 슬금슬금 사라져버렸다. 이회는 마초 팔을 꼭 붙들며 다독였다.

"자, 갑시다. 유현덕이 기다린다오. 그대에게 치욕을 주지 않을 것이오. 내가 있잖소. 맡겨주시오."

성도 함락

1

마초는 약했다. 강하기만 한 사람은 아니다. 이치에 약했다. 정에도 약했다.

이회는 끈질기게 설득해 나갔다.

"현덕은 인의가 넘치고 덕이 사해에 이르며 현자를 존경하고 인재를 귀하게 여기오. 분명히 대성할 사람이오. 이런 공명정대한 인물을 주군으로 삼는 데 무얼 망설일 게 있겠소. 현덕을 도와 조조를 토벌함은 멀리 보면 만민을 위한 일이며 가까이 보면 부모 원수를 갚아 효를 다하는 길이 아니겠소?"

마침내 마초는 고개를 끄덕이더니 이회와 말 머리를 나란히 하며 관문으로 발걸음을 옮겼다.

하여 마초는 이회와 함께 현덕을 만났다.

현덕에게는 이 재기 있는 청년의 양심적인 항복을 마다할 이유가 없었다.

"함께 큰일을 도모하여 오랜 세월을 즐겨봅시다."

현덕은 귀한 손님을 맞이하듯 예를 다했다.

청년 마초는 이루 말할 수 없이 감격했다. 현덕이 베푸는 은혜에 사의를 표했고 당에서 내려갈 때 진심을 담은 말이 저절로 나왔다.

"진정한 맹주를 만났으니 이제야 구름과 안개가 걷히는 것 같구나."

이때 마초의 심복 마대가 수급을 하나 들고 찾아왔다. 다름 아닌 한중 군 군감(軍監) 양백의 목이다.

"제 결심에 대한 증거입니다."

마초는 이 수급을 현덕에게 기꺼이 바쳤다.

가맹관도 이제는 걱정이 없으니 현덕은 예전과 마찬가지로 곽준과 맹달 두 장수에게 관문 수비를 맡기고 남은 군세를 모아 면죽성으로 돌아갔다.

현덕이 면죽성에 도착했을 때 촉나라 장수 유준(劉晙)과 마한(馬漢)이 한창 성을 공격하던 참이다.

그런 상황인데도 면죽성을 지키던 황충과 조운은 평소와 마찬가지로 유비를 마중 나왔을 뿐만 아니라 성안에서 성대하게 연회를 벌이며 현덕이 이뤄낸 승전을 축하했다.

"감축합니다!"

연회 중에 조자룡이 잔을 내려놓으며 운을 떼었다.

"잠시 자리를 비우겠습니다."

그러고는 성 밖으로 나가더니 이윽고 적장 마한과 유준 수급을 들고 돌아오는 게 아닌가.

"술안주를 대령했습니다."

그 자리에 있던 장수들은 모두 손뼉을 쳤다. 마초도 그 모습을 보더니 속으로 혀를 내두르며 놀랐다.

'진정으로 영웅이 즐비하구나!'

그러고는 자신도 이 사람들과 동료가 되었다는 생각에 뿌듯해하였다.

마초는 현덕에게 양양한 얼굴로 의견을 제시했다.

"제게 첫 일을 맡겨주십시오. 사촌 마대와 함께 성도에 있는 유장을 찾아가 장로가 품은 야심과 한중에 돌아가는 내정을 알려주며 유 황숙과 싸우는 일이 얼마나 어리석은 짓인지 잘 설득해보겠습니다. 어떻게 생각하십니까?"

현덕은 공명과 상의하라고 지시했다. 공명은 마초가 낸 의견에 두말 않고 찬성했다. 그러면서 한 가지 계책을 일러주었다.

"만약 유장이 그대가 하는 말에 굴하지 않을 때는 이렇게 하시오."

그로부터 수십 일이 지난 뒤 마초와 마대는 촉나라 도읍 성도성 해자 앞에 말을 세우고 외쳤다.

"태수 유장에게 할 말이 있소!"

성루 위에 유장이 떡하니 나타났다.

"귀공은 한중의 원군을 기다리며 농성하겠지만 100년을 기다려도 장로가 파견하는 원군 따위는 오지 않을 것이오."

서두를 꺼내고는 이어서 그 경위를 풀어놓았다.

"설사 온다 해도 촉나라를 도우러 오는 게 아니라 점령하러 오는 군사요. 한중 쪽 내정과 장로 일족이 꿈꾸는 야망은 귀공이 생각하는 바와 다르오. 실제로 본인 마초조차 그 사람들에게 정나미가 떨어져 유현덕 휘하로 들어갔을 정도요."

유장은 낙담한 나머지 혼절할 뻔했다. 마초와 마대 눈에도 신하에게 부축을 받으며 성루 안쪽으로 들어가는 유장의 뒷모습이 보였다.

두 사람은 말 머리를 돌려 성 밖에 진을 치고 유장이 답변하기만을 기다렸다.

성안은 주전파, 농성파, 화평파 등으로 분열되어 이틀 밤낮으로 논쟁을 펼쳤다. 하지만 싸우다 죽자는 주장과 항복하자는 주장이 맞서며 여간해서는 답이 나오지 않았다.

2

그러는 동안에도 이미 유장에게는 가망이 없다며 성을 빠져나가 투항하는 이가 속출했다. 촉군의 허정(許靖)마저 성을 등졌다는 풍문을 듣고 유장은 밤새 통곡했다.

"성도도 이제 끝인가…."

다음 날, 간옹(簡雍)이라는 자가 수레를 타고 성문 앞으로 찾아왔다.

"일단 맞이하라."

유장이 병사에게 명하여 성문을 열었는데 간옹은 수레를 탄 채로 성안으로 들어왔을 뿐만 아니라 거들먹거리며 마중 나온 무관을 노려봤다. 이를 보다 못한 기개 있는 대장 하나가 칼을 빼 들어 간옹 코앞에 들이댔다.

"이놈! 이곳이 어딘 줄 아느냐. 촉나라 도읍에 사람이 없는 줄 아느냐!"

간옹은 당황하며 수레에서 헐레벌떡 뛰어내려 무례를 사과하더니 갑자기 공손한 태도를 보였다.

하지만 유장은 간옹을 극진하게 대우하며 당상에 불러 대빈(大賓)을 맞이하듯 예를 갖췄다.

"선생께서는 무슨 일로 찾아오셨소?"

"촉나라 백성을 구하기 위해 태수께 삼가 조언을 드려 현명한 판단을 도우려고 왔습니다."

간옹은 입에 침이 마르도록 현덕의 인간성을 칭송하며 현덕이 지닌 성품은 관대하고 온아하니 진심으로 인연을 맺으면 결코 해를 끼치지 않을 것이라 이야기했다.

유장은 간옹을 성도에서 하룻밤 묵게 했고 그다음 날 아침에 불현듯 인수와 문적(文籍)을 간옹에게 맡기며 함께 성을 나서서 항복한다는 의지를 표했다.

현덕은 몸소 마중 나와 유장 손을 잡으며 부탁했다.

"나 개인으로서는 그간에 쌓아둔 정을 생각하면 마음이 편치 않았지만, 시대 흐름과 공적인 입장으로 부득이 성도를 공격하여 오늘 그대가 한 항복을 받아들이게 되었소. 개인 간 정과 공적인 대의를 혼동하며 나를 원망하지 말았으면 하오."

유장은 현덕 눈에 뜨거운 눈물이 고여 있는 걸 보더니 너무 늦게 항복했다는 생각에 죄책감마저 느꼈다.

성도에 사는 백성은 평화를 구가했다. 향을 피우고 꽃을 장식하며 길을 닦았다. 현덕과 유장은 나란히 말을 걸터타고 성안으로 들어섰다.

"촉나라 통치 체제는 바로 오늘부터 새로워질 것이다. 불만이 있는 자는 떠나라."

현덕은 당상에 올라서 선언했다.

촉나라 대장과 문관은 대부분 계단 아래에 모여서 충성을 맹세했으나 황권과 유파 두 사람은 대문을 걸어 잠그고 집 안에 틀어박힌지라 그 자리에 나타나지 않았다.

"저런 반골이 다 있나…."

"딴마음을 품었음이렷다."

두 사람을 비난하는 소리가 여기저기서 터져 나왔으나 이미 험악한 분위기를 예측한 현덕은 경거망동을 엄하게 금했다.

"멋대로 두 사람에게 위해를 가하는 자는 엄하게 벌하여 삼족을 멸하리라."

의례가 끝난 후에 현덕은 몸소 유파 집과 황권 집을 들렀다. 현덕은 대문 앞에서 차근차근 시대 흐름을 설명했고 새 체제가 지닌 의의를 논했으며 이에 역행함은 유치한 반항과 아집에 지나지 않는다고 타일렀다.

"아아, 내가 잘못 생각했구나."

황권이 문밖으로 나와 넙죽 엎드려 절했고 이어서 유파도 충성을 맹세했다.

이로써 현덕은 성도를 장악하며 촉나라를 평정했다.

공명은 현덕에게 조언했다.

"슬슬 유장을 형주로 보내시지요."

"이미 촉나라 실권은 유장에게 없는데 불쌍하게 굳이 먼 곳으로 보내야겠소?"

"한 나라에 군주가 둘 있어서는 안 됩니다. 아녀자 같은 정에 사로잡히지 마십시오."

"음…, 그렇군."

현덕은 고개를 주억거렸다. 현덕에게는 용기를 내야 하는 일이다.

해서 이 일은 공명이 깔끔하게 처리했다. 즉시 유장을 진위장군(振威將軍)으로 봉하여 처자와 일족을 데리고 형주에 가도록 명했다. 하여 유장은 촉나라를 떠나서 형주 남군으로 옮겨가 이전과는 다른 직위로 여생을 보냈다.

현덕은 다음으로 수하들에게 포상을 내렸다. 그동안 자신을 섬긴 장수와 막빈은 물론이고 투항한 장수까지 직위와 상을 고루 하사했다.

3

수많은 장수에게 직위를 내리고 포상하는 한편 현덕은 형주를 지키는 관우에게도 이 영예를 나눠주었다.

관우뿐만이 아니라 함께 후방을 지킨 장병도 빠짐없이 포상했다. 이를 위해 성도에서 금 500냥쭝, 엽전 5000만 쾌, 비단 1만 필을 형주로 실어 보냈다.

뒤이어 창고를 개방하여 촉나라에 사는 가난한 백성을 구제했고 효자와 열녀가 쌓은 공덕을 기렸으며 노인에게 선물로 쌀을 보내는 등 선정을 베풀어 촉나라 민중은 유장 시대에 자행된 악정과 비교하며 현덕의 위업을 칭송했고 집마다 기쁜 웃음 소리가 가득했다.

촉나라가 생긴 이래로 최고 시대를 구가했다. 새로운 문화와 문물도 끊임없이 흘러들어 와 꽃을 피웠다.

"이제야 나도 나라를 가졌구나."

현덕은 만감이 교차했다. 게다가 현덕 좌우에는 인재가 가득했다.

군사 공명.

탕구장군(盪寇將軍) 수정후(壽亭侯) 관우.

정로장군(征虜將軍) 신정후(新亭侯) 장비.

진원장군(鎭遠將軍) 조운.

정서장군(征西將軍) 황충.

양무장군(揚武將軍) 위연.

평서장군(平西將軍) 도정후(都亭侯) 마초.

그 밖에도 손건, 간옹, 미축, 미방, 유봉, 오반(吳班), 관평, 주창, 요화, 마량, 마속, 장완(蔣琬), 이적 등 중견이 즐비한데다 새롭게 현덕 휘하로 들어왔거나 전후에 항복하여 충성을 맹세한 이들도 적지 않았다.

전장군(前將軍) 엄안.

촉군 태수 법정.

장군중랑장(掌軍中郞將) 동화.

장사(長史) 허정.

영중사마(營中司馬) 방의(龐義).

좌장군(左將軍) 유파.

우장군(右將軍) 황권.

쟁쟁한 인물들이 수두룩했다. 오의, 비관, 팽의, 탁응, 비시(費詩), 이엄, 오란, 뇌동, 장익, 이회, 여의(呂義), 곽준, 등지(鄧芝), 맹달, 양홍(楊洪) 등도 유능한 인물인지라 그야말로 수많은 인재로 장관을 이루었다.

"이제 나도 나라가 있으니 휘하 장군에게도 집과 땅을 나눠주어 처자식과 편히 살도록 하고 싶구나."

어느 날 현덕이 속마음을 털어놓자 조운은 반대했다.

"아니 됩니다. 옛날 진(秦)나라 충신은 흉노를 멸망시키기 전에는 집을 짓지 않겠다고 했습니다. 촉나라 밖으로 한 발짝만 나가면 아직 흉계를 꾸미는 놈들이 곳곳에 진을 친 형국입니다. 저희도 무인인데 공을 조금 세웠다고 어찌 집과 땅을 원하겠습니까? 천하를 평정한 다음에야 고향에 집 1채를 짓고 백성과 함께 밭을 일구고 살아갈 즐거움을 누릴 것입니다."

"조운 말이 맞습니다."

공명도 동의했다.

"촉나라 민중은 오랜 악정과 전란을 겪어 지친 상태입니다. 지금 민중에게 땅을 돌려주고 농사를 장려하면 더는 조세를 힘들어하지 않을 것이며 나라를 위해, 아니 나라를 위한다는 생각도 없이 부지런히 일하고 버는 일에 무한한 기쁨을 느낄 것입니다. 그것이 바로 나라가 부강해지는 길입니다."

이 무렵 공명은 관청에 틀어박혀 새로운 촉나라 법률을 기안하느라 여념이 없었다.

공명이 작성한 법조문은 엄격하게 만들어져 이를 본 법정이 조심스럽게 조언했다.

"모처럼 지금 촉나라 백성은 어진 정치를 기뻐하니 한중의 황조(皇祖)처럼 법은 3장으로 요약하여 관대하게 시행하면 어떻겠소이까?"

공명은 웃으며 답했다.

"그전 시대에 진나라 상앙(商鞅)이 가혹한 폭정을 일삼아 백성을 괴롭혔으니 한왕은 관대한 법으로 민심을 달랬소이다. 촉나라 유장은 나약하고 정치를 몰랐소. 위엄도 법도 도덕도 없었으니 되레 선량한 백성 사이에서는 국가에 엄한 법과 위엄이 없다는 사실에 불만을 느꼈을 터. 백성이 준엄함을 원하는데 위정자가 감언만 내뱉는 일만큼 어리석은 일이 있겠소? 이는 어진 정치라 할 수 없소이다."

4

공명은 말을 이어 나갔다.

"백성에게 은혜를 베푸는 일이 정치 핵심이지만 은혜에 익숙해지면 사람은 나태해지기 쉽소. 만심과 방종이 습관처럼 굳어진 후에 이를 바로잡고자 허겁지겁 법령을 강화하면 민중은 탄압이라 여기고 가혹하다 비난하며 위정자와 백성 뜻이 서로 어울리지 못하고 맞서니 나라 기강이 흔들리게 마련이오. 전란이 끝나 촉나라 백성도 이제 막 생기를 되찾고 생업에 매진하는 마당에 백성들을 준엄한 법으로 다스리려는 것은 언뜻 어질지 못하게 비칠지도 모르나 사실은 그 반대요. 지금이라면 백성은 명확한 규율 아래서 마음 편히 생업을 즐기며 살아가는 게 얼마나 고마운 일인지 잘 알 것이고, 옛 유장 시대와는 달리 상벌 제도가 명확해졌음을 알고 나면 국가가 위엄을 갖추었다며 되레 안심할 것이오. 이것이 바로 백성에게 은혜를 베푸는 길이오. 집에 자비로운 어머니만 있고 엄격한 아버지가 없어서 가문이 쇠하면 아이는 슬퍼하게 마련이오. 엄격한 아버지가 가정을 이끌고 자비로운 어머니가 곁에서 도우면 비록 아이는 제멋대로 굴지 못하겠지만, 가훈이 바로 서고 집안이 흥하면 가족 모두가 즐거울 터. 국가 법률이나 집안 가훈이나 서로 비슷한 게 아니겠소."

"감복했소이다. 군사께서 품은 깊은 뜻을 헤아리지 못하고 쓸데없는 참견을 했으니 부끄러울 따름이오."

법정은 진심으로 감탄했고 앞으로 더욱 공명을 존경하는 계기가 되었다.

며칠 후 국령, 군법, 형법 등을 선포하여 서촉 41주에 걸쳐 병부(兵部)를 설치하였다. 안으로는 백성을 지키고 밖으로는 외적에 대비하니 새로운 '촉나라'는 마침내 국가 기틀을 갖추었다.

강 상류에서 하류로 1000리 길을 넘어 한중과 서촉에서 벌어진 소식은 꽤 빨리 오나라에 전해졌다.

"현덕은 이미 성도를 점령했다면서요?"

"순조롭게 나라를 안정시키고 새 정부를 선포했다지 뭐요."

"원래 태수였던 유장은 형주 공안(公安)으로 옮겨 왔다고 들었소."

오나라 신하들은 정각에 모일 때마다 촉나라 소식을 주워 나르기 바빴다.

하루는 오후 손권이 신하 앞에서 일갈했다.

"촉나라를 얻으면 형주는 오나라에 반환하겠다. 현덕이 입버릇처럼 하던 말이다. 헌데 서촉 41주를 취하고 난 뒤에도 현덕은 아무런 성의를 보이지 않았다. 나도 더는 참기 어렵구나. 대군을 보내 형주를 집어삼킬까 하는데 어찌 생각하느냐?"

노장 장소가 고개를 저었다.

"아직 이릅니다."

"노장께선 아직 이르다 보시오?"

장소는 끄덕이며 진언했다.

"위, 촉, 오 삼국 중에서 지금은 우리 오나라가 가장 풍요롭습니다. 지리적인 이점 덕분입니다. 나라는 평안하고 백성이 누리는 생활은 풍족하며 병사는 착실하게 힘을 키우는 중입니다. 굳이 대군을 일으킬 것까지는…."

"이대로 두면 영영 우리는 형주를 취하지 못할 터."

"손가락 하나 까딱이지 않고 형주를 손에 넣을 방법이 있습니다."

"그런 명안이?"

"있습니다. 현덕은 제갈공명 한 사람에게 의지합니다. 공명의 형 제갈근(諸葛瑾)은 오랫동안 주군을 섬기지 않았습니까?

제갈근을 촉나라로 보내서 만약 형주를 반환하지 않으면 제갈근 일가를 모조리 참형에 처하겠다고 전하십시오."

"옳거니! 그리하면 공명은 정에 흔들릴 것이고 현덕은 의리를 저버리지 못할 터. 괜찮은 계책이구려. 제갈근은 여태까지 나를 섬기며 한번도 과오를 저지른 적이 없는 성실한 군자요. 어찌 제갈근 처자를 잡아 가둘 수 있겠소이까?"

"제갈근에게 어디까지나 속임수일 뿐이라고 잘 타이른 다음 처자를 옥에 가두는 척만 하면 될 일입니다."

다음 날 손권은 제갈근을 궁에 불러들였다.

임강정 회담

1

어느 날 촉나라 현덕은 당황한 기색을 보이며 다급하게 공명을 불렀다.

"선생 형이 이 땅에 왔다고 들었소."

"어젯밤에 객관에 들었다 합니다."

"아직 만나지 않았소?"

"비록 형이지만 오나라 사신입니다. 저는 촉나라 신하니 어찌 사사로이 만날 수 있겠습니까."

"무슨 일로 온 것 같소?"

"형주 문제일 것입니다."

공명은 자리에 앉아 현덕 귓가에 뭐라고 속닥였다.

"이렇게 하십시오."

"으음. 알겠소."

현덕은 다소 안도한 눈치다.

그날 밤 공명은 예고 없이 객사에 묵는 형을 찾아갔다. 공명을 보자 제갈근은 목 놓아 울었다.

"형님, 대체 무슨 일입니까?"

"아우야, 내 말 좀 들어봐라. 오나라에 있는 내 처자식이 옥에 갇혔다."

"형주 문제 때문입니까?"

"그렇다. 아우야…, 이를 어찌한단 말이냐."

"걱정하실 것 없습니다. 형주만 반환하면 풀려나겠지요. 형님 가족이 화를 입는 걸 제가 그냥 두고 보겠습니까? 주군께 청하여 꼭 형주를 오나라에 돌려드리겠습니다."

"오오…. 정말이냐."

제갈근은 기뻐하며 눈물을 그친 후 동생에게 감사했고 다음 날 은밀하게 현덕과 만났다.

"오후가 보낸 서간입니다."

제갈근이 손권이 보낸 서간을 조심스레 내밀었고 현덕은 서간을 읽더니 순식간에 낯빛을 바꾸었다.

제갈근은 깜짝 놀랐다. 옆에 있던 공명도 눈을 휘둥그레 떴다. 현덕은 서간을 갈기갈기 찢어버리고는 하늘을 바라보며 혼 잣말처럼 외쳤다.

"무례하구나, 손권. 나는 언젠가 오나라에 형주를 돌려주리라 생각했는데 그대는 어설프게 꾀를 부려서 내 아내를 속여 다시 오나라로 데려갔으니 내 체면을 무시하고 부부 정을 해하는 짓을 했다. 내 언젠가 이 원한을 갚겠다고 뼛속 깊이 다짐한 사실을 모른단 말이냐! 옛날에 내가 형주에 있었을 때조차 손권 따위는 안중에도 없었는데 지금 다스리는 서촉 41주에는 정예 병사가 수십만이고 명마는 수도 없으며 군량은 가득하고 국민은 하나같이 임전 태세를 갖추었다. 손권 따위가 아무리 교활한 꾀를 부린다 한들 힘으로 형주를 앗을 수는 없으리라."

가슴속 분노를 단번에 터뜨린 듯한 현덕을 바라보며 두 사람은 한 대 얻어맞기라도 한 듯 잠시간 침묵했다. 곧이어 공명은 얼굴을 감싸며 통곡하기 시작했다.

"만약 형님과 가족이 오후에게 죽임을 당한다면 저는 무슨 낯으로 살아 있을 수 있겠습니까? 아아…, 너무나 슬프고 가혹한 처사입니다."

공명은 현덕을 바라본 채 바닥에 엎드려 어깨를 떨며 울었다.

현덕은 여전히 노기등등했지만, 차차 분노를 억누르며 공명 마음을 헤아리듯 묘안을 내놓았다.

"군사가 그리 슬퍼하는 모습을 보니 나도 가슴이 찢어질 듯하오. 형주를 반환하기는 힘드나 군사가 처한 처지도 딱하구려. 형주 땅 중 장사(長沙), 영릉(零陵), 계양(桂陽)군만 오나라에 돌려주겠소. 그러면 오나라 면목도 서고 제갈근 처자도 구할 수 있을 것이오."

공명은 감격하며 심심한 감사 뜻을 표했다.

"황송하옵니다."

"방금 하신 말씀을 글로 적어 형님에게 맡겨주십시오. 형님은 이 글을 가지고 형주로 가서 관우와 대담한 후에 3군을 이양받으면 되겠습니다."

현덕은 서간을 써서 제갈근에게 건네며 충고했다.

"내 아우 관우는 심성이 솔직하고 성격이 불같아서 나도 두려워할 정도요. 말을 할 때 심기를 건드리지 않도록 각별히 조심하시오."

제갈근은 성도를 떠나 산길을 걷고 물길을 지나 수십 일 만에 형주에 도착하자마자 관우를 찾아갔다.

2

관우 곁에는 양자 관평이 우두커니 서 있었다.

제갈근은 현덕이 써준 서간을 내밀며 부탁했다.

"이번에 형주 중 3군만을 오나라가 돌려받기로 했습니다."

관우는 아무런 말도 없이 그저 제갈근을 노려보기만 했다. 제갈근은 거듭 울며 호소했다.

"만약 장군이 3군마저 돌려주지 않으면 바로 제 처자는 목숨을 잃을 것이며 저도 오나라로 돌아갈 면목이 없을 것이오. 내 고충을 헤아려주시오."

관우는 칼자루를 탕탕 두드리며 우렁차게 소리 질렀다.

"돌려줄 수 없다. 이는 오나라 계략이 아니더냐? 쓸데없이 입을 놀렸다간 이 검이 가만두지 않으리라."

관평은 아버지를 말렸다.

"고정하십시오. 이 사람은 공명 군사의 형입니다."

"안다. 공명의 형이 아니었더라면 살려두지 않았을 터."

관우는 무시무시한 표정을 쉽사리 거두지 않았다.

제갈근은 어찌할 도리 없이 다시 촉나라로 발걸음을 옮겨 현덕에게 호소하려 했으나 때마침 현덕은 병중이라 의원이 면회를 허락지 않았고 동생 공명도 군현을 시찰하러 출타하여 당분간 성도에 없을 것이라는 말만 들었다.

1000리 길 왕래도 허사로 끝났으니 제갈근은 하는 수 없이 오나라로 무거운 발걸음을 되돌렸다. 오후 손권은 발을 동동 구르며 공명이 짠 계략이라며 길길이 화를 냈다.

"그대와 처자에게 무슨 죄가 있겠느냐."

가짜 옥에 가둬둔 제갈근 가족을 방면했다. 가족을 모두 무사히 집으로 돌려보낸 것이다.

그런 다음 손권은 형주에 관리를 파견하며 엄명을 내렸다.

"관우가 뭐라든 현덕이 반환하겠다고 약속한 장사, 영릉, 계양 3군은 이제 오나라 땅이다. 강경하게 주장하며 관우가 파견한 지방 관리를 쫓아내고 그대들이 각 군을 앗아라."

물론 군대도 뒤따랐다. 손권이 파견한 관리는 얼마 지나지 않아 꾸역꾸역 도망쳐 왔다. 거꾸로 관우 부하에게 쫓겨났다고 한다. 게다가 동행한 군사도 단단히 혼쭐이 나서 겨우 3분의 1만이 살아 돌아왔던 것이다.

"상투적인 방법으로는 도저히 형주를 되찾을 수 없습니다. 제게 일임해주신다면 멀리 상류에 있는 육구(陸口, 한구漢口 상류) 성채 밖 임강정(臨江亭)에서 연회를 벌이고 관우를 초청하여 잘 타일러보겠습니다. 만약 듣지 않으면 즉시 관우를 없애 버리겠습니다…. 맡겨주시겠습니까?"

노숙이 당차게 진언했다.

오나라에서 버금가라면 서러워할 만큼 지략이 뛰어난 신하가 하는 말이다. 반대 의견도 있었지만, 손권은 그 계책을 채택했다.

"지금 말고 언제 형주를 되찾을 수 있겠소? 어서 가시오."

노숙은 배에 병사를 승선시킨 다음 겉으로는 친선을 위한 사자인 척 꾸며 양자강(揚子江)을 멀리 거슬러 올라갔다. 그러고는 육구성 하항(河港) 근처에 있는 산수 경치가 빼어난 임강정에서 성대한 연회를 준비하는 한편 여몽과 감녕 등 대장들에게 계책을 알려주었다.

"만약 관우가 오면 이리하시오."

임강정은 호북성(湖北省)에 있었다. 형주는 당연히 맞은편 기슭 호남(湖南)에 위치한다. 노숙이 보낸 사자는 배를 타고 유유히 강을 건넜다. 사자는 일부러 화려하게 꾸몄고 시종도 곁에서 아름다운 양산을 들며 뒤따랐다. 손님을 연회로 초청하러 온 사신답게 한가롭게 노를 저으며 천천히 배를 몰았다.

사신은 이윽고 형주 나루를 통해 입성하여 관우에게 공손하게 서간을 건넸다. 노숙이 쓴 서간을 살펴보니 명문으로 예를 다하고 달콤하게 그동안 나누었던 친교를 논했으니 차마 초청을 거절하기 어렵게 쓰여 있는 게 아닌가.

3

"찾아가겠다고 전해주게."

관우는 흔쾌히 승낙하며 사신을 돌려보냈다.

관평은 깜짝 놀라며 아버지를 말렸다.

"노숙은 오나라에서 덕이 높기로 소문난 인물이기는 하나 지금 같은 상황에서는 어떤 계략을 꾸몄을지 알 수 없습니다. 천금같이 중한 아버님 존체를 경솔히 움직여서는 안 됩니다."

"걱정하지 마라."

관우는 대수롭지 않다는 듯이 말을 내뱉었다.

"수행원은 주창 한 사람으로 족하다. 너는 정예 병사 500명과 쾌속선 20척을 거느리고 우리 쪽 강기슭에서 기다려라. 만약 내가 상대 쪽 기슭에서 깃발을 휘날리거든 배를 타고 즉시 달려와 다오."

"그리하겠습니다."

관평은 아버지 명에 따를 수밖에 없었다.

연회 당일 관우는 녹색 전포를 걸치고 훌륭한 관을 쓰며 수염을 다듬는 등 한껏 멋을 낸 다음 작은 배에 몸을 실었다. 관우와 동행한 주창 얼굴은 교룡처럼 시퍼랬고 입술은 송곳니가 드러나 보였으며 팔은 1000근 무게도 들어 올릴 것처럼 쇳빛을 띠었다. 주창은 도원결의 이래로 관우가 늘 지니고 다녔던 82근짜리 청룡도를 들고 관우 뒤에 시립했다.

작은 배에는 붉은 깃발 하나가 내걸려 휘날렸다. 깃발에는 '관(關)'이라는 한 글자가 큼지막하게 적혀 있었다. 강에는 산들바람이 불고 파도는 잔잔하니 승선한 관우는 나른한 눈치다.

"오…, 혼자 왔군."

"저게 관우인가?"

맞은편 기슭에서는 오나라 사람들이 눈이 부신 듯 손차양하며 관우를 말끄러미 바라봤다.

'분명 관우는 수많은 병사를 데리고 오리라.'

노숙은 그리 예상했던 모양이다. 만약 대군을 데리고 왔으면 철포를 신호 삼아 여몽과 감녕이 이끄는 군세로 관우 군을 포위한다. 이것이 노숙이 생각해낸 첫 계책이다.

예상은 빗나갔다! 관우는 평소답지 않게 화려하게 차려입은 채 수행원 한 사람만 달랑 데리고 나타났다.

"다음 계책이다."

오나라 사람들은 서로 눈짓을 주고받았다. 연회 장소인 임강정 뒤뜰에 강병 50명을 숨겨둔 채 관우를 맞이했다. 물론 주변 수풀이나 샘터를 비롯하여 도처에 병사가 득실댔다. 한번 들어오면 귀신도 살아 나갈 수 없을 지경이다. 물론 손님 눈에는 띄지 않도록 꼭꼭 숨겨두었다.

정자에는 꽃과 진귀한 그릇으로 장식하였고 수풀에는 새들이 지저귀는 소리가 가득했다. 멀리 오나라에서 가져온 술은 어떤 귀빈에게 대접해도 부끄럽지 않은 남방의 미주다.

노숙은 관우에게 엎드려 절한 뒤 상석으로 안내하고 술을 권하며 가희들 춤과 노래로 환대했으나 막상 대화를 나눌 때는 시선을 내리깔았다. 도저히 관우 눈을 똑바로 바라볼 수가 없었다.

한창 분위기가 무르익고 나서야 노숙은 편하게 말을 꺼냈다.

"장군도 아시다시피 예전에 저는 오후께서 내린 명을 받고 형주 문제를 논의하러 자주 유 황숙을 찾아갔소이다. 그때는 이만저만 고생한 게 아니어서 아직도 잊지 않는구려."

"아니, 무슨 고생을 하셨단 말이오?"

"농락당한 것이나 마찬가지였으니…."

"그럴 리가 있겠소. 우리 주군 유 황숙은 신의를 저버리지 않는 분이오."

"여전히 형주는 반환하지 않았소이다."

"하하하."

"웃을 일이 아니오. 덕분에 이 문제와 관련 있는 이들은 오후를 대할 면목이 없는 상태요. 서촉 41주를 얻고 나면 형주를 돌려주겠다고 약조했으나 촉나라를 취한 지금에 와서도 약속을 지키지 않으며 형주 중 겨우 3군만 반환하겠다고 했다가 그마저도 관우 장군이 방해한 덕분에 돌려받지 못했소이다."

"생각해보시오. 형주는 과거에 황숙과 우리 신하가 오림(烏林)에서 치른 격전에 몸을 던져 화살과 돌이 난무하는 가운데 피를 흘리며 얻은 땅이오. 희생당한 군사를 생각한다면 어찌 쉽게 내어 줄 수 있겠소. 입장 바꿔 생각해보면 어땠겠소이까?"

"기다리시오…. 군이 과거 얘기를 꺼낸다면 당양(當陽) 땅에서 장군을 비롯한 황숙 일족이 참담한 패배를 당하여 돌아갈 나라도 몸을 의탁할 곳도 없는 처지가 되었을 때 이를 구한 건 누구였소? 다름 아닌 오나라가 아니었소이까."

4

노숙은 오나라에서도 손에 꼽히는 뛰어난 인재다. 한차례 입을 열며 이번 회담을 연 목적을 논하기 시작하자 뛰어난 언변으로 상대 약점을 집요하게 물고 늘어졌다.

"생색내는 듯해서 불쾌하게 들릴지도 모르나 그때 패망하여 오갈 데 없던 황숙을 가엾이 여긴 사람은 오직 오후뿐이셨소. 우리가 막대한 비용과 군마를 들여 조조를 적벽에서 쳐부쉈으니 황숙도 재기할 기회를 얻은 것이오. 헌데 촉나라를 얻은 후에도 형주를 반환하지 않으니 탐욕이 끝이 없다는 말을 들어도 어쩔 수 없잖소. 일개 평민조차 부끄러워할 만한 일인데 한 나라를 다스리는 주군이라는 분의 행실이 어찌 이럴 수 있단 말이오. 장군 생각은 어떻소?"

"…"

관우는 노숙이 논리 정연하게 주장하자 반박하지 못하며 그저 고개를 숙이다가 군색한 변명만 늘어놓았다.

"황숙께서도 나름 정당한 사유가 있었을 것이오. 내가 대답할 문제는 아닌 것 같소이다."

노숙은 이 말을 듣자마자 강하게 밀어붙였다.

"황숙과 귀공은 예전에 도원에서 서로 생사를 함께하겠다고 맹세한 사이라 들었소이다. 어찌 귀공이 황숙 뜻을 모른다고 발뺌할 수 있단 말이오?"

관우가 언쟁에서 밀리는 듯하자 갑자기 곁에 서 있던 주창이 건물이 울릴 듯이 소리 질렀다.

"천지 어느 곳이든 덕망 있는 자가 다스리는 게 당연한 일. 오직 그대가 모시는 주군 손권만이 형주 주인이어야 한다는 법이 어딨단 말이오!"

관우는 번쩍 낯빛을 바꾸면서 자리에서 일어섰다. 그러고는 주창에게 맡겨둔 청룡언월도를 빼앗더니 꾸짖었다.

"주창, 그 입 다물지 못할까! 국가 중대사를 논하는 자리에서 어찌 함부로 입을 놀린단 말이냐!"

일순간 정자 안에 긴장이 감돌았다. 관우가 느닷없이 거대한 팔을 뻗어 노숙 팔꿈치를 잡고 성큼성큼 걸음을 옮겼을 뿐 아니라, 주창이 정자에 달린 난간으로 달려가 강을 향해 붉은 깃발을 흔들기 시작해서다.

"이리로 오시오."

관우는 거나하게 취한 척하며 기세 좋게 앞으로 발을 뻗었다.

"연회에서 어찌 함부로 국가 중대사를 논할 수 있겠소. 그대와 쌓은 오랜 우정에 금을 낼 뿐 아니라 술자리 흥까지 깨는 짓이오. 답례로 훗날 내가 호남에서 주연 자리를 마련할 테니 오늘은 이만 들어가 보겠소이다. 내가 좀 취한 듯하니 강변에 있는 배까지 배웅해주시겠소?"

사람들이 허둥대는 사이에 관우는 임강정을 떠나 뜰을 지나서 문밖으로 저벅저벅 나왔다. 관우는 통통하게 살이 오른 노숙 몸뚱이를 마치 어린아이 다루듯이 잡아끌었다.

노숙은 두려운 나머지 술이 확 깨며 불안에 벌벌 떨었다. 귓가에 횡횡 바람 소리가 들린다 싶더니 금세 강변이 보였다.

여몽과 감녕이 심어둔 수많은 복병이 그곳에서 관우 목숨을 노렸으나 관우가 오른손에는 거대한 언월도를 들고 왼손에는 노숙을 붙잡은 모습을 보더니 서로 눈짓할 뿐이다.

"기다려라."

"함부로 나서지 마라."

그사이에 주창이 작은 배를 강기슭에 대자 관우는 그리로 훌쩍 올라탔다. 그러고는 노숙을 놓아주며 작별을 고했다.

"잘 있으시오."

그 순간 놓치지 않고 감녕과 여몽 휘하 병사가 강 위를 향해 일제히 활을 쏘아댔지만 배는 유유히 돛을 펴더니 순풍을 받으며 나아가 맞은편에서 마중 나온 쾌속선 수십 척과 함께 순항했다.

교섭이 결렬되었으니 국교 단절은 불가피해졌다.

노숙은 이번 일을 소상히 글로 적어서 급히 오나라 말릉으로 보냈다.

동시에 위나라 조조가 30만 대군을 이끌고 남쪽으로 쳐들어온다는 비보가 오나라 수도로 날아들었다.

겨울, 낙엽이 울다

1

위나라 대군이 오나라로 몰려온다는 소식은 사실이 아님이 밝혀졌다.

비록 오보였지만 근거 없는 소리도 아니다.

조조가 이번 겨울에 오나라 정벌이라는 숙원을 이루려 했던 건 사실이고 대군을 편성하여 각 부대 대장까지 내정한 상태였으나 참군인 부간(傅幹)이 상소를 장문으로 적어 올려 간언했다.

하나, 지금은 때가 아니다.

하나, 한중의 장로와 촉나라 현덕의 동향에 주의해야 한다.

하나, 오나라가 말릉에 새로 세운 성은 견고하고 장강에서 싸우기는 어렵다.

하나, 위나라는 내정과 군비를 확충해야 한다.

조조는 이 의견을 받아들여 출격을 미루고 당분간은 내정과 문치에 집중하기로 결정했다.

새로 문부를 설립하고 도처에 학교를 세워 학업을 장려했다.

이런 식으로 조조가 선정을 베풀자 기다렸다는 듯이 과도하게 칭송하며 아부를 떠는 간신배들이 하나둘 나타났다.

바로 궁중의 시랑(侍郞) 왕찬(王粲), 화흡(和洽), 두습(杜襲) 등이다. 이 시랑들은 조조가 위왕(魏王)이 되어야 한다고 떠들어대느라 입이 아팠다.

"조 승상은 위왕 자리에 오르셔야 하오. 이제는 위왕이 되셔도 이상할 게 없소이다."

그 소문을 듣고 순유가 극구 말렸다. 조조를 보좌해온 어진 신하답게 간신배들을 나무랐다.

"승상께서는 일전에 구석에 해당하는 영예와 위공을 상징하는 금인(金印)을 받았으니 이미 신하로서 최고 자리에 올랐소. 만약 위왕 자리까지 넘본다면 속된 말로 민심이 노기충천하여 등을 돌릴 터. 그대들도 지나친 칭송은 되레 해가 될 수도 있다는 사실을 단단히 유념하시오."

안타깝게도 이 말은 조조 귀에도 흘러들어 갔다. 하필이면 순유를 모함하려는 자의 입을 통해 들은지라 조조는 불쾌하게 여겼다.

"순유도 순욱 흉내를 내는구나. 어리석도다."

조조는 벌컥 화를 내며 순유를 매도했고 이 소리 또한 입소문을 타고 순유 귀에 들어갔다. 순유는 낙심했고 대문을 걸어 잠근 채 근신하더니 결국 그해 겨울에 병사했다.

"쉰여덟에 세상을 떠났구나…. 순유도 공신이었는데…."

막상 순유가 죽고 나니 조조는 애석하게 여기며 성대한 장례를 치러주었다.

하여 위왕 자리에 오르는 문제는 잠시 보류했는데 이 사실은 궁정 간의랑(諫議郎) 조엄(趙儼)을 통해 황제 귀에도 들어갔다.

"조조가 내린 명으로 조엄이 거리에 끌려 나가 참형을 당했다고 합니다. 해괴망측한 일입니다."

누가 옥좌에 와서 번개같이 고해바쳤다.

황제는 옥체를 벌벌 떨었다.

"아침까지만 해도 궁중에서 일하던 자가 저녁에는 이미 거리에서 목숨을 잃었다…. 짐과 황후도 언젠가는 똑같은 운명에 처하리라. 아, 조조가 부리는 교만은 끝이 없구나."

유궁(幽宮) 창가에는 황제 내외가 흘리는 옥루가 마를 날이 없었다. 실제로 조조가 뿜어내는 위엄과 허도 위세가 강해질수록 조정 권세는 약해졌고 이미 위나라 관민은 헌제가 존재한다는 사실마저 잊은 듯했다.

"밤낮으로 가만히 바늘방석에 앉아 있을 바에는 차라리 제 아버지 복완(伏完)에게 도움을 청해보면 어떻겠습니까? 아버지는 분명 조조를 쓰러뜨릴 묘안을 궁리해낼 것입니다. 목순(穆順)을 사자로 지목하시지요. 목순이라면 잘해낼 것입니다."

복(伏) 황후는 마침내 대담한 제안을 했다.

이미 헌제가 참아온 인내는 한계에 달한 지 오래였는지라 가슴속에서 타오르는 불꽃이 금세 이성을 집어삼키고 말았다. 헌제는 엄한 감시 눈길을 피하며 몰래 칙서를 썼다. 이를 신하 목순에게 맡겨 복 황후의 부친 복완 저택으로 보내고 말았다. 천하에 둘도 없는 충신 목순은 어느 날 밤 칙서를 상투 속에 숨긴 채 목숨을 걸고 금문(禁門)을 나섰다.

2

조정 신하 중에도 조조의 세작 노릇을 하는 이른바 '낮말 듣는 새와 밤말 듣는 쥐'가 수두룩했다.

그중 하나가 조조에게 밀고했다.

"목순이 허둥지둥 수상한 낌새를 보이며 궁궐에서 나와 복완 집으로 간 모양입니다."

육감이 뛰어난 조조는 낌새를 맡은 모양이다. 조조는 무사 몇몇을 거느리고 몸소 궁궐 문 앞까지 가 그 앞에 서서 목순이 돌아오기를 기다렸다.

밤늦은 시각이다.

목순은 조조가 기다리는 줄도 모르고 환궁했다. 앞서 궐문을 나섰을 때 근위병에게는 뇌물을 미리 써두었다. 주변에 인기척은 없었다. 총총걸음으로 궁문 앞에 접어들었을 때.

"잠시 서라."

문득 그늘에서 누가 부르는 소리가 들려왔다. 옆을 보니 조조가 서 있는 게 아닌가. 목순은 오싹하고 소름이 돋았다.

"어디 다녀오는 길이냐?"

"아…. 예."

"묻는 말에 대답하라. 이 시각에 어디를 다녀왔느냐?"

"저, 황후 폐하께서 갑자기 저녁 무렵부터 복통을 호소하시며 제게 의원을 불러오라 명하셔서 다녀왔습니다."

"거짓말하지 마라."

"아닙니다. 저, 정말입니다."

"궁중에도 어의가 있다. 황궁 밖으로 의원을 찾으러 갈 이유가 어디 있느냐? 필시 뭔가를 꾸미는 모양이구나."

조조는 손짓하여 무사를 불렀다.

"이자의 몸 구석구석을 뒤져라."

일순간 무사들이 목순에게 달려들어 옷을 벗기고 머리부터 발끝까지 조사했으나 깨끗했다. 증거가 없으니 더는 죄를 묻지 못하고 결국 목순을 놓아줄 수밖에 없었다.

목순은 호랑이 굴에서 빠져나온 듯한 심정으로 황급히 옷을 걸치더니 자리를 떴다.

하필이면 이때 목순이 쓴 모자가 밤바람에 날려 땅에 떨어지는 게 아닌가.

목순은 이내 당황하며 모자를 주우려 허리를 숙였다.

"잠깐!"

조조는 몸소 모자를 줍더니 소상히 살펴봤다.

모자에도 수상한 점은 달리 찾아볼 수 없었다. 마치 오물을 던지듯 주인에게 모자를 돌려주었다.

"가라."

목순은 얼굴이 시퍼렇게 질린 채로 모자를 받아 부리나케 머리에 덮어썼다.

"잠깐만. 아직 가지 마라."

조조가 목순을 불러 세운 건 이번이 세 번째다. 갑자기 조조는 목순이 쓴 모자를 벗겨버리더니 그 안에 있는 상투를 풀어 헤쳤다.

"역시나!"

조조는 혀를 찼다. 상투 안에서 서간이 나온 것이다. 아주 잔 글씨로 촘촘하게 쓰여 있었다. 복완 필적으로 딸인 복 황후에게 보낸 서간이다.

오늘 밤 칙서를 받아보고 대성통곡했다. 무슨 일이든 시기가 중요하니 조금 더 기다려라. 내게 생각이 있다. 머나먼 촉나라 현덕에게 도움을 청하는 한편, 한중의 장로를 부추겨서 위나라를 침략하게 만들면 조조는 반드시 군사를 일으키고 국외로 나가 온통 그쪽에만 신경 쓸 것이다. 그 틈을 타서 동지를 모아 단번에 대의를 내걸고 거사를 일으키면 성공할 터. 그러면 황제 폐하 마음을 편안히 받들어 모실 수 있으리라. 그때까지는 결코 이 계획을 들키지 않도록 단단히 조심해라.

서간에 담긴 내용은 대충 이렇다. 분노가 절정에 달하면 되레 냉정해지는 법. 조조는 너털웃음을 터뜨리더니 복완이 쓴 서간을 소매 속에 쑤셔 넣고 목순을 가리키며 차갑게 명했다.

"이놈을 지금 당장 고문하라."

그러고 나서 조조는 승상부로 발걸음을 옮겼다.

동틀 녘에 옥리가 계단 아래로 와서 엎드리며 문초에 지쳤다는 듯이 고했다.

"목순을 밤새 고문했으나 한마디도 뱉지 않았습니다."

한편, 복완 집을 습격한 조조 병사들은 황제가 쓴 칙서를 발견했다. 조조는 냉담하게 명을 내렸다.

"복완의 삼족을 잡아다가 옥에 가두어라. 연고 있는 자는 한 놈도 놓치지 마라."

그러고는 어림장군(御林將軍) 치려(郗慮)에게 명하여 황궁에 있는 복 황후 지위를 박탈하고 평민으로 강등한 다음 죄를 낱낱이 밝혀내라고 지시했다.

3

"위공이 내린 명이오."

이 말은 절대적이다. 황제보다 신하 힘이 강한 세상이다. 대장 치려는 갑옷을 입은 어림병(御林兵)을 이끌고 거리낌 없이 황궁 깊숙한 곳까지 진입했다.

때마침 황제는 외전(外殿)에 나와 소일하였는데 병사들이 저벅저벅 들어오는 소리에 놀라며 시종에게 물었다.

"무슨 일이냐?"

치려가 그 자리에 서슴없이 나타났다. 그러고는 무례하기 짝이 없는 태도로 고했다.

"오늘 이러이러한 사정이 있어 위공 조조가 내린 명에 따라 황후 지위를 박탈하겠습니다. 그리 아십시오."

황제는 아연실색했다.

"이는 분명…."

황제는 목순이 조조에게 붙잡혔음을 직감했다.

이미 황궁 안은 발칵 뒤집혔고 시녀들이 내지르는 비명이 곳곳에서 들려왔다. 병사들은 신발을 신은 채로 후궁을 난폭하게 뛰어다니면서 외쳤다.

"황후는 어디로 숨었느냐!"

복 황후는 재빨리 시녀들 도움을 받아 황궁 안에 있는 주고(朱庫)에 숨었다. 주고 벽 속에는 몸을 숨길 수 있는 비밀 통로가 있었다.

치려가 주고 앞에 오더니 고개를 갸우뚱했다.

"이 안이 수상하구나. 상서령(尙書令) 화흠을 불러와라."

치려는 화흠과 함께 주고 문을 뚫고 안으로 진입했다. 하지만 황후는 그 어디에도 보이지 않았다. 치려는 밖으로 나가려 했으나 상서령은 직책상 주고 구조를 훤히 아는지라 자연스레 검을 뽑아 벽을 푹 찔렀다. 그러자 벽 속에서 붉은 선혈이 뿜어져 나오는 것과 동시에 벽 안에서 복 황후가 비명을 지르며 뛰쳐나왔다.

차마 눈 뜨고 볼 수 없을 만큼 가증한 일이다. 비록 조정과 신하가 지켜야 할 도리를 중시하며 스스로 '도의 나라'라 자칭한다 해도 패권자가 권력을 휘두르면 이런 잔악무도한 일이 예사로 일어났다. 화흠은 아무렇지 않게 황후의 검은 머리카락을 감아쥐며 끓어앉혔다.

황후가 애처롭게 외쳤다.

"아, 도와다오!"

화흠은 그 어떤 외침에도 상대하지 않았다.

"위공께 직접 하소연하라."

황후는 맨발로 조조 앞에 끌려 나왔고 조조는 두 눈을 부릅뜬 채 물끄러미 바라보았다.

"나는 그대를 죽이려 하지 않았는데 그대는 나를 죽이려 하는구나. 그 결과가 어떤지 똑똑히 보여주마."

무사는 조조가 내린 명을 따라 호되게 매질과 채찍질을 하기 시작했고 끝끝내 황후는 몸부림치며 괴로워하다가 숨이 끊어지고 말았다.

황후가 비명을 지르는 소리와 조조가 황후를 매도하는 소리가 외전 복도까지 들려왔다. 황제는 머리를 쥐어뜯고 몸을 벌벌 떨며 하늘에 울부짖고 땅에 까무러쳤다.

"어찌 하늘 아래 이런 일이 일어날 수 있단 말인가. 이 땅은 인간 세상인가 짐승 소굴인가."

황제가 피를 토할 듯이 날뛰자 치려는 무사들을 시켜 황제를 억지로 궁전 안으로 옮겼다.

이제 조조는 독에 취한 사람처럼 무슨 일이든 태연하게 저질렀다. 반나절 만에 복완과 목순 일가친척 200명 이상을 남녀노소 가리지 않고 모조리 잡아들인 다음 궁아문(宮衙門) 앞에서 목을 베었다.

건안 19년 11월 겨울, 하늘도 슬픈지 허도에는 대낮부터 먹구름이 끼었고 어림에는 낙엽이 쓸쓸하게 울부짖었으며 관청에는 며칠이나 서리가 흩뿌렸다.

"폐하, 며칠 동안 식사도 거르셨다고 들었는데 이제는 마음을 편안히 가져주시옵소서. 신도 어찌 이 이상 인정머리 없는 짓을 하겠습니까? 저도 비정한 처분은 좋아하지 않습니다만 저런 문제가 드러난 마당에 내버려 둘 수도 없는 노릇 아니겠습니까?"

조조는 어느 날 조정에 나가 우울하게 틀어박혀 지내던 황제를 알현했다.

그러고는 황제에게 자기 딸을 황후로 삼도록 강요했다. 황제는 거부하지 못했고 시키는 대로 이듬해 정월 봄에 조조의 딸을 궁에 들여 황후로 삼았다. 하여 조조는 국구(國舅)라는 지위까지 손에 넣고 말았다.

한중 병합

1

위공께서 귀공과 하후돈 두 분께 급히 은밀하게 상의할 일이
있다고 하셨소.
승상부로 출두하시오.

가후(賈詡)가 서간을 보내왔다. 바로 조조의 일족 조인에게
보낸 서간이다.

"무슨 일일까?"

조인은 낙중(洛中)에 있는 집에서 나와 서둘러 승상부로 발
걸음을 옮겼다.

조인은 위공과 혈연관계니 관청 안에서도 득의양양한 태도
로 활개치며 다녔다.

하지만 조조가 머무르는 중당 입구에 이르렀을 때 누가 조인
에게 말을 걸어왔다.

"잠깐, 게 서시오."

허저가 검을 꼬나든 채 석상처럼 입구를 지켰다. 방금 부른 사람도 바로 허저다.

"무슨 일인가, 허저."

"무슨 일이라니. 각하는 지금 어디로 가시오?"

"위공을 뵈러 왔네. 내 얼굴을 모르는 것도 아닐진대 왜 그러는가."

"위공께서는 지금 오침 중이시오. 지나갈 수 없소."

"다른 사람도 아니고 이 조인이 지나겠다는데 왜 막는가? 오침 중이라도 상관없네."

"아니 되오."

"상관에게 무슨 짓인가? 나는 위공 육친이네."

"아무리 친분이 있다 해도 주군께서 허락하시지 않는 한은 들여보낼 수 없소이다. 본인은 비록 미천한 신분이나 주군의 신변 경호를 명 받고 이곳에 있는 이상 그 직무를 다하겠소. 위공께서 기침하시면 확인한 다음 안내하겠소이다. 그때까지는 밖에서 기다리시오."

허저는 함부로 조인을 중당에 들여보내지 않았다. 한사코 길을 막았다.

어쩔 수 없이 조인은 조조가 낮잠 자는 동안 밖에서 시간을 보냈다. 조조가 기침하자 그제야 조인은 승상부에 들어갈 수 있었다.

"오늘은 정말 험한 꼴을 당했습니다. 허저는 참으로 완고한 사냅니다."

조조는 그 말을 듣더니 되레 허저가 보인 충성심을 극찬했다.

"정말 호후(虎侯, 허저 - 옮긴이)답구나. 호후가 있으니 나도 마음 놓고 잠을 잘 수 있다."

곧 하후돈과 가후도 중당에 들었다.

"다름 아니라…."

조조는 세 사람 앞에서 용무를 말하기 시작했다.

"요새 곰곰이 생각해보니 촉나라를 저대로 두면 나중에 화근이 될 것 같다. 어떻게든 현덕을 촉나라에서 몰아낼 방법은 없겠느냐?"

하후돈이 머뭇거리지 않고 바로 답했다.

"한중이 문제입니다. 한중은 서촉 대문과 같습니다."

"그 말이 맞다. 요즘 한중 쪽 상황은 어떤가?"

"지금이라면 단번에 점령할 수 있습니다. 한중을 편드는 나라가 없어서입니다."

"황급히 서부 원정군을 편성하여 장로부터 토벌해야겠군."

"한중만 점령하면 촉나라 병사 따위 창고 안에 갇힌 쥐나 마찬가지입니다. 안에서 계속 곡식을 갉아먹으며 연명해도 곧 끝장날 것입니다."

가후가 한 말이다.

그사이 한중은 발칵 뒤집어졌다. 특히 장로와 수하들은 연일 회의를 열어 대책을 강구했다.

"위나라 대군이 세 갈래로 나뉘어 다가오고 있소. 각각 하후돈이 이끄는 부대, 조인이 이끄는 부대, 하후연과 장합이 이끄는 부대라 하오. 조조는 중군에 있소."

"어떻게 막는단 말인가…."

"한중 최고 요해 양평관(陽平關)을 중심으로 방어할 수밖에 없겠소."

장위를 대장으로 삼고 양앙(楊昻)과 양임(楊任) 등이 속속 전선으로 향했다.

양평관 좌우 산맥에는 숲이 드넓게 펼쳐진 모양이고 긴 경사면 곳곳은 다니기 험준하니 웅대한 전장으로 손색이 없었다.

관문에서 15리 떨어진 곳에 이미 원정군 선봉대는 진지를 구축하기 시작했다.

2

위나라 선봉대는 양평관에서 벌어진 첫 전투에서 대패했다.

원인은 위나라 군사가 주변 지세에 어두웠고, 한중 군이 위나라 선봉대를 기습하면서 부대를 끊어놓아 각개 격파하는 데 성공한 까닭이다.

"이런 미숙한 놈들. 너희 전술은 어린아이 장난 수준이다."

도망쳐 온 선봉대가 보인 추태를 보고 조조는 분개하며 하후연과 장합을 싸잡아 꾸짖었다.

그러고는 몸소 선진을 편성하여 허저와 서황을 데리고 어느 언덕에 올랐다.

양평관에 주둔하는 적이 한눈에 들어왔다. 조조는 채찍으로 가리키며 일갈했다.

"저게 장위가 쳐놓은 진인가. 참 엉성한 진형이구나. 두려워할 것 없다."

그 말이 끝남과 동시에 뒷산에서 소나기처럼 화살이 쏟아졌다. 놀라며 급히 뒤돌아보니 적장 양앙, 양임, 양평(楊平) 등의 군사가 깃발을 들고 북을 울리니 사기는 하늘을 찌를 듯했다.

"그물에 걸린 대붕(大鵬)을 놓치지 마라."

적군은 산기슭으로 난 퇴로를 막아섰다. 이날부터 다음 날에 이르는 전투에서 위군은 또다시 막대한 피해를 입을 수밖에 없었다. 사흘째 될 때까지 만회하지 못했고 조조도 고전하다가 구사일생으로 목숨을 건졌을 정도다.

진을 70리 정도 후퇴시킨 뒤 50여 일 동안 대치했으나, 조조는 쉽게 이기기 어렵다고 판단했다.

"일단 허도로 돌아가 태세를 정비한 후 다시 오자."

하룻밤 사이에 위군 깃발이 홀연히 사라졌다. 한편, 한중 군 막사에서는 열띤 토론이 벌어졌다. 양앙은 주장했다.

"퇴각하는 위군을 쫓아가 철저하게 섬멸해야 한다."

양임이 철저하게 반박했다.

"조조는 뛰어난 전략가인 만큼, 함부로 쫓아가면 위험하다."

결국, 양앙은 주장을 굽히지 않으며 군마 다섯 부대를 이끌고 추격에 나섰다.

이 추격이 한중이 파멸하는데 원인을 제공하고 말았다. 여태까지는 한중 군이 승리하는 분위기였으나 조조가 세운 계책에 휘말려 단번에 전세가 뒤집어졌다.

그날은 무풍(霧風)이라 해서 대륙다운 거센 바람이 부는 가운데 한 치 앞도 내다보기 어려울 정도로 짙은 안개가 끼었다.

양앙이 지휘하는 군세가 출격한 날 저녁, 양평관 문 앞에 한 무리 군마가 나타나 외쳤다.

"문을 열어라!"

당연히 아군이 돌아온 줄 알고 문을 활짝 열었더니, 위나라 하후연이 정예 3000기를 이끌고 우르르 밀려 들어오는 게 아닌가! 기습하기 좋아하는 한중 군이 역으로 조조 군에게 기습당한 꼴이다.

위군은 성안으로 들어와서 사방팔방 닥치는 대로 불을 질러 댔다. 밤인데다가 아군은 거의 출격한 상태였으므로 불타오르는 성 위로 순식간에 위나라 깃발이 내걸린 건 당연지사다.

총사령관 장위는 일찌감치 남정(南鄭, 섬서성 한중 일부)으로 줄행랑을 놓았다. 후방에서 불길이 오르자 양앙은 깜짝 놀라며 추격을 멈췄고, 서둘러 왔던 길로 되돌아가던 중 기다렸다는 듯이 나타난 허저 군세에게 호되게 당하였다.

결국 양앙도 허무하게 한 줌 흙이 되어버렸다.

양임도 장위 뒤를 쫓아 남정관으로 도망쳤다는 건 불을 보듯 뻔한 일이다. 한중에 있던 장로는 이번 패배에 격노하면서 엄명을 내렸다.

"앞으로 퇴각하는 자는 즉시 목을 치겠다."

하여 양임은 다시 양평관을 향해 진격했으나 도중에 진군해 온 하후연과 맞닥뜨리고는 덧없이 눈을 감고 말았다.

위군은 이미 한중 근처까지 소리 없이 다가왔다. 장로는 코앞에 닥친 사태가 중대하다는 걸 깨닫고 벌벌 떨면서 문무백관에게 고견을 물었다.

"존망 위기에 처한 한중을 구할 자는 대체 어딨단 말이냐?"

그러자 장수 염포가 과감하게 외쳤다.

"방덕 외에는 없습니다. 마초가 이 나라로 데려온 인물로, 자는 영명이라 합니다."

3

"마초는 이미 이 나라에 없는데 마초 일족인 방덕이 왜 한중에 남아 있단 말이냐?"

수상히 여기는 사람도 있었으나 장로는 방덕이 한중에 있는 이유를 알고 있었다.

마초가 촉나라 가맹관으로 갔을 때 방덕은 병중이라 함께 따라가지 못했다. 그 후에 병이 나아서 지금은 건강하다고 들은 것이다.

"그렇군. 방덕이라면!"

장로는 무릎을 탁 치며 염포가 내놓은 의견에 동의했고 바로 방덕을 불러들였다.

방덕은 중대한 명을 받자 엎드려 고했다.

"이 나라에 와서 하루라도 은혜를 입은 이상 나라에 닥친 재난을 방관할 수는 없습니다."

방덕은 장로에게 대장기(大將旗)와 함께 병사 1만여 기를 받고서 전선으로 향했다.

"방덕이 온다!"

조조는 이 말을 듣자 전군에 있는 장수들에게 부리나케 명했다.

"방덕은 서량에서 뛰어난 용장이며 마초가 가장 신뢰한 인물이다. 어떻게든 생포하여 수하로 삼고 싶구나. 각자 명심하라."

그러자 조조 군은 신경전을 벌이기로 작전을 변경했다.

"일단 방덕을 지치게 해보자."

부대를 1번, 2번, 3번, 4번으로 나누어 한 분대가 치고 들어갔다가 빠지면 다음 부대가 치고 들어가는 식으로 차례차례 돌아가면서 공격하는 전법이다.

예상외로 방덕은 지치지 않았다. 특히 허저를 상대로 말을 내달리며 50여 합이나 격전을 벌인 후에도 여유롭게 다음 부대와 전투를 벌이는 게 아닌가.

"과연 서량의 방덕이다. 요즘에 보기 쉽지 않은 절륜한 무사로다."

그사이에 위군 사이에서 비록 적이지만 훌륭한 장수라고 소문이 돌았다.

"그럼 그렇지."

조조는 싱글거리면서, 마치 숲속에서 아름다운 새를 쫓는 소년 같은 마음으로 고민에 빠졌다.

'어떻게 사로잡아야 할까?'

이때 가후가 계략을 내놓았다.

그 계략 탓인지 위군은 다음 날 전투에서 패하며 10여 리 물러났다.

방덕은 위군 진지를 점령했지만, 평소와는 달리 적들이 내보이는 낌새가 수상해 결코 방심하지 않았다.

역시나 그날 밤 위나라 대군이 사방에서 몰려왔다. 방덕은 속으로 비웃었다.

'그런 얕은꾀에 누가 넘어가느냐.'

그러면서 잽싸게 남정성으로 퇴각했다.

방덕이 점령했던 진지에는 군량과 군수품이 수두룩해, 이 전리품을 성으로 옮긴 다음 한중의 장로에게 보고했다.

"조조 진지를 점령하고 막대한 전리품을 얻었습니다."

아뿔싸! 이 전리품을 옮기는 병사 중에 위나라 세작이 섞여 들어온 모양이다. 세작은 성안에 사는 양송 저택으로 몰래 발걸음 하였다.

세작은 당당하게 정면으로 양송과 마주했다.

"저는 위공 조조를 모시는 심옥입니다만."

양송은 자기가 입고 있던 황금 '갑옷'과 조조가 직접 쓴 서간을 꺼내 내밀었다.

"읽어보십시오."

양송은 한중에서 녹을 먹는 중신이었으나 평소에 뇌물을 좋아하며 악랄하고 탐욕스런 인물로 유명하니, 황금 '갑옷'을 보자 눈을 가늘게 치뜨며 군침을 흘렸다.

"호오…. 제법 괜찮은 물건이군."

조조가 보낸 서간은 작위를 미끼 삼아 양송을 회유하는 내용이다. 양송에게는 정말 꿈만 같은 제안이다.

"음, 잘 알겠소."

양송은 두말없이 조조에게 협력하기로 결정했다.

양송은 한중의 장로에게 찾아가 방덕에 관한 온갖 중상모략을 해대느라 입이 아플 지경이다.

"방덕도 결국은 마초가 부리던 수하입니다. 해서 있는 힘껏 싸우지 않습니다. 기껏 위군 진지를 점령했는데도 적에게 쉽게 돌려주더니 남정성에 틀어박히지 않았습니까? 어쩌면 조조와 내통했을지도 모릅니다. 한번 조사해봐야 합니다."

장로는 양송이 주절거리는 사탕발림에 넘어가 즉시 방덕을 불러들였다.

4

방덕은 의아해하며 일단 한중으로 회군했다. 장로는 방덕을 보자마자 버럭 화부터 냈다.

"이 배은망덕한 놈. 감히 조조와 내통하고 우리 군을 팔아넘기다니…."

방덕을 마구 비난한 끝에 목을 베라고 득달같이 명했다.

그러자 곁에 있던 염포가 장로를 말렸다.

"다짜고짜 역정만 내시면 되겠습니까? 일단 방덕이 하는 말을 들어보고 만약 결백을 주장한다면 다시 공을 세울 기회를 줘보는 게 어떻겠습니까?"

결국, 장로는 염포가 하는 말에 따랐다.

"일단 목숨만은 살려주마. 만약 전장에서 제법 뚜렷한 전과를 세우지 못하면 군법에 따라 네 목을 진문 앞에 내걸 테니 그리 알라."

방덕은 뭔가를 눈치챈 듯했다. 어쩔 수 없이 불편한 심정인 채로 다시 전장에 나갔다.

"은혜를 갚는 일이 이토록 괴롭다니!"

방덕은 일부러 무모한 전투에 뛰어들었다. 스스로 비장한 최후를 맞이하려 결심한 모양이다. 아예 혼자서 적진 깊숙한 곳으로 들어간 채 나오려 하지 않았다.

그때 언덕 위에 조조가 슬그머니 나타났다. 조조는 방덕을 부르며 꼬드겼다.

"방덕, 어째서 굳이 개죽음을 택하느냐? 내게 항복하여 대장부로서 삶을 다할 생각은 없느냐?"

"무슨 헛소리냐!"

방덕은 언덕을 향해 말을 들입다 내달렸다. 저승길 가는 데 길동무로 삼으려 한 모양이다.

하지만 언덕 기슭에 다다르자 갑자기 방덕 모습이 사라졌다. 말을 걸터탄 채로 깊이 20척이나 되는 함정 속에 빠진 것이다.

조조가 바라 마지않던 아름다운 새가 마침내 새장 속에 들어왔다. 방덕은 항복하여 그날로 조조 신하가 되었다.

이 말을 전해 듣자 장로는 허탈해했다.

"양송이 한 말대로구나."

하여 장로는 더욱 양송을 신뢰하고 무슨 일이든 상의하였다. 그렇지만 이미 남정도 함락되어 한중은 조조 군에게 포위당한 상황이다.

이미 아군이 외곽에 쳐놓은 방어선도 포기한 채 뿔뿔이 흩어졌다는 사실을 알자 장로의 동생 장위는 한중을 초토화하자고 주장했다.

"성과 거리를 불태웁시다."

양송은 이 의견에 반대하며 항복을 권했다.

"항복하시는 게 좋겠습니다."

장로는 당황했으나 그래도 사리를 분별할 줄 알았다.

"국가 재산은 백성이 짜낸 고혈에서 나온 것이다. 하늘을 두려워할 줄 안다면 어찌 이를 불태울 수 있겠느냐?"

장로는 성안 창고를 모두 걸어 잠근 채 일가친척을 데리고 그날 밤 이경 무렵에 남문으로 줄걸음을 놓았다.

조조는 한중을 점령한 후에 장로를 칭찬했다.

"한중 재물을 화재와 약탈에서 지켜내고자 창고에 봉인한 채로 다음 통치자에게 넘긴 일은 장로 인생에서 으뜸가는 선행이리라. 신묘한 판단이구나."

조조는 파중(巴中)으로 사람을 보내 항복한다면 일족을 살려주겠다고 전했다.

양송은 끊임없이 항복을 권했지만, 장위는 끝까지 반대했다. 결국, 승산 없는 싸움을 계속 벌이다가 전사하고 말았다.

조조가 남은 적을 소탕하면서 몸소 파중으로 내려오자 장로는 성에서 나와 조조 앞에 넙죽 엎드렸다.

물론 양송도 곁에 있었다. 양송은 내심 조조가 자기 공을 인정해줄 거라 기대하는 눈치다.

조조는 양송을 무시한 채 말에서 내려 장로 손을 덥석 잡으며 위로했다.

"창고를 봉하여 나라 재산을 전쟁에서 지켜낸 판단은 마땅히 칭송받을 일이다. 나도 이를 가상히 여겨 그대를 진남장군(鎭南將軍)으로 봉하겠노라."

그러고 나서 장로가 부리던 신하 중 다섯을 골라 제후로 삼았는데, 그중에 염포는 있었지만 양송은 없었다.

양송은 내심 기대했다.

"내게는 더 큰 포상을 내려주시리라."

한중을 평정한 걸 축하하는 날.

거리에서 참수형을 집행하였다. 죄인은 빼빼 마른 모습이다. 구경꾼은 군것질하며 빨리 목을 치라고 외쳐댔다. 죄인은 원망스럽다는 듯이 구경꾼들을 휘 둘러보았다. 그 죄인은 다름 아닌 양송이다.

검과 극과 방패

1

사마중달(司馬仲達)은 중군에서 주부(主簿)로 일했고 한중을 공략할 때도 조조 곁에서 종군했다.

전후에 한중을 안정시키고 시정을 펼치는 일에도 열성을 다해 참여하며 점차 두각을 드러내던 중, 하루는 조조에게 진언했다.

"위나라가 한중을 진출한 일은 서촉을 뒤흔들 만한 소식이니 현덕은 적잖이 당혹했을 것입니다. 현덕은 둔중하며 느린 성격이니, 승상이 이 기회에 질풍신뢰같이 촉나라에 치고 들어간다면 그 기반은 우르르 무너져 내릴 것입니다."

중신 유엽(劉曄)도 이 의견을 거들었다.

"중달이 내놓은 의견은 우리 모두의 생각과 일치합니다. 지금 현덕에게는 문치(文治)에 능한 공명과 나무랄 데 없는 장수 관우, 장비, 조운, 황충, 마초 등이 있으니 이전과는 달리 쟁쟁한 수하를 거느려 쉽게 쳐부수기 어렵습니다. 만약 현덕을 친다면 기회는 지금뿐입니다."

예전의 조조였다면 말할 것도 없이 찬성했겠지만, 적벽 무렵부터 이미 조조도 노령에 접어든 조짐이 보였다. 이때도 그랬다.

"농(隴)을 얻은 지 얼마 되지 않았는데 벌써 촉나라를 바란단 말이냐. 우리 군사와 말들도 지친 상태다. 좀 더 쉬어야 하지 않겠느냐."

조조는 움직일 기색을 보이지 않았다.

한편, 촉나라에서는 위나라 군세가 거침없이 진출하자 심각한 위협을 느꼈는지 유언비어가 난무하여 지금 당장에라도 조조가 촉나라로 쳐들어올 것 같은 소문이 나돌았다.

아무래도 촉나라는 현덕이 새로운 통치 체계를 확립한 지 얼마 안 됐기도 해서, 현덕도 위구심이 점점 커졌다.

그 대책을 논의하는 자리에서 공명은 명확하게 주장했다.

"위나라가 자꾸 커지는 건 비유하면 생물이 크게 자라는 본성이나 의욕과 같으니, 그 의욕을 다른 곳으로 돌려주면 당분간은 그쪽에 정력을 쏟을 테니 촉나라는 무사할 것입니다. 그동안에 나라 방비를 튼튼히 하면 됩니다."

공명은 전제를 깔아놓은 다음 말을 이어 나갔다.

"이 작업을 하기 위해서는 오나라에 언변에 능한 자를 사신으로 보내 예전에 약속한 형주 3군을 확실하게 오나라에 반환함과 동시에, 현재 직면한 시국과 오나라가 얻을 득과 실을 근거로 들며 손권이 합비(合肥, 안휘성 합비)를 치게 유도하십시오. 합비는 예전에 조조가 장료를 두어 지키게 했을 정도로 중요한 위나라 국경이니, 위나라는 그곳에 온 신경을 집중하며 당분간은 촉나라가 아니라 남쪽으로 진출하려 모색할 것입니다."

"원대한 계책이지만 우리 촉나라에 그토록 외교 수완이 뛰어난 자가 있겠소?"

현덕이 주변을 둘러봤을 때 문득 한 사람과 눈이 딱 마주쳤다. 그 사람은 바로 일어서서 진지하게 말머리를 열었다.

"제가 가겠습니다."

사람들이 누군가 하고 쳐다보니 바로 이적이다.

"이적이라면…."

공명이 고개를 끄덕이자 다른 이들도 찬성했다. 이적은 즉시 현덕이 쓴 서간을 들고 멀리 장강을 따라 내려갔다.

오나라에 도착하기 전 이적은 형주에 상륙하여 은밀히 관우와 따로 만났다. 물론 현덕이 품은 뜻과 공명이 세운 계책을 정확히 알리고 이에 관해 협의하기 위해서다.

오나라에서는 이번 제안을 둘러싸고 갑론을박을 벌이느라 난리다. 어떤 자는 지난날 관우가 보여준 무례함에 분개하며 이런 주장을 내세웠다.

"반드시 거절해야 하오."

다른 주장을 하는 이도 있었다.

"이번 제의를 거절하면 오나라가 형주 모든 영토를 포기했다는 뜻이 되오. 일단은 3군만이라도 돌려받아야 하오."

사자로 온 이적도 한마디 거들었다.

"만약 오나라가 합비를 공격한다면 조조는 한중에 머무를 새도 없이 즉시 도읍으로 회군할 것입니다. 그러면 촉나라는 즉시 한중을 취하겠습니다. 관우를 한중으로 보내고 형주는 모조리 오나라에 돌려드릴 것입니다."

이 말을 자세히 들여다보면 3군은 조건부로 돌려받는 것이나 마찬가지다. 결국, 장소와 고옹 등이 내놓은 의견도 형주를 돌려받는 쪽에 기울어 손권도 결단을 내렸다. 이적이 제시한 제안을 전면 수용하고 형주를 접수하기 위해 다시 노숙을 형주로 파견했다.

2

형주에 관한 영토 반환 문제는 오랫동안 양국 국교 관계를 좀먹던 암이었으나, 이제야 전부는 아니지만 일부나마 매듭지었다.

3군을 무사히 반환하고 나서야 겨우 오나라와 촉나라는 정상적인 외교 관계를 맺었고, 오나라는 대군을 파견하여 한구 상류에 있는 육구 부근에 주둔하면서 작전 방침을 정했다.

"위나라 완성(腕城)을 취하고 이어서 합비를 공격하자."

완성 공략은 쉽지만은 않은 일이다.

오나라는 여몽과 감녕을 선봉에, 장흠과 반장을 후진에 세웠으며 중군에서는 아예 손권이 주태, 진무, 서성, 동습 등 용장과 지장을 몸소 이끌었다. 이런 태세였는데도 오군은 완성을 함락하는 데 크나큰 희생을 치러야 했다.

손권은 완성을 점령한 날 성에 잔뜩 묻은 핏자국이 채 마르기도 전에 성대하게 연회를 벌이며 사기를 북돋았다.

"진짜 싸움은 이제부터다. 조짐도 좋구나."

연회 도중에 여항(余杭) 땅에서 뒤늦게 능통이 도착하여 자리에 끼었다.

"이틀만 빨리 달려왔어도 함께 싸울 수 있었을 텐데…."

능통은 주변 사람에게 말하며 아쉬워했다.

"아니오. 합비성이 남아 있소. 합비를 공격할 때는 나처럼 앞장서서 성을 차지해보시오."

상석에 앉아 능통을 위로한 자가 있었다.

다름 아닌 감녕이다.

감녕은 이번 싸움에서 완성에 첫발을 들인 공을 인정받아 오늘 축하연 자리에서 오후 손권에게 비단 전포를 하사 받은데다가 좌중에서 가장 면목을 세웠고 만취한 상태였다.

"허허…. 감녕이라…."

능통은 코웃음을 쳤다.

아까부터 기세등등한 감녕은 누가 봐도 무공을 자랑하는 것처럼 보였다. 그뿐만 아니라 능통은 감녕과 눈이 마주치자 돌아가신 아버지가 떠올라 미칠 것 같았다. 오래전 감녕 손에 죽은 아버지가 가슴을 스친 것이다.

'네 이놈….'

능통이 떠올린 생각을 읽었는지 감녕도 '이 시퍼렇게 젊은 놈'이라고 말하고 싶은 듯 눈을 부라리며 불쑥 말이 튀어나와 버렸다.

"능통, 뭐가 그리 웃긴가?"

동시에 감녕은 능통이 무의식적으로 움켜쥔 칼자루를 한번 쏘아봤다.

능통은 문득 정신을 차리며 무심코 자신이 칼을 쥐고 있었음을 깨달았다.

"다름이 아니라 제게는 아직 무훈이 없는지라 하다못해 여흥거리라도 되게 검무라도 추어 모두가 겪은 노고를 위로하려던 참이었소."

그러면서 능통은 자리에서 일어나 느닷없이 검무를 추기 시작했다. 감녕도 기다렸다는 듯 뒤에 세워둔 극을 꼬나들었다.

"그것참 재밌겠군. 그대가 검으로 춤춘다면 나는 극으로 흥을 돋우리라."

두 사람은 서로 무기를 반짝이며 춤추는 척했으나 속으로는 원한을 불태우며 틈만 보이면 아버지 원수를 갚으리라, 틈만 보이면 되레 단칼에 베어주마, 하고 서로 눈치를 보았다.

"이런, 흥미진진하군. 마치 불꽃이 부딪치는 듯하구나. 나도 좀 끼어야겠다."

위험한 상황이라 판단한 여몽이 방패를 들고 두 사람 사이에 훅 끼어들었다. 여몽은 노련하게 극무와 검무를 견제하며 춤을 이끌었고 무사히 그 자리를 수습했다.

처음에는 별생각 없이 보던 손권도 도중에 무슨 일인지 알아차리고 술이 확 깬 눈치다. 하지만 여몽이 빠르게 판단한 덕에 아무도 피를 보지 않은 채 자리에 돌아간 걸 보고 나서야 안심했다.

"정말로 우아한 춤이었다. 둘 다 솜씨가 꽤 뛰어나군. 잔을 내릴 테니 두 사람은 내 앞으로 나오너라."

손권은 능통과 감녕을 불러서 양손으로 동시에 잔을 내리며 단단히 타일렀다.

"오나라는 이제 막 위나라 땅을 밟은 상황이다. 오나라 흥망을 어깨에 짊어진 그대들을 결코 의심하는 건 아니나 과거에 쌓은 원한은 잊어줬으면 한다. 내 말을 꼭 명심하라."

장료가 온다

1

장료는 합비성을 맡은 이래 단 하루도 방비를 소홀히 하지 않았다.

이곳은 위나라 경계며 국방 최전선이라는 중한 책임을 강하게 느꼈다.

그런데 합비성 앞에 있던 완성은 10만 오군 앞에 순식간에 함락되고 말았다. 적군은 홍수 같은 기세로 이곳 합비를 향해 다가온다는 전갈이 잇달아 날아왔다.

한중으로 원정을 나간 조조는 이 소식을 듣자 부리나케 설제(薛悌)라는 자를 합비로 파견했다. 설제는 조조가 세운 작전 계획을 상자에 고이 담아 합비까지 전달했다.

"승상이 세운 작전에는 뭐라고 쓰여 있소? 농성하며 수비하라는 내용이오? 어서 열어보시오."

부관 악진과 이전은 마른침을 꼴깍 삼키며 장료가 작전 계획을 꺼내는 모습을 말끄러미 지켜봤다.

"읽을 테니 잘 들으시오. '오나라가 적극적으로 나오는 이유는 내가 멀리 한중에 출진한 탓이다. 해서 오나라 군세는 위나라 성을 가벼이 여긴다. 싸우지 않고 그저 지키기만 하면 적들을 부추길 뿐이다. 적이 다가오면 첫 싸움에서 기세를 꺾어서 아군 사기를 올린 다음, 굳게 성을 닫고 방비를 철저히 하며 결코 나가서 싸우지 말라.' 잘 들으셨소?"

"…"

평소에 이전과 장료는 사이가 좋지 않았다. 해서 입을 앙다문 채 아무런 대꾸를 하지 않았다.

한편, 악진은 바로 조조가 보내온 작전에 반대했다.

"지키기만 해서는 오래 버티지 못하오. 하물며 우리는 병력도 적소."

장료는 악진이 하는 말을 끝까지 듣지도 않았다. 더 의논할 가치도 없다고 여겨서다.

"토론하고 싶거든 혼자서 하시오. 다른 사람은 몰라도 나 장료는 사사로운 생각으로 주군이 내린 지시를 어길 생각은 없소이다. 나는 한중에 계신 주군께서 지시한 대로 일단 밖으로 나가 적의 기세를 꺾어놓은 다음 그 후에는 조용히 농성하겠소."

선언하더니 말을 걸터타고 전장으로 나서려는 참이다.

그러자 그때까지 묵연히 있었던, 평소에는 장료와 사이가 좋지 않은 이전이 벌떡 일어섰다.

"그렇다. 국가 중대사인데 어찌 사사로운 마음을 품으랴."

이전은 장료를 따라 결연히 성문을 나섰고 악진도 혼자 있을 수는 없는 노릇인지라 뒤따라 말을 타고 성 밖으로 나갔다.

오나라 대군은 이미 소요진(逍遙津, 안휘성 합비 부근)까지 닥쳐왔다. 선봉에 선 감녕 군과 위나라 악진 군 사이에서 소규모 전투가 벌어졌으나 위군은 금방 도망쳤다.

'나를 당해낼 자가 없도다.'

오후 손권은 자만하며 망설임 없이 앞으로 죽죽 전진했다.

하여 소요진에서 벗어났을 무렵 갑자기 갈대 사이에서 연주포(連珠砲) 소리가 울리더니 오른쪽에서 이전, 왼쪽에서 장료 깃발이 나타나 손권의 중군을 기습 공격했다.

선봉에 선 여몽과 감녕 군세는 다급하게 적을 쫓은 나머지 중군과 거리가 지나치게 벌어졌다.

후방에서 지원하는 능통은 소요진에서 도강하지 못한 상태였다.

하지만 저 멀리서 중군 깃발이 찢어진 모습이 보이자 능통은 느낌이 싸했다.

"무슨 일이지?"

그러고는 부하들을 내버려 둔 채 혼자서 중군을 향해 들입다 달려 나갔다.

가보니 손권과 함께 중군에 있던 무사 700여 명은 갑작스레 나타난 적군에게 포위당해 궤멸 직전이었다.

능통은 적군 속에서 소리 높여 손권을 찾았다.

"주군! 주군! 어디 계십니까? 적의 군졸 따위 상대하지 마시고 일단 소사교(小師橋)를 건너 몸을 피하십시오."

어떻게 그 소리를 들었는지 손권이 돌아보며 능통에게 달려오는 게 아닌가.

"오, 능통이군. 안내하라."

두 사람은 가까스로 소사교까지 도망쳐 왔으나 이미 다리는 적군 손에 부서진 상태였다.

2

"앗, 당했구나."

말은 물살에 놀라 앞발을 높이 들며 울어댔다.

뒤에서는 장료가 이끄는 군사 3000기가 마치 장대비가 퍼붓는 것처럼 두 사람을 향해 집중적으로 몰려왔다.

"능통, 어찌해야 하느냐."

손권은 안장 위에서 애를 태웠다.

"걱정하지 마십시오. 제가 하는 걸 눈여겨보고 재빨리 따라 하십시오."

능통은 물가에서 멀리 떨어진 다음에 다시 소사교를 향해 쏜 살같이 말을 내달렸다. 그러고는 부서진 소사교 끝에서 채찍이 부러질 듯이 말 엉덩이를 찰싹 때렸다.

그러자 말은 하늘 높이 뛰어올라 물 위를 뛰어넘더니 건너편 다리 끝에 안전하게 착지했다. 손권도 똑같은 요령으로 쉽사리 강을 뛰어넘었다.

강 위를 살펴보니 후진에 있던 서성과 동습이 탄 배가 보였다. 능통은 부서진 소사교 위에서 외쳤다.

"나는 가볼 테니 주군을 부탁하네."

능통은 그 말만 남기고 다시 강을 뛰어넘어 적군을 향해 힘차게 달려갔다.

적진 깊숙이 들어갔던 감녕과 여몽도 화급히 되돌아와 위군과 접전을 벌였으나 아무래도 허를 찔린 상황이다 보니 중군, 후진과 보조를 맞추지 못하고 여기저기서 위군에게 포위당하고 각개 격파를 당해 수많은 전사자가 생겨났다.

특히 처참하게 궤멸당한 건 능통이 지휘하는 부대다. 능통이 손권을 위기에서 구하는 사이에 남겨진 병사들은 우왕좌왕하다 대형을 무너뜨린 끝에 이전 군에게 포위당하여 대부분 목숨을 잃었으니 그야말로 능통 군의 시체로 산을 이룰 정도였다.

대장 능통이 다시 돌아왔을 때 이미 부하의 반 이상이 전사했을 정도로 고전하던 상황이었고 결국 온몸에 상처를 입고 피를 뚝뚝 흘리면서 소사교 근처까지 도망쳤다.

능통은 말을 걸터탔지만 이미 그 소사교를 뛰어넘을 기운도 없었다. 출혈이 심한 탓에 눈앞이 흐릿해져 강물도 제대로 보이지 않았다.

그때 배 안에 있던 손권이 그 모습을 보았다. 손권은 뱃전을 다급하게 두들기며 귀가 얼얼해질 정도로 목청껏 외쳤다.

"가서 구하라. 능통이다."

배 1척이 가까스로 강기슭에 다가가 능통을 구해냈다. 패잔병도 북쪽 강기슭에서 수용했다. 적에게 쫓기다 미처 배에 타지 못하고 무참히 베여 죽는 자도 있었고 강에 뛰어들어 물에 빠져 죽는 자도 있었으나 어찌할 도리가 없었다.

"내 불찰이도다. 어찌 이토록 패할 수 있단 말이냐…."

손권은 패군을 규합한 다음 얼마나 피해가 심각한지 실감하며 안타까운 듯 계속 중얼거렸다.

중상을 입은 능통은 주군 곁에 있다가 솔직하게 토로했다.

"생각해보면 완성에서 승리했을 때 이미 패전할 징조가 보였습니다. 모든 군사가 승리에 취해 교만해진 나머지 적을 얕본 결과입니다. 이번 패배를 교훈으로 삼으셔야 합니다. 주군께서는 오나라 만민의 주인임을 잊지 마십시오. 천지신명이 굽어살펴주신 덕에 오늘 주군께서 무사히 살아 돌아오셨으니, 이토록 기쁜 일이 어딨겠습니까?"

"정말로 뼈저리게 반성해야 할 일이다. 오늘 겪은 일을 평생 잊지 않으리라."

손권은 눈물을 철철 흘리며 되뇌였다.

오나라 대업은 이곳에서 좌절되었다. 오군은 병력을 보충하고 군을 재정비를 하기 위해 장강을 내려가 유수로 퇴각했다.

"장료가 온다. 장료가 온다."

오나라에서는 어린아이들까지 위나라 장수 장료 이름을 널리 퍼뜨렸고, 아이가 울면 어머니는 '장료가 온다'며 으레 겁을 주었다.

오나라 군사들 가슴에 장료가 펼친 용맹과 지략이 얼마나 아로새겨졌는지 알 수 있는 대목이다.

당사자 장료는 담담했다.

"이번에는 뜻밖에 승리를 거두었구나."

바로 한중에 전황을 보고했고 훗날을 위해 대군을 보내달라고 요청했다.

"이대로 촉나라로 밀고 들어갈까? 일단 돌아가서 오나라를 토벌할까?"

조조도 어느 쪽을 택할지 고민하던 참이다.

거위 깃털을 단 병사

1

한중을 손에 넣기는 했으나 사실 조조가 진정으로 점령하고 싶은 건 남쪽 지방이다.

게다가 오나라만 생각하면 예전 적벽에서 벌였던 원한이 벌컥 되살아나 괴로웠다.

"한중 쪽 수비는 장합과 하후연이 있으면 문제없으리라. 나는 남쪽 오나라 유수로 진격하겠다."

조조는 과감하게 결단했다. 나이는 들었으나 오랜 숙원은 여전히 가슴속에서 끓어올랐다. 수많은 병선과 수레와 병마가 강남 지방을 뒤덮을 기세로 양자강을 따라 남하하여 오나라 수도 말릉 서쪽에 있는 유수 제방에 접어들었다.

"어서 와라. 먼 길을 온 병마들아."

오군이 여봐란듯이 기다렸다. 오랜 여정에 지친 조조 군을 단번에 치려는 듯했다.

오군 선진을 자원한 사람은 이번에도, 서로 원한을 품은 감녕과 능통이다.

"둘이서 해치워라. 능통이 제1진, 감녕이 제2진이다."

손권도 다른 장수들과 함께 뒤따랐다.

유수 일대는 삽시간에 전쟁터로 변했다. 조조 군 선봉은 아이들도 다 아는 장료다. 공에 눈이 먼 능통은 무작정 장료에게 달려들었다. 마치 파도가 바위에 부딪쳐 부서지듯 능통이 친 진형이 산산이 부서지는 모습이 멀리 떨어진 손권 본진에서도 아주 잘 보였다.

"능통이 위험하다. 여몽, 능통을 구하라."

"예!"

여몽은 수하를 이끌고 번개같이 달려갔다.

그 후에 감녕이 와서 고했다.

"적이 친 진형은 뜻밖에 견고합니다. 40만이나 되는 적군은 하나같이 피로한 기색이 없습니다. 먼 길을 오느라 적군은 피곤할 거라 여기며 정면으로 부딪쳐서는 아니 됩니다. 제게 정예 병사 100명을 맡겨주십시오. 오늘 밤 조조가 있는 본진을 발칵 뒤집어놓겠습니다."

"고작 100명이라…."

"실패한다면 얼마든지 비웃어도 좋습니다."

"허허, 재밌군."

손권은 직속 부대에서 정예병 100명을 가려 뽑아 감녕에게 맡겼다.

저녁때가 되자 감녕은 그 100명을 자기 진으로 불러 둥그렇게 둘러앉힌 다음 술 10통과 양고기 50근을 넉넉하게 대접했다. 결전 전야다.

"이 음식은 오후께서 하사한 것이니 마음껏 들게나."

감녕이 먼저 은잔에 든 술을 들이켜고는 병사들에게도 일일이 권했다.

병사들은 오랜만에 배불리 고기를 먹고 실컷 술을 즐겼다. 이때 감녕이 선포했다.

"더 마시고 먹어라. 오늘 밤 우리는 조조의 중군을 습격할 것이다. 나중에 미련이 남지 않도록 맘껏 즐겨라."

적잖이 놀란 병사들은 어리둥절한지 서로 얼굴을 마주 봤다. 술에 취해 흥겨웠던 표정이 단숨에 굳어졌다.

'고작 100명으로 무얼 어찌한단 말인가?'

감녕은 일어서서 검을 뽑아 들더니 단호하게 질타했다.

"오나라 대장군인 나 감녕조차 나라를 위해 목숨을 아끼지 않는데 너희는 제 몸 하나 아깝다고 내 명령에 겁부터 먹는단 말이냐!"

명에 따르지 않는 자는 베겠다는 경고다. 여기서 죽는 것보다는 낫다고 생각했는지 결사대 100명은 어쩔 수 없이 검 앞에 꿇어앉으며 맹세했다.

"저희도 장군을 따라 생사를 함께하겠습니다."

"좋다. 서로를 알아볼 수 있도록 각자 투구 앞에 이 깃털을 꽂아둬라."

그러면서 병사들에게 거위 깃털을 하나씩 나눠 줬다.

이경 무렵에 100명의 용사들은 뗏목을 타고 물길로 우회하여 제방을 넘고 들판을 가로지르며 마침내 조조 본진 뒤쪽으로 돌아갔다.

"자, 징을 치고 함성을 질러라."

울타리로 다가가더니 순식간에 초병을 베어버린 다음 일제히 우르르 진중에 난입했다.

눈 깜짝할 사이에 이곳저곳에서 불길이 치솟았다.

조조 군 측 무사들은 어두운 진중에서 우왕좌왕 헤매다가 어이없게도 같은 편끼리 싸우기를 반복했다.

감녕은 마음에 흡족할 정도로 진영을 마구 헤집어놓았다. 적당히 시간이 지난 후에 수하 100명을 한군데로 집결시킨 다음 한 사람도 빠짐없이 바람처럼 물러갔다.

"장군의 담력이 조조 혼을 빼놨을 것이오. 정말 통쾌하오."

손권은 칼 100자루와 비단 1000필을 하사하며 감녕을 치하했다. 감녕은 이 하사품을 함께한 수하 100명에게 골고루 나눠주었다.

위나라에 장료가 있다면 오나라에는 감녕이 있다. 오나라 사기가 진작되었음을 더 말한들 무엇하리.

2

어젯밤에 당한 설욕을 하려는 모양이다. 날이 밝자마자 장료가 군사를 이끌고 오나라 진영으로 곧장 쳐들어왔다.

"오늘이야말로 화려한 공적을 남기리라."

능통은 기다렸다는 듯이 맞서 불같이 싸웠다. 간밤에 감녕이 뚜렷한 공을 세워 주군 앞에서 칭찬까지 들었다는 소식은 당연히 능통 귀에도 들어갔다. 이날 능통 마음속에는 오기가 가득했다.

'감녕 따위에게 질 순 없지.'

먼지가 자욱한 전장 너머로 장료 모습이 어렴풋이 보였다. 이전과 악진 등과 함께 오군 병사를 흩뜨리며 다가오는 게 아닌가.

능통은 말 위에서 칼을 거머쥐며 질풍처럼 내달렸다.

"게 오는 자는 장료냐!"

외침과 동시에 능통은 허공을 가를 듯이 칼을 휘둘렀다.

"나는 악진이다."

상대는 창을 꼬나들며 맞서 싸웠다.

'장료가 아니군.'

능통은 혀를 찼지만, 이제는 한눈팔 겨를이 없었다. 악진을 상대로 50여 합을 불꽃 튀겨가며 싸웠다.

그 순간 장료 뒤에서 조조의 아들 조비(曹丕)가 철궁을 겨누더니 횡! 하고 화살을 날리는 게 아닌가.

능통을 노리고 쐈지만, 화살은 보기 좋게 빗나갔고 대신 능통이 타고 있던 말이 맞았다.

"옳거니!"

그 순간을 놓치지 않고 악진은 날이 아래로 향하게끔 창을 고쳐 쥐었다. 능통이 낙마해서다.

어디선가 또 화살이 날아왔다. 화살은 악진의 미간을 향해 정확하게 날아오는지라 악진은 창을 버리고 몸을 던져 피했다.

오나라 장수도 쓰러졌고 위나라 장수도 다쳤으니 양군은 동시에 몰려들어 서로 아군을 구한 뒤 냅다 퇴각했다.

"또다시 실수했습니다. 아쉽습니다."

능통은 손권 앞에서 면목이 없다며 사죄했다.

"싸움에 패하는 일은 병가상사 아니냐."

손권은 능통을 위로한 다음 넌지시 물었다.

"오늘 누가 그대를 구했는지 아느냐?"

그 말을 듣고 능통이 좌우를 둘러보니 감녕이 말없이 서 있는 게 눈에 띄었다. 능통이 놀란 얼굴을 하자 손권이 알려줬다.

"악진의 미간을 향해 활을 쏜 자는 바로 감녕이다. 두 사람이 더욱 우의를 다질 기회가 되겠구나."

능통은 눈물을 흘리며 감녕 앞에 엎드렸다. 이후로 두 사람은 과거에 맺은 원한을 말끔히 잊고 생사를 함께하자며 맹세했다고 한다.

다음 날 위군은 전날보다 더욱 격한 기세로 육로와 수로를 통해 오군 진영을 죄어 왔다.

"조조도 조급한 모양인지 총공격에 나선 모양이구나."

오군도 어쩔 수 없이 대군으로 맞섰고 유수에는 병선으로 촘촘하게 담을 쳤다.

이날 특히 돋보였던 건 서성과 동습 등이 이끄는 부대다. 이 부대가 뿜어내는 위용에 짓눌렸는지 위군 한 귀퉁이에서 고전하던 이전 부대가 와르르 무너져 그대로 조조 중군까지 위험해질 것처럼 보였으나, 때마침 바람이 강하게 불고 파도가 거세졌다. 강변에서 날리는 모래가 눈앞을 가려 아직 해가 중천에 떠 있었는데도 천지가 금세 어두워진 것이다.

게다가 동습이 지휘하는 병선이 강 아래로 침몰해버렸고 그 밖에 정박해둔 병선도 돛이 하나둘 찢어지고 강둑에 부딪히는 등 악재가 겹치면서 때마침 달려온 위군이 서성 부대를 포위하여 궤멸시켜버렸다.

"저들을 구하라."

손권이 명하여 진무가 오군 진영에서 달려 나오자 제방 그늘에서 느닷없이 위군이 나타났다.

"한 놈도 살려두지 마라."

위군은 제방에서도 오군을 포위하여 전멸시키려는 작전을 세웠던 것이다. 이 무리를 이끄는 대장은 한중에서 따라온, 위군으로서는 신참인 방덕이다.

하여 비바람이 심하게 부는데 오나라 형세는 설상가상으로 급격히 나빠져 총퇴각 외에는 달리 방법이 보이지 않았다.

'묘수가 없을까?'

젊은 손권은 고민하며 몸소 중군을 이끌고 유수 강변으로 천천히 발걸음을 옮겼다. 맙소사! 유수에서는 장료와 서황 부대가 기다리고 있는 게 아닌가.

휴전

1

조조는 한마디로 전장에서 잔뼈가 굵은 인물이다. 반면 손권은 경험이 적은 탓에 혈기를 주체하지 못할 때가 종종 있었다.

유수 유역을 사이에 두고 위군 40만과 오군 60만이 전면적인 대격전을 펼치는데 날씨가 오나라에 불리하게 돌아갔을 뿐만 아니라 총사령관 손권의 경솔한 움직임 하나로 오군은 중추를 잃었고 손권도 장료와 서황이 이끄는 부대에 둘러싸인 형국이다.

조조는 높은 언덕 위에서 그 모습을 흐뭇하게 바라봤다.

"지금이 바로 손권을 사로잡을 기회다."

허저는 방금 조조가 한 말은 자신을 격려하는 소리라 알아듣고 즉시 말을 내달려 아비규환에 빠진 전장 속으로 뛰어들었다.

오군 병사 시체는 끝도 없이 쌓여만 갔다. 유수가 붉게 물들어도 이상하지 않을 정도의 참상이었고 총사령관 손권은 어디에 있는지 알아볼 수 없는 아수라장이었다.

오나라 장수 주태는 그 안에서 고군분투하여 혈로를 뚫고 강변까지 도망쳐 왔으나 뒤를 돌아보니 주군 손권이 여전히 포위망을 뚫지 못하고 적군 한가운데에서 고전하는 게 눈에 띄었다.

"주군, 주태가 여기 있습니다. 어서 이리로 오십시오!"

주태는 주군을 부르며 적 배후로 돌아 교란하여 포위망 일각을 무너뜨렸다.

"자, 일단 이곳에서 떠나야 합니다."

손권과 주태는 적이 쏜 화살이 빗발치는 가운데 오나라를 향해 앞만 보며 나란히 말을 달렸다.

때마침 여몽이 이끄는 부대가 중군이 대패한 걸 걱정하며 되돌아오는 길이다.

주태는 강 위를 향해 목이 터져라 외쳤다.

"배를! 배를 대라!"

마침내 주태는 손권을 무사히 배에 태웠다.

하지만 손권이 뒤로한 전장에는 여전히 흙먼지와 피바람이 가득했다. 손권은 비통한 목소리로 외쳤다.

"서성! 서성은 어찌 되었느냐?"

"알아보겠습니다."

주태는 몰려오는 위군 속으로 말 머리를 되돌렸다. 손권 입에선 부지불식간에 탄식이 흘러나왔다.

"아…. 주태는 나를 구하기 위해 혈로를 뚫고 다시 전장에 돌아가기를 세 번이나 반복했다. 이번에는 서성을 구하려고 다시 사지로 들어갔구나. 하늘이여, 내 용맹하고 충성스런 장수를 굽어살피소서."

손권은 눈썹을 가리며 마치 기도라도 하듯이 잠시간 그곳에서 우두커니 기다렸다.

시간이 어느 정도 흘렀을까? 주태는 살아 돌아왔다! 게다가 서성도 구해 왔다.

하지만 둘 다 만신창이인지라 물가 근처까지 오자 신음을 내뱉으며 그 자리에 풀썩 주저앉고 말았다.

여몽은 그사이에 궁수 100명을 배치하여 쫓아오는 적을 막아냈고, 나중에는 궁수들을 승선시켜 손권을 보호하면서 서서히 하류로 퇴각했다.

오나라 진무는 이번 싸움에서 장렬하게 전사했다. 진무는 방덕 군세에 둘러싸여 도망갈 길도 없이 차츰 산속에 있는 협소한 곳으로 내몰려 끝내 방덕과 싸우다가 유명을 달리했다. 하필이면 갑옷 소매가 관목 가지에 걸려 놀라는 사이에, 마지막까지 제대로 싸워보지도 못하고 방덕 손에 목숨을 잃은 것이다.

조조는 전날 밤에 중군이 교란당해 기분이 상했으나, 오늘 치른 전투 덕분에 얼굴에 다시 화색이 돌았다. 손권이 몇 안 되는 장수만 데리고 유수 하류로 도망치는 걸 보더니 몸소 강기슭으로 발걸음을 옮겨 병사를 격려하고 궁수를 지휘했다.

"손권을 놓치지 마라."

이때 요행인지 갑자기 풍랑이 일어 날아간 화살은 손권 몸에 닿기도 전에 바람과 파도에 모조리 휩쓸려버렸다.

마침내 손권이 탄 배가 장강과 만나는 곳까지 오자 장강 쪽에서 오나라 병선 수백 척이 거슬러 올라왔다. 손권의 일족 육손이 이끌고 온 10만 대군이다.

손권은 이제야 살 것 같았다.

2

비록 병력이 10만이나 늘어났으나 손권과 휘하 장수는 대개가 중경상을 입어 퇴각할 생각으로 머릿속이 무지 복잡했다.

'오늘 싸움은 이만하자.'

그때 육손이 내뱉은 단호한 한마디가 장수들 마음속에 활력을 불어넣었다.

"이대로 총퇴각하면 조조는 오나라를 이길 수 있다고 확신할 것입니다. 아군 병사도 위나라는 강하다는 두려움을 갖게 되어 승리에 대한 자신감을 잃을 터. 무엇보다 오나라 실력을 제대로 한번 보여준 다음에 퇴각해야 합니다."

육손은 손권과 중상자는 배 안에 남겨두고 남은 병사들은 배를 지키게끔 처리한 뒤 원군 10만을 강기슭에 세워 오나라를 위해 목숨을 아까워하지 말라고 추상같이 명했다.

육손 군은 견고한 진형을 갖추고 조조 군을 향해 화살비부터 쏘아대기 시작했다.

"어찌 된 일이냐?"

형세가 역전되자 조조는 적잖이 당황했다.

"적이 창황하기 시작했다. 이때다!"

육손은 조조가 방심한 틈에 과감하게 총공격을 감행했다. 오나라 10만 병사는 등을 돌리고 도망치는 위군을 가열하게 몰아세웠다. 아뿔싸! 위군은 찔리고 차이고 얻어맞고 짓밟힌 끝에 물에 빠져 죽어갔다….

병력으로 보나 패기로 보나 조조 군보다 육손 군이 압도적이다. 육손 군이 베어 온 수급만 해도 700명을 넘어섰고 처치한 병사 수까지 따지면 다 셀 수도 없을 지경이다. 말도 1000여 필이나 사로잡은 게 아닌가.

육손은 위나라 군세를 끈질기게 추적하여 오나라 승리를 되찾았을 뿐만 아니라 오늘 손권이 대패한 전장으로 들어가 아군 시체와 깃발과 군수품까지 모조리 챙겨오는 기지를 발휘하였다.

그 결과 동습은 물에 빠져 죽었으며 그 밖에도 총애하던 수많은 신하가 목숨을 잃었다는 사실을 알자 손권은 꺼이꺼이 통곡했다.

"하다못해 동습 시체라도 찾아라."

손권은 헤엄을 잘 치는 자를 부려 동습 시체를 찾아낸 다음 배에서 후하게 장례를 치렀다고 한다.

손권은 유수성으로 돌아오자마자 영중에 연회 자리를 마련하여 몸소 잔을 들며 치하했다.

"주태, 그대는 오나라 일등 공신이다. 오늘부터 나는 모든 영화와 치욕을 그대와 함께 나눌 것이며 내 목숨이 다하기 전까지 그대가 세운 공을 아로새기리라."

그러면서 그 잔을 주태에게 넘겨줬다.

"상처는 좀 어떤가?"

손권은 주태에게 옷을 벗어 상처를 보이라 명했다.

주태는 여러 장수 앞이라 꺼리는 눈치였으나 주군이 내린 명에 따라 힘들게 옷을 벗기 시작했다. 조금씩 드러나는 주태 몸에는 성한 곳이 없을 정도로 상처로 가득했고 벌겋게 부어올라 차마 만질 수 없을 정도였다.

"아아…! 이 상처 하나하나가 그대가 발휘한 충혼과 의기를 말해주는구나. 다들 무인의 귀감을 똑똑히 봐라."

손권은 주태 등을 다정하게 쓰다듬었고 뒤이어 주태가 보여준 신실함을 칭찬했다.

손권은 평상시에도 주태가 세운 공을 기리기 위해 푸른 비단 우산을 하사했다.

"진중에서 쓰라."

물론 육손 등 다른 장수에게도 각각 은상했고 유수에 설치한 방비가 견고함을 자랑스러워하며 전군의 사기를 북돋았다.

"이 성처럼 오나라는 강하다. 어찌 북쪽에서 날뛰는 위적(魏賊)을 두려워하랴."

적과 마주 본 지 달포가 넘었다.

조조는 그동안 함부로 움직이지 않은 채 묵묵히 군비를 확충하고 병력을 늘려 대규모 작전을 구상하는 모양이다.

오나라 원로 장소가 고민 끝에 의견을 제시했다.

"낙관해서는 아니 됩니다. 조조는 보통 인물이 아닙니다. 적당한 조건으로 화친을 맺으시지요."

이윽고 손권은 보즐(步騭)을 사자로 띄웠다. 조조도 이때가 기회라고 여겼는지 의외로 가벼운 조건을 내밀었다.

"중앙 정부에 매년 공물을 바쳐라."

하여 두 나라는 금세 화친을 맺어 이 전쟁을 매듭지었다.

이 화친 하나로 진정한 평화가 찾아오지 않는다는 사실을 양국은 익히 알고 있었다. 조조는 전군을 이끌고 도읍으로 발길을 돌렸고 손권도 말릉으로 퇴각했으나, 유수와 합비에 대한 방비는 날이 갈수록 서로 경쟁하듯 견고해져만 갔다.

온주귤과 모란

1

어찌 되었든 오나라가 매년 공물을 바치기로 약조한 일은 원정 나온 위군이 거둔 크나큰 성과다. 더구나 한중까지 위나라 영토가 되었으니 허도에 있는 신하들은 조조를 치켜세우며 떠들어대느라 입이 바빴다.

"위왕 자리에 오르셔야 마땅하다."

시중(侍中) 왕찬은 조조가 세운 덕을 찬양하는 긴 시를 지어 바치기도 했다.

"다들 그리 말한다면야…."

조조도 스스로 왕위에 오르려는 눈치다. 이때 상서(尙書) 최염(崔琰)이 조조에게 아부하는 이들을 타일렀다.

"그만하시오. 왜 그런 어리석은 권유를 하시오."

그 말을 듣자 신하들은 되레 화를 냈다.

"뭐가 어리석단 말이오. 그대도 승상 눈 밖에 난 순욱과 순유 같은 최후를 맞이하고 싶은가 보구려."

최염은 한 발짝도 물러서지 않았다.

"아첨하고 알랑거리는 신하는 주군에게 해가 될 뿐. 예부터 주인을 해하는 자는 적이 아니라…."

"뭐라?"

예기치 않게 한바탕 말싸움이 벌어졌다.

당연히 이 소식은 조조 귀까지 흘러들어 갔다. 물론 아첨하기 좋아하는 간신배들 입을 통해서다.

조조는 분노하며 최염에게 악담을 퍼부었다.

"혀나 깨물고 죽어라."

말뿐만 아니라 옥에 가두기까지 했다.

최염은 끌려가면서 큰 소리로 비난을 퍼부었다.

"조조는 한나라 역적이 분명하구나."

조조는 이 소리를 듣더니 바로 정위(廷尉)에게 명했다.

"시끄러우니 입을 틀어막아라."

이제 더는 최염 목소리는 들을 수 없었다. 정위가 몽둥이로 옥중에 있는 최염을 때려죽여서다.

건안 21년 5월, 급기야 여러 관리와 장수가 황제에게 조조를 위왕으로 천거하는 글을 올렸다.

위공 조조는 공이 크고 덕이 높으니 하늘을 찌르고 땅을 울릴 정도입니다. 이제는 이윤(伊尹)이나 주공과도 비교되지 않습니다. 부디 왕위를 내리시어 위왕으로 봉해주시옵소서.

황제는 어쩔 수 없이 종요를 시켜 조서를 작성한 다음 조조를 위왕으로 봉했다.

조조는 황제가 보낸 조서를 보더니 극구 사양하는 뜻을 밝혔다. 황제는 거듭 또 다른 조서를 내렸다.

"폐하 뜻이 정 그러시다면…."

그제야 조조는 왕위를 받아들였다.

줄구슬이 12개 달린 관을 쓰고 금은으로 장식한 수레를 타는 등 천자에 해당하는 예법을 따랐으며, 출입할 때는 경필(警蹕, 왕이 나들이할 때 경호하기 위해 통행을 금하던 일 – 옮긴이)하니 조조는 만족스러운 듯했다.

왕위에 오른 다음 조조가 가장 먼저 한 일은 바로 업도(鄴都)에 위왕궁을 세우는 것이다. 그곳에는 전부터 현무지(玄武池)라는 연못이 있었다. 조조 친위대는 현무지에서 수군을 조련하고 활쏘기와 말타기 등을 훈련했다. 현무지에 비치는 위왕궁은 두 눈으로 믿기 어려울 정도로 웅대했다.

조조 슬하에는 자식이 넷 있었는데 다 아들이다. 위부터 조비, 조창(曹彰), 조식(曹植), 조웅(曹熊) 순이다. 안타깝게도 모두 정실 정(丁) 부인이 아니라 측실이 낳은 아이다.

그중에서 조조가 속으로 후계자로 점찍어두었던 아이는 셋째 조식이다. 조식의 자는 자건(子建)으로 어릴 때부터 글재주가 뛰어났고 머리가 좋았으며 외모도 품위가 있었다.

이를 눈치챈 장남 조비는 불만을 품었다.

'이래선 안 되는데….'

다름 아닌 자신이 아버지 뒤를 이어야 한다고 생각한 것이다. 중대부(中大夫) 가후를 불러 이 일을 진지하게 상의했다.

"이리하십시오."

가후가 조용히 속닥였다. 얼마 후 조조가 멀리 원정을 떠나는 날이다. 삼남 조식은 시를 읊으며 작별을 아쉬워했다.

하지만 조비는 가후가 일러준 대로 말없이 성 밖까지 배웅하며 눈물을 머금고 아버지가 떠나는 모습을 말끄러미 지켜봤다.

조조는 나중에 이런 생각이 들었다.

"비록 조식이 지은 시는 훌륭하나 조비의 진심 어린 배웅과 어찌 견줄 수 있을까?"

하여 이 일은 조조가 자식들에 대해 다시 생각해보는 계기가 되었다.

2

조비는 그 후에도 아버지 조조의 측근을 특히 눈여겨보며 금은을 하사하거나 인덕을 베푸는 등 꾸준히 환심을 사려 이래저래 공을 들였다. 그 덕에 신하 사이에서 조비에 대한 평판이 차츰 좋아졌다.

"큰아드님은 이미 군주가 되기 위한 인덕을 갖추었습니다."

신하들은 하나같이 입을 모아 조비를 칭찬했다.

조조도 이제 위왕 자리에 올랐으니 세습 문제를 고민할 때가 다가온 것이다. 어느 날 조조는 그 일로 고민하다 가후를 불러들였다.

"후계자로는 조비가 좋을까, 아니면 조식이 나을까?"

가후는 명백하게 답하기를 꺼리는 눈치다. 하지만 조조가 자꾸 묻자 그저 이렇게 답했다.

"제게 묻기보다는 먼저 세상을 떠난 원소나 유표를 본보기로 삼으시면 어떻겠습니까?"

유표와 원소는 세습 문제로 심한 진통을 겪었다. 이들은 하나같이 장남을 후계자로 삼지 않았다. 조조는 한바탕 웃어젖혔다.

"아아, 그렇군. 답이 뻔한 문제를 가지고 고민하다니… 좋다, 좋아."

조조는 결심을 굳힌 모양이다.

장남 조비를 왕세자로 삼노라.

겨울에 드디어 위왕궁을 완공하였다. 완성을 축하하는 연회를 열려고 승상부에서는 각 지방에 사람을 보내 명했다.

"각 지방에서 나는 여러 특산물과 별미를 헌상하여 축하 뜻을 전하라."

오나라 복건(福建)에서는 맛 좋은 여지(荔枝, 비늘 모양 껍질이 울퉁불퉁하게 돌출된 붉은색 과일. 중국 남부 지방에서 과일의 왕이라 불림 - 옮긴이)와 용안(龍眼, 자양분이 많고 단맛이 있는 과일인데, 용안육龍眼肉이라고 함 - 옮긴이)이 났으며 온주(溫州)에서는 귤이 단연 최고 특산물이다. 해서 오나라는 온주귤 40상자를 보내기로 결정했다.

인부들은 귤 40상자를 등에 짊어지고 먼 길을 떠났다. 때로는 배에 몸을 싣고 때로는 말을 타며 업도까지 절반쯤 갔을 때 일이다. 산속에서 짐을 부려놓고 잠시 쉬는데 홀연히 기이한 노인이 나타나 말을 걸어오는 게 아닌가.

"다들 고생이 많네. 피곤하지 않나?"

평범하지 않은 노인 모습을 들여다볼까? 한쪽 눈은 멀었고 한쪽 다리를 절었으며 머리에는 흰 등꽃 관을 썼고 푸른 옷을 걸친 차림이다.

인부 한 사람이 농담 삼아 부탁했다.

"영감님, 좀 도와주시오. 앞으로 1000리나 더 가야 한다오."

"알겠네."

노인은 진짜로 인부 한 사람이 드는 짐을 대신 들어줬다. 그러고는 수백 명에 달하는 인부들을 다독였다.

"너희 짐은 다 내가 들어줄 것이야. 나와 함께 간다면 맨몸으로 가는 거나 마찬가지네. 자, 따라오게나."

앞장서서 바람처럼 달려갔다.

한 상자라도 잃어버리면 큰일이라 여겼는지 다들 허둥대며 쫓아갔다. 신기하게도 노인이 말한 대로 짐이 정말 가벼워졌으니 다들 괴이한 일이라며 수상히 여겼다.

노인과 헤어질 때 인부 대장이 노인에게 이름을 물었다.

"나는 위왕 조조와 동향 사람으로 이름은 좌자(左慈), 자는 현방(玄放), 도호는 오각(烏角) 선생이라 하네. 조조와 만나거든 한번 말해보게나. 나를 기억할지도 모르겠네그려."

이윽고 업도에 있는 위왕궁에 도착했다. 온주귤이 왔다는 소식을 듣자 조조는 입이 귀에 걸려 오랫동안 맛보지 못했다면서 서둘러 큼지막한 귤을 하나 꺼내서 깠다. 그런데 귤껍질 속에 알맹이가 하나도 없었다. 이상하게 여기면서 서너 개 더 까봤지만 모두 껍질뿐이다.

"어찌 된 일이냐? 오나라 인부에게 물어봐라."

인부는 그저 영문을 모르며 황공해했다. 다만 한 가지 마음에 걸리는 게 있다면서 도중에 좌자라는 기이한 노인을 만났던 이야기를 들려주었다. 조조는 '좌자'라는 이름을 듣고 고개를 갸웃거렸다.

"누구지?"

고향 친구라면 아주 어렸을 때 만났을 것이다. 아주 오래전 일이라 잘 생각나지 않는 모양이다.

때마침 왕궁 문에 노인 한 사람이 찾아왔다는 전갈이다.

"대왕을 뵈러 왔네."

궁으로 들여보니 다름 아닌 좌자다. 조조는 좌자를 보자마자 문책했다.

"귤을 어찌했느냐?"

그러자 좌자는 한두 개밖에 남지 않은 앞니를 드러내며 씩 웃었다.

"귤이 없다니 무슨 말씀이오? 어디 보자."

그러면서 귤을 하나 집어서 까봤더니, 안에는 향기가 그윽하고 달콤한 즙이 꽉 찬 속살이 들어 있는 게 아닌가.

3

"대왕, 이 귤 하나 들어보시오. 지금 막 딴 것처럼 신선하오."

조조는 놀라는 한편 좌자를 수상히 여겼다.

"네가 먼저 먹어봐라."

좌자는 빙그레 웃으면서 답했다.

"내가 귤 맛을 만끽할 때는 산에서 난 귤을 다 먹어 치워야 성에 찬다오. 먼저 술과 고기를 먹은 다음에 후식으로 귤을 먹고 싶소만…."

조조는 좌자에게 술 5말과 커다란 양 통구이를 은쟁반에 담아 융숭하게 대접했다. 좌자는 음식을 보자마자 날름 먹어 치우더니 여전히 부족하다는 표정을 지었다.

'이자는 보통내기가 아니구나.'

조조는 다소 어조를 누그러뜨리며 좌자에게 물었다.

"그대는 선술(仙術)이라도 익혔느냐?"

"고향을 나와 서천(西川) 가릉(嘉陵)을 헤매다가 아미산(峨眉山)으로 들어가 도를 닦은 지 30년이 지났소이다. 운체풍신(雲体風身, 선인이 사용하는 선술의 일종으로, 기氣를 이용해 팔다리를 비롯한 인체의 곳곳을 의사대로 움직일 수 있음 – 옮긴이) 술법과 둔갑하는 법을 익혔고 검을 던져 사람 목을 날리는 일쯤 식은 죽 먹기인 경지에 이르렀소. 대왕께선 오늘날 신하로서 최고 자리에 올랐으니 인간 세상에서 더는 이룰 만한 일은 없잖소. 그러니 이참에 관직에서 물러나 내 제자가 되어 함께 산에 들어가 불로장생을 위한 수행을 하지 않겠소?"

"흠…, 일리 있군. 허나 아직 천하를 평정하지는 못했고 조정에는 나를 대신할 사람이 없는 실정이네. 어찌 천하 안위를 살피지 않은 채 나 혼자 인생을 희희낙락할 수 있겠는가?"

"무엇을 걱정하시오? 유현덕은 천자 종친이 아니오. 현덕에게 맡긴다면 만민은 편안할 것이며 조정도 걱정 없을 터."

눈 깜짝할 사이 조조 얼굴에 노기가 서렸다. 연로한 조조가 노골적으로 핏대를 세우며 역정을 내는 일은 드물었다.

"잘도 지껄여대는구나, 좌자. 네놈은 바로 유현덕이 보낸 앞잡이였구나."

무사들은 다짜고짜 좌자를 꽁꽁 묶어 옥에 가뒀다. 옥졸 수십 명이 번갈아가며 좌자를 고문했다. 가혹한 고문을 할 때마다 옥에서는 좌자가 내지르는 웃음소리가 들려왔다.

"저놈을 재우지 마라."

목에 칼을 씌우고 양 발목에 족쇄를 채워 선 채로 옥 기둥에 묶어두었다.

얼마 후 옥중에서 기분 좋게 코 고는 소리가 들려왔다. 수상히 여기며 들여다보니 족쇄와 칼은 이미 산산이 조각났고 좌자는 편안히 누워서 자는 게 아닌가.

그 보고를 들은 조조는 이런 명령을 내렸다.

"일체 먹을 것과 마실 걸 주지 마라."

이레가 지나고 열흘이 지나도 좌자는 몸이 쇠하기는커녕 날이 갈수록 건강해졌다.

마침내 조조는 좌자를 옥에서 끌어내어 이것저것 물어볼 수밖에 없었다.

"너는 대체 사람이냐? 요물이냐?"

그러자 좌자는 껄껄 웃어젖혔다.

"하루에 양 1000마리를 먹어 치워도 배부르지 않고 10년을 먹지 않아도 굶주리지 않소이다. 그런 사람을 잡아놓고 무슨 짓을 한들 하늘을 향해 침 뱉기나 마찬가지요, 대왕."

그러던 중에 위왕궁 완공을 축하하는 잔칫날이 다가왔다. 온 나라에서 나는 명물 요리와 산해진미가 두루 갖춰진 가운데 참래(參來)한 문무백관이 구름과 무지개처럼 위왕궁 전각을 가득 채웠다.

이때 커다란 나막신을 신고 등꽃 관을 쓴 거지 같은 몰골을 한 노인이 갑자기 연회 자리에 나타났다. 노인은 친한 척하며 모인 신하들을 둘러보았다.

"오, 다들 모였구먼."

조조는 오늘이야말로 이 괘씸한 자를 혼내주는 동시에 연회 자리를 위한 여흥으로 삼으려 계획했다.

"네 이놈, 감히 축하연에 빈손으로 왔단 말이냐?"

"이곳에 온갖 진미가 널려 있으나 겨울이라 꽃 한 송이도 없으니 쓸쓸하지 않소? 상 위를 장식할 꽃을 바치겠소이다."

"꽃이라면 모란이 좋겠구나. 거기 있는 꽃병에 모란을 가득 채워봐라."

"나도 마침 그리하려던 참이오."

좌자는 푸! 하며 입에서 물을 뿜었다. 그러자 순식간에 탐스러운 모란이 꽃병 가득히 피어 한들거리는 게 아닌가.

등꽃 관을 쓴 좌자

1

왕궁을 가득 채운 손님들은 일제히 제 눈을 비볐다. 눈이나 기분 탓이 아닌지 의심하느라 부산스러웠다.

이때 요리사가 와서 각자 상에 생선을 얇게 저민 요리를 올렸다. 좌자는 이 요리를 흘끗 보더니 거리낌 없이 지적했다.

"위왕께서 최고 진미를 준비한 연회에서 이름 모를 생선 요리라니! 너무 생뚱맞은 것 같소이다. 어째서 송강(松江) 농어를 준비하지 않았소?"

조조는 얼굴을 붉히며 답했다.

"온주귤과는 달리 농어는 갓 잡은 게 아니면 가치가 없다. 어찌 송강이 아닌 이곳에서 신선한 농어를 구할 수 있겠는가."

이런 식으로 손님으로 온 백관들에게 구차하게 변명을 늘어놓는 꼴이 되었다.

"별것도 아닌 일을 가지고 어렵다 하는구려."

"허풍 떨지 마라, 좌자. 흥이 깨지지 않느냐?"

"정말이오. 낚싯대를 이리 줘보시오."

좌자는 태연하게 난간 밖에 낚싯대를 드리웠다. 그러자 현무지 물이 첨벙거렸고 좌자가 낚싯대를 휘두를 때마다 줄줄이 커다란 농어가 낚여 올라왔다.

"대왕, 송강 농어는 몇 마리나 필요하시오?"

"좌자, 네가 낚은 고기는 내가 연못에 풀어놓은 농어다. 그런 농어라면 우리 요리사도 이미 낚았다."

"거짓말하지 마십시오. 보통 농어는 아가미가 둘이지만 송강 농어는 아가미가 넷입니다. 한번 확인해보시지요."

손님이 농어를 한번 살펴보니 어느 것이나 아가미가 넷이다.

조조도 손님도 창황하여 정신이 아찔해졌으나, 뭐라도 트집을 잡아보려 애썼다.

"예부터 송강 농어를 회로 먹을 때는 붉은 싹이 돋은 생강을 곁들인다. 생강은 있느냐?"

"물론이오."

좌자는 왼쪽 소맷자락에서 생강을 몇 줌 꺼내어 황금 쟁반에 수북이 담았다.

"그것참 수상하구나…."

조조는 중얼거리며 시종에게 쟁반을 가져오라 명했다. 그런데 시종이 쟁반을 들고 조조 가까이 오자 어느새 그 위에는 생강 아닌 책 1권이 놓여 있는 게 아닌가.

보아하니 책 제목은 《맹덕신서(孟德新書)》다. 조조는 자신을 비꼬는 뜻임을 알고 발끈했지만, 곧 죽일 심산이니 마음을 가라앉히고 태연하게 물었다.

"좌자, 누가 쓴 책이냐?"

"하하하, 글쎄올시다, 누가 쓴 책일까요? 어차피 대단한 것도 아니잖소."

조조가 시험 삼아 책을 펼쳐보니 자신이 쓴 내용과 똑같아, 더더욱 이 수상쩍은 노인을 살려둬서는 안 되겠다고 다짐했다.

좌자는 조조 곁으로 슬그머니 다가왔다.

"마시면 불로장생하는 술을 대왕께 바치겠소이다."

그러면서 관에 달린 구슬을 하나 떼어 술잔 한가운데 선을 한 줄 긋더니 절반을 먼저 마신 다음 나머지 반을 조조에게 바쳤다.

조조가 그 술을 입에 대보니 너무 싱거워서 마실 것이 못 되었다. 저도 모르게 잔을 내려놓으며 분통을 터뜨리려는 찰나, 좌자가 재빨리 손을 뻗어 잔을 빼앗더니 전각 천장에 휙 집어던졌다.

사람들은 앗! 하며 천장을 올려다봤다. 놀랍게도 술잔은 흰 비둘기로 변하더니 퍼덕이며 전각 안을 날아다녔다. 이윽고 비둘기는 상으로 내려앉아 술을 엎지르고 꽃을 넘어뜨리며 손님 어깨나 머리에 올라타는 등 쉴 새 없이 말썽을 부렸다.

축하객들이 수상히 여기며 허둥대는 사이에 좌자는 어느새 홀연히 모습을 감추었다. 이를 눈치챈 조조는 부리나케 시종을 시켜 궁궐 각 문에 지시를 전했다.

"궁문을 닫아라."

그러자 외문(外門)을 지키던 장수가 와서 보고했다.

"푸른 옷을 입고 등꽃 관을 쓴 기괴한 노인은 이미 성 밖 거리를 뚜벅뚜벅 돌아다닙니다."

"무슨 수를 쓰든 반드시 잡아 와라."

조조는 허저에게 엄중히 명했다.

허저는 호들갑스럽지만 만약을 위해 친위대 중 정예 병사 500기를 이끌고 좌자를 쫓았다.

드디어 좌자 모습이 눈에 띄었다.

다리를 절뚝거리며 표연히 걸어가고 있었다. 맙소사! 아무리 말을 채찍질해도 좀처럼 좌자와 벌어진 거리를 좁힐 수는 없었다.

2

이윽고 산기슭에 이르렀다.

좌자를 도저히 따라잡을 수 없다 판단한 허저는 비지땀을 흘리며 부하 500기에게 명했다.

"활을 쏴라."

500명이 동시에 활시위를 튕겼다. 하지만 좌자는 이미 화살이 떨어진 곳 너머로 사라졌고 대신 흰 구름처럼 유유히 땅 위를 거니는 양 떼가 보이는 게 아닌가.

"분명 이 중에 있으리라."

허저는 그곳에 있는 양 수백 마리를 모조리 때려죽였다.

왔던 길을 돌아가는데 꺼이꺼이 울부짖는 한 동자를 만났다.

"아이야, 왜 슬퍼하느냐?"

허저가 묻자 동자는 원통하다는 듯 매도하고는 도망쳤다.

"왜 슬프냐고? 부하를 시켜 내가 키우던 양을 다 죽였잖아. 이 나쁜 놈들아!"

부하 하나가 저 아이도 수상하다면서 활을 당겨 동자 등을 겨누어 쏘았다.

아무리 쏘아도 화살은 힘없이 땅에 떨어지고 말았다. 그사이에 동자는 집에 들어가 더 큰 소리로 울어댔다.

다음 날 동자 부모가 왕궁에 사과하러 찾아왔다.

"어제 양이 떼죽음을 당한 일로 우리 아이가 화를 내며 장군님께 욕을 하고 도망쳤다 들었습니다. 오늘 아침에 일어나 보니 하룻밤 사이 죽은 양이 모두 되살아나 평소와 다름없이 목장을 돌아다닙니다. 정말로 신기한 일이지만 사실입니다. 하여 우리 아이가 저지른 죄를 빌러 왔습니다."

오늘 아침 허저가 올린 보고를 들은 후에 또 이런 기괴한 이야기를 듣자 조조는 소름이 돋았다.

"무슨 수를 쓰든 좌자를 찾아내라. 그놈을 잡아 꼭 쳐 죽여야겠다."

왕궁 소속 화가를 불러 좌자 초상화를 그리도록 시켰다. 그러고 나서 각 지방에 초상화 수천 장을 뿌리며 좌자를 백방으로 찾으라 명했다.

"잡아 왔습니다."

"사로잡았습니다."

사흘 사이에 각 지방에서 좌자가 400~500명이나 잡혀 왔다. 왕궁에 있는 옥은 좌자로 가득 찼다. 어느 좌자나 다리를 절었으며 한쪽 눈이 멀었다. 머리에는 등꽃 관을 썼으며 푸른 옷을 입은 차림이다. 귀신이 곡할 노릇이다.

"잘했다. 일일이 조사하기는 귀찮구나."

조조는 성 남쪽 연병장에 파사(破邪) 제단을 마련했다. 제단에 양과 멧돼지 피를 바친 다음 400~500명이나 되는 좌자를 줄줄이 끌고 와서 일제히 목을 베었다.

그러자 홀연히 시체 산에서 푸른 기운이 한 줄기 피어오르더니 공중에 안개처럼 좌자 한 사람이 모습을 드러냈다. 좌자는 그때 하얀 학을 탄 채로, 위왕궁 위를 유유히 날아다니더니 이내 손뼉을 치며 하늘에서 외쳤다.

"옥 쥐가 황금 호랑이를 따라가니 간웅이 하루아침에 끝나는구나."

조조는 장수들에게 명하여 구름을 찢어발길 기세로 화살과 철포를 쏘아댔다. 그러자 순식간에 광풍이 일어 모래와 돌이 휘날려 사람들은 땅바닥에 엎드려 눈을 감을 수밖에 없었다.

이날 태양은 이상하게 희읍스름했고 구름은 마치 술 취한 사람의 눈처럼 무수한 붉은 띠로 가득했다. 거리에 사는 시민들과 논밭에서 일하던 농부들도 하나같이 두려움에 벌벌 떨며 멍하니 하늘을 바라보았다.

"대체 무슨 징조지?"

성 남쪽에 있는 연병장에서 누런 모래바람이 일더니 왕궁 문으로 들어가는 모습을 봤다는 자도 있었다.

나중에 얘기를 들어보니 이랬다.

연병장에 수북이 쌓인 400~500구 시체가 느닷없이 벌떡 일어서더니 물안개로 변해 왕궁으로 흘러들어 가 연못 가장 자리에 있는 연무당(演武堂)에 올랐고, 좌자 모습을 한 괴인 400~500명이 요상한 소리를 지르며 줄곧 기괴한 춤을 추었다 고 한다.

이 모습을 보자 대담무쌍한 위나라 장수들마저 두려움에 떨었다. 조조도 신하의 도움을 받으며 광풍을 피해 후각으로 물러났는데 그날 밤부터 시종에게 호소했다.

"아, 오한이 나는구나."

"감기 기운 탓인지 입맛이 떨어졌구나."

용한 점쟁이 관로

1

태사승(太史丞) 허지(許芝)는 조조가 있는 병실로 불려 갔다.

조조는 깨어 있었으나 몸 상태가 좋지 않은 모양이다.

"허도에 유명한 점쟁이가 있다고 들었다. 내가 아무래도 이상한 병에 걸린 것 같은데 점을 좀 쳐보고 싶구나."

"대왕, 허도에서 이름난 점쟁이보다 더 나은 자가 근방에 있습니다."

"잘됐군. 누구냐?"

"관로(管輅)라는 자인데 점술을 잘 보는 달인으로 세상에 모르는 사람이 없습니다."

"심심하던 참에 어디 얘기부터 들어보자. 대체 그 점쟁이가 얼마나 신통한지 알려진 일화는 없느냐?"

"수두룩합니다."

허지는 말머리를 열기 시작했다.

"태생부터 밝히자면 이름은 관로, 자는 공명(公明), 평원(平

原) 사람입니다. 용모가 추하고 풍채도 보잘것없으며 성격마저 괴팍한데다 음주를 즐기는 등 단점이 많지만 어릴 때부터 신동이라 불리던 자입니다."

"신동이라…. 어렸을 때나 신동이지 어른이 되면 평범해지기 마련이다."

"관로는 그렇지 않았습니다. 일고여덟 살 때부터 천문을 좋아해서 밤에 별을 보며 생각에 잠기고 바람 소리를 들으며 명상하는 등 평범하지 않아 부모가 걱정하며 관로에게 그런다고 대체 무슨 소용이 있느냐 묻자 관로는 이리 대답했다 합니다."

집 안에 사는 닭과 들에 보이는 고니도 때를 알고 비바람을 알며 천변을 예측하는데 하물며 사람이 천문을 모른다는 게 말이 되겠습니까?

"자라면서 《주역》을 공부하여 열다섯이 되었을 때는 이미 세상 학자들도 당해내지 못할 수준이었다고 합니다."

"그런 자는 세상에 얼마든지 있지 않으냐? 그저 학문을 잘 닦았을 뿐이다. 게다가 현실에서는 쓸데가 없는 학문이지."

"관로는 일찍이 천하를 유랑하며 매일 고서를 100권씩 읽고 새로운 말을 1000마디씩 내뱉는다고 합니다."

"제법 학자다운 면모가 있구나. 점술은 어떤가?"

"대단합니다. 한번은 관로가 여행 중에 어느 집에 묵었는데 집주인이 관로가 점쟁이라는 사실을 알자, 자기 집 지붕에 산비둘기가 날아와서 슬프게 울더니 떠나갔다면서 운수를 봐달라고 부탁했습니다. 관로는 점을 쳐보았습니다."

오시(午時)에 주인장과 친한 자가 멧돼지 고기와 술을 들고 방
문할 것이오. 그 사람은 동쪽에서 찾아와 이 집에 슬픔을 불러
일으킬 것이오.

"그러자 과연 예언한 시각에 집주인 고모부 되는 자가 술과
고기를 들자며 찾아와서 주인장과 술을 마시다가 한밤중에 안
줏거리를 구하고자 하인에게 활로 닭을 쏘아 오라고 명했습니
다. 슬프게도 이웃집 딸이 하인이 쏜 화살에 맞아서 한바탕 소
동이 벌어졌다고 합니다."

조조는 여전히 시큰둥한 표정이다.

허지는 아랑곳하지 않으며 말을 이어 나갔다.

"안평(安平) 태수 왕기(王基)가 그 소문을 듣고 처자 중 병자
가 많다며 관로에게 부탁하여 재앙이 되는 근원을 뿌리 뽑았다
는 얘기도 있고, 관도(館陶) 현령 제갈원(諸葛原)은 일부러 관로
를 불러 점괘가 신통한지 시험한 적이 있습니다."

"흐음…. 어떤 식이었느냐?"

"그릇 3개에 각각 제비 알과 벌집과 거미를 감춘 다음 뭐가
들었는지 알아맞혀 보도록 했습니다. 그릇에 담긴 내용은 철저
하게 비밀에 부쳤습니다. 관로는 점을 치더니 각 그릇 위에 답
을 써 붙였습니다. 첫 답은 이랬습니다."

기운을 머금었으니 반드시 변하리라. 처마 밑에 거하리라. 암

수로 형태를 이루며 날개를 활짝 펴리라. 이는 제비 알이다.

"다음 답은 이렇게 써냈습니다."

집이 거꾸로 매달렸구나. 문호가 아주 많도다. 정기를 저장하고 독을 기르며 가을에 변하리라. 이는 벌집이다.

"그다음 답입니다."

벌벌 떨고 다리가 길며 실을 토하여 그물을 짜는구나. 그물에서 먹을 걸 구하고 어두운 밤에 유리하구나. 이는 거미다.

"단 하나도 빗나가지 않아 모두가 경탄했다고 합니다."
"음…. 또 어떻게 되었느냐?"
조조는 일화를 더 듣고 싶어 했다. 병중이라 심심했는지 이야기에 흥미가 당긴 모양이다.

2

"관로가 살던 지방에 소를 키우던 여자가 하나 있었습니다. 어느 날 소를 도둑맞은 여자는 울면서 관로에게 점을 쳐달라고 청했습니다. 관로는 점괘를 쳐 여자가 처한 사정을 보아주었습니다."

북쪽 계곡에서 서쪽으로 가시오. 도둑 일곱이 있을 것이오. 가죽과 고기는 아직 남아 있을 테니.

"여자가 그곳에 가보니 진짜로 오두막에서 남자 일곱이 둥글게 둘러앉아 삶은 소고기를 안주 삼아 술판을 벌이느라 왁자지껄하였습니다. 즉시 관청에 알려 도둑들은 붙잡히고 여자는 가죽과 고기를 되찾았다고 합니다."

"재미있군. 점괘가 그토록 잘 맞는단 말이냐."

"방금 말씀드린 소 이야기를 들은 태수가 관로를 불러 상자 2개에 산꿩 털과 도장 주머니를 넣은 다음 점쳐보라 하니 그것도 정확히 맞췄다고 합니다."

"흐음….

"조안(趙顏) 이야기는 더 유명합니다. 어느 봄날 저녁 관로가 길을 가던 중 미소년과 스쳐 지나갔습니다. 관로는 만나는 사람마다 관상을 보는 습관이 있어 무심결에 말이 튀어나온 모양입니다. '아, 안타까운 소년이구나. 사흘 내로 죽겠군.' 다른 사람이 한 말이라면 장난으로 여겼겠지만 용하다고 소문난 점쟁이가 한 말이었으니 소년은 울면서 아버지에게 달려갔습니다. 아버지도 얼굴이 새파랗게 질려서는 관로 집으로 득달같이 찾아가 어떻게든 죽음을 피할 방도는 없겠냐면서 울며불며 매달렸습니다."

"바로 그거다."

조조는 기다렸다는 듯이 응수했다.

"아무리 지난 일을 알고 상자 속에 뭐가 들었는지 귀신같이 맞힌다 한들 세상 사람에겐 아무런 쓸모가 없다. 앞으로 닥칠 재난을 막을 수 있는지 없는지 듣고 싶었다. 해서 관로는 뭐라 하였느냐?"

"사람 목숨은 하늘 뜻이니 어찌할 도리가 없다'며 거절했습니다. 늙은 아버지와 소년은 울면서 줄기차게 부탁했습니다. 이 부자를 동정했는지 결국 관로는 방책을 알려주었습니다. '좋은 술 1통과 말린 사슴 고기를 들고 내일 남산으로 가라. 그 남산 큰 나무 아래서 두 사람이 바둑을 두고 있을 것이다. 북쪽을 향해 앉은 사람은 붉은 옷을 입고 용모도 수려할 것이다. 또 한 사람은 얼굴이 추할 테지만 둘 다 귀인이니 공손히 다가가 술을 따르며 소원을 빌라. 다만 관로가 알려주었다는 말만은 하면 안 된다.' 이리 단단히 일러주자 부자는 다음 날 술을 들고 남산으로 발걸음을 옮겼습니다. 깊은 산골짜기를 5~6리 헤맨 끝에 이윽고 나무 아래서 바둑을 두는 신선 두 사람을 찾았습니다. 이분들이라 여기며 조용히 곁으로 다가가 한참 바둑에 몰두하는 두 사람에게 조용히 술을 권했습니다. 둘 다 바둑에 정신이 팔린 채 술을 마시며 두런두런 이야기를 나누었습니다. 이윽고 대국이 끝났고 그제야 아버지는 울면서 소원을 빌었습니다. 붉은 옷을 입은 신선과 흰옷을 입은 신선은 창황하며 '분명 관로가 알려주었을 텐데 곤란하다'고 중얼거렸습니다. 이윽고 품에서 각각 장부를 꺼내더니 서로 얼굴을 마주 보고 '이미 신세를 지고 말았으니 어쩔 수가 없구나. 이 소년은 올해 삶을 마칠 예정이었으나 십구(十九)라는 글자 앞에 구(九)를 하나 더 하자.' 그러더니 다른 한쪽도 웃으면서 끄덕였고 구(九)라는 글자를 장부에 적은 다음 학을 불러서 타고 하늘로 날아올랐다고 합니다. 나중에 소년의 아버지가 관로에게 감사 인사를 하며 그 사람들은 대체 누구냐고 묻자 관로는 이리 답했습니다. '붉은 옷을 입은 쪽은 남두(南斗, 인간의 삶을 관장하는 일종의 신선 – 옮긴이), 흰옷을 입은 용모가 추한 쪽은 북두(北斗, 인간의 죽음을 관장하는 일종의 신선 – 옮긴이)였습니다.' 어찌 됐든 덕분에 열아홉에 죽을 운명이었던 소년이 아흔아홉까지 천수를 누렸으니 다들 부러워했다고 합니다. 하지만 관로는 천기를 누설하는 일은 큰 죄라며 깊이 반성하고는 그 후로는 누가 뭐라 해도 점을 치지 않는다고 합니다."

누가 뭐라든 이제는 점을 치지 않는다는 말을 듣자 조조는 갑자기 눈을 반짝였다.

"불러와라. 관로를 위궁으로 불러들여라. 지금 관로는 어딨느냐?"

"평원 어느 시골에 숨어 산다 들었습니다."

"네가 가서 마중하라."

"알겠습니다."

허지는 바삐 물러났다.

3

관로는 극구 사양했다. 하지만 위왕이 내린 명인데다 허지가 여러 차례 간청해온지라 초청에 응하고 말았다.

관로가 들어서자 조조는 대뜸 물었다.

"그대는 용한 점쟁이라 들었다. 내 점을 봐주겠느냐?"

관로는 빙긋이 웃으며 답했다.

"대왕께서는 이미 신하로서 최고 위치에 오르시지 않았습니까? 이제 와 운수를 꼭 보셔야겠습니까?"

"음…, 그렇다면 내 병에 관해 점쳐봐라. 요상한 귀신이 썬 건 아닌지…. 그 점이 무척 궁금하구나."

그러면서 조조는 요즘 부쩍 신경 쓰이던 좌자와 관련 있는 사건을 조목조목 설명했다.

관로는 또다시 웃으면서 답했다.

"흔히 말하는 환술(幻術)에 불과합니다. 헛소리와 허깨비로 사람 마음을 현혹하여 그럴듯하게 보일 뿐이지 애당초 실상이 아니므로 대왕께서 마음 쓰실 이유가 없습니다. 기묘할 것도 없는 일입니다."

조조는 갑자기 밝은 표정을 지었다. 조조가 알던 지식과도 부합하는 말이다.

"그렇구나. 듣고 나니 마음속에 낀 안개가 걷히는 느낌이 드는구나. 그러면 작고 사사로운 일이 아니라 큰일을 묻고 싶은데 천하는 앞으로 어떻게 되겠느냐?"

"하늘의 뜻은 망망하기 그지없는데 어찌 사람이 지닌 좁은 식견으로 헤아리겠습니까? 어려운 질문입니다."

관로는 결코 자신이 가진 능력을 과시하지 않았다. 오히려 평범함을 가장하며 대답을 피했다.

하지만 조조가 마치 허물없이 세상 돌아가는 이야기라도 하듯이 각 지방 형세를 논하고 현덕과 손권 등의 소문을 꺼내며 슬며시 각국이 갖춘 군비와 병력과 문화 발전 등에 관해 계속해서 이야기하자 관로도 분위기에 휩쓸려 견해를 말하며 하늘의 이치에 비추어 하나하나 판단을 내렸다.

조조는 관로에게 심취하고 말았다. 조조도 천문과 음양학에는 제법 관심이 있어 관로가 싸구려 점쟁이가 아니라는 사실을 금방 인정하며 권했다.

"그대를 태사관(太史官)으로 임명하여 늘 위궁에 두고 싶은데 어떤가. 내 그늘 아래서 일하지 않겠느냐?"

관로는 고개를 살살 저었다.

"감사한 말씀이오나 저는 관리가 될 상이 아닙니다. 이마에 경골(堅骨)이 없고 눈에 수정(守睛)이 없으며 코에 양주(梁柱)가 없고 다리에 천근(天根)이 없으며 배에 삼임(三壬)이 없습니다. 만약 제가 관리가 되면 신세를 망칠 뿐입니다. 태산(泰山)에서 죽은 사람을 다스릴 상이지, 살아 있는 사람을 다스릴 만한 그릇이 아닙니다."

"음, 자신을 잘 아는군그래."

조조는 더욱 관로를 신임하며 물었다.

"사람을 다스리는 그릇이란 무엇이며, 신하 중에는 누가 그런 그릇인가?"

"그 부분에 대해서는 대왕이 가진 안목이 저보다 훨씬 뛰어나실 것입니다."

관료는 분명한 답을 피했다.

조조는 이어서 적에게 다가올 운명을 조심스레 물었다.

"오나라 길흉은 어떤가?"

"오나라에서는 유력한 중신이 하나 죽을 것입니다."

"촉나라는?"

"촉나라는 군사 기운이 강합니다. 가까운 시일 내 국경을 침범할 것입니다."

그러자 며칠 후에 합비성에서 전갈이 날아왔다.

"오나라 공신 노숙이 병으로 세상을 떠났습니다."

게다가 한중 쪽 사자가 와서 한 말에 조조는 입이 다물어지지 않았다.

"이미 내치(內治)를 단단히 다진 촉나라 현덕이 마침내 마초와 장비를 선봉장으로 삼아 두 갈래로 나뉘어 한중으로 쳐들어오려 움직입니다."

관로가 한 예언은 둘 다 적중했다. 조조는 바로 출병하려 준비했으나 관로는 또다시 예언했다.

"이듬해 이른 봄에 도읍에서 불과 관련된 재앙이 일어날 것입니다. 대왕께서는 함부로 멀리 나가지 않는 편이 좋습니다."

이 말을 듣자 조조는 조홍에게 5만 기를 내주며 내보냈고 자신은 업군(鄴郡)에 머물렀다.

정월 대보름 밤

1

한중 경계를 지키기 위해 대군을 출병한 후에도 조조는 어째선지 마음이 편치 않았다.

관로가 이듬해 이른 봄에 도읍에서 화재가 날 것이라 예언해서다.

"도읍이라 했으니 업도를 가리키는 말은 아닐 테고⋯."

하후돈을 불러 병사 3만을 내주며 명했다.

"허도에 들어가지 말고 교외에 주둔하며 만약에 일어날 사태에 대비하라. 장사 왕필(王必)을 부내(府內)에 들여 어림의 모든 병마를 통솔하게끔 지시하라."

곁에 있던 사마중달이 눈살을 찌푸렸다.

"어째서 왕필을 어림군 총대장으로 임명하십니까? 왕필은 술을 좋아하고 마음가짐이 해이하니 군을 잘 통솔하지 못할 것입니다."

"왕필이 가진 단점은 나도 잘 아는 바이나 왕필도 오랫동안

내 휘하에서 충실하게 일하며 고난을 함께했다. 어림군 총대장으로 임명해도 그리 파격적인 대우는 아니다."

믿기 어려울지 모르지만 조조도 의외로 너그럽고 정 많은 일면을 지녔다. 이런 점이 조조의 신하들이 오랫동안 조조를 떠나지 않는 이유이자 조조가 가진 인간다운 면이었으리라.

조조가 내린 명대로 하후돈은 병사를 이끌고 허도 교외에 주둔했으며, 왕필은 어림군 총대장이 되어 금문과 거리 경비를 담당했고 동화문(東華門) 바깥에 본영을 두었다.

조조에게는 재앙을 예방하기 위한 소극적인 조치에 불과했으나, 조조가 분수에 넘치게 위왕 자리에 오른 이래로 황성에서 분개하던 순수한 조정 신하들에게는 적지 않은 충격을 안겨주었다.

"근위대 대장을 왕필로 바꾸고 성 밖에 3만 병사를 대기시키다니 뭔가를 꾸미는 모양이다."

"이제 조조는 위왕보다 더 높은 자리를 노릴 터. 곧 뻔뻔스럽게 한나라 황제 자리를 찬탈하려는 속셈이다."

조정 일부 충신 사이에서 이런 소문이 나돌았다. 안 그래도 조조가 위왕 자리에 오르며 천자와 같은 수레, 복장, 의장(儀仗)을 쓰는 모습을 보고 이를 갈던 충신들은 서로 은밀하게 연락을 주고받았다.

"그냥 두고 볼 수는 없소이다."

그중에 이름은 경기(耿紀), 자는 계행(季行)이라는 자가 있었는데, 시중소부(侍中少府)에서 일하며 조정이 쇠퇴하는 모습을 보고 늘 통곡했다. 동지 위황(韋晃)과 서로 피를 나누며 때를 기다리던 참에, 이번 정세를 보고 충격을 받은지라 위황에게 속마음을 털어놓았다.

"우리 한조 신하가 어찌 조조가 저지르는 악행에 동조할 수 있겠는가?"

위황이 맞장구쳤다.

"가만히 앉아 악행을 보고만 있을 순 없네. 드디어 놈들 기선을 제압하고 거사를 치를 때가 왔네. 이 거사를 위해서는 유력한 아군이 한 사람 더 필요하네."

"그런 인물이 있다면 든든하겠네만 위왕에게 굽실거리지 않으면 사람 취급도 하지 않는 요즘에 그런 사람이 있겠는가?"

"한나라 금일제(金日磾) 후손 금위(金禕)가 있네. 금위와 나는 막역한 친구 사이지."

"음, 그자는 믿을 수 없네그려."

경기는 실망했을 뿐만 아니라 동지가 그런 자와 친하다는 사실에 불안하다는 표정을 역력히 드러내었다.

"금위는 왕필과 친하지 않은가. 왕필은 조조 심복이네. 자네 친구라 하여 금위를 믿었다가는 큰코다칠 게야."

2

"그렇지 않으이. 금위가 비록 왕필과 친분은 있으나 나와 나눈 우정에 비할 바는 아니네."

위황은 자신 있게 말했다.

"시험 삼아 우리 함께 금위를 찾아가 그 마음을 떠보세."

"한번 금위 뜻을 알아보잔 말이지?"

두 사람은 바로 금위 집으로 발걸음을 옮겼다. 금위가 머무는 집은 교외 한적한 곳에 있어서 주인의 풍아하고 정취 있는 생활을 엿볼 수 있었다.

"어쩐 일인가. 모처럼 발걸음 했는데 마땅히 대접할 만한 게 없구먼. 느긋하게 차나 끓이면서 얘기라도 나누세."

"이보시오, 금위. 오늘은 경기와 함께 다소 민망한 부탁을 하러 왔소이다. 시화(詩畫) 얘기는 나중으로 미뤄도 괜찮겠소?"

"그보다, 부탁이라니?"

"다른 일은 아니고 한조 대통은 이제 곧 위왕 조조가 이어받지 않겠소? 요즘 정세를 보니 왠지 그런 생각이 들었소."

"흐음…. 과연 그럴까….'

"그러면 분명 그대도 출세하여 영예로운 관직을 하사받지 않겠소? 그때가 되면 평소에 나눈 친분을 생각하여 우리 두 사람에게도 자리를 하나 마련해주십사 부탁하러 왔소이다."

두 사람이 나란히 머리를 숙이자 금위는 말없이 자리에서 일어섰다. 마침 하인이 차를 내왔으나 쟁반째로 정원으로 던져버렸다.

"이런 손님에게 차를 대접할 순 없다. 치워라!"

"이런 손님이라니?"

"손님이라 부르기도 거북하구나. 돌아가라! 사람인 줄 알아서 손님 대접을 하며 집 안에 맞이했으나 그대들은 사람도 아니다."

"무슨 말을 그리 함부로 하시오. 아하, 곧 출세할 예정이니 벌써 고관 행세를 하겠다는 말이오? 우리 같은 후배와는 동석하기도 싫은 모양이구려. 평소에 쌓은 친분도 참 부질없소. 경기, 애초에 여기 부탁하러 온 게 잘못이었네. 돌아가봄세."

그러자 이번에는 집주인 금위가 문 앞을 막아섰다.

"멈춰라, 이 버러지들아."

"버러지라니? 그대야말로 우정을 하찮게 여기니 개돼지나 다름없잖소. 있으라고 부탁해도 더는 머물기 싫소. 비키시오."

"누가 부탁한단 말이냐? 그저 한마디 하고 싶을 뿐이다. 잘 들어라. 애초에 그대 같은 젊은이를 친구로 대접한 이유는 오로지 나와 같은 한조 신하여서다. 황제 폐하가 겪는 고충과 조정이 몰락하는 걸 앞에 두고 함께 눈물 흘리며 언젠가는 이 잘못된 세상을 바로잡고 다시 황실을 부흥시키겠다는 뜻을 지녔다고 생각해서이기도 하다. 방금 네놈이 한 말을 되새겨보니 위왕이 곧 한조 대통을 찬탈할 테니 그때가 되면 관직에 천거해달라? 한조 신하가 어찌 그런 말을 입에 올린단 말이냐? 속이 메슥거리는구나. 너희 조상은 조조 수하였느냐? 그대는 대대로 한조를 섬긴 이들의 후예가 아니더냐. 저승에 있는 조상이 곡할 노릇이다. 그나마 내가 너희를 꾸짖은 일을 위안으로 삼으리라. 아, 할 말을 다 하니 속이 다 후련하구나. 이제 볼 일 없다. 절교하겠단 말이다. 뒷문이든 어디로든 썩 꺼져라."

"……"

경기와 위황 두 사람은 저도 모르게 얼굴을 마주 보았다.

그러고는 동시에 둘 다 고개를 끄덕이더니 좌우로 금위에게

다가가며 넌지시 확인했다.

"방금 한 말은 진심이오?"

금위는 분을 이기지 못하고 숨소리를 거칠게 씩씩거리며 소리를 질렀다.

"물론이다. 진심이 아니라면 이런 말을 왜 하겠느냐? 자, 더는 지껄이지 말고 썩 나가래도!"

그러면서 금위는 손가락으로 문을 가리켰다.

3

"아까부터 무례하게 굴어 진심으로 죄송하오. 모두 그대 마음을 떠보기 위해서 한 시험이었소. 굳센 충의와 변치 않는 절개를 똑똑히 확인했소이다."

위황과 경기는 금위 앞에 넙죽 무릎을 꿇었다.

금위는 간담이 한 웅큼 되었다.

두 사람은 그제야 속마음을 술술 털어놓았다. 최근 정세로 봤을 때 지금 충절을 다하지 않으면 조조가 품은 야망이 어렵잖게 실현될 것이라는 내용이다.

"왕필을 먼저 처치한 다음 어림 통솔권을 장악하여 황제 폐하를 보호하는 한편 촉나라 현덕에게 전령을 보내 천자를 도우라는 칙명을 내리면 조조를 토벌하는 일은 어렵지 않을 터. 부디 그대는 우리 위에 서서 금문 쪽을 지휘해주시오."

위황과 경기는 눈물을 철철 흘리며 진심을 토해냈다.

금위는 애초에 두 사람보다 더 우국에 대한 열정을 지닌 사람인지라 서로 손을 맞잡고 조정을 위해서 약속했다.

"맹세코 역적을 제거하리라."

한스러운 마음이 하늘을 찌를 듯했다.

그 후에 이 충성파들은 남몰래 밤낮으로 금위 집에 모였는데, 어느 날 금위가 두 사람에게 제안했다.

"어쩌면 자네들도 알지 모르겠군. 죽은 태의(太醫) 길평(吉平)에게는 자식이 둘 있다네. 형은 길막(吉邈), 동생은 길목(吉穆)이지. 아버지 길평은 국구 동승과 함께 조조를 제거하려 시도했다가 일이 들통나서 되레 조조에게 죽임을 당했네. 지금 그 형제를 불러서 우리 계획을 알려주면 분명 용감하게 아버지 원수를 갚으려 할 게야. 그야말로 든든한 아군이 될 것 같은데 자네들은 어찌 생각하나?"

"좋습니다. 부릅시다."

"알겠네."

금위는 바로 사람을 보냈다.

한밤에 젊고 늠름한 남자 둘이 금위 집 대문을 넘어섰다. 태의 길평의 자식들이다. 아버지가 조조에게 죽임을 당한 뒤 세상에 자신을 드러내지도 못한 채 사람들의 동정을 받으며 자라온 이 다감한 젊은이들은 금위와 위황 등에게 작전 계획을 듣자 감동과 흥분을 여실히 드러냈다.

"드디어 때가 왔구나!"

그사이에 해가 바뀌었다. 정월 15일은 상원(上元)이라는 명절로, 매년 정월 대보름 밤에는 도성 안 모든 집이 붉은색과 푸른색 등불로 화려하게 장식을 하고 노인과 아이들까지 즐겁게 지냈다.

일동은 이날 거사를 결행하기 위해 철두철미하게 준비했다.

계획은 이렇다.

동화문에 있는 왕필 영중에 불길이 치솟는 걸 신호 삼아 성문 안팎에서 치고 나와 왕필을 제거한 다음, 한 무리가 되어 황궁으로 달려가 황제를 알현하여 오봉루(五鳳樓)로 출어(出御)를 청하고 그곳에 백관을 불러 모아 획기적인 선언을 한다. 동시에 황제에게 윤지(綸旨, 임금이 신하나 백성에게 내리는 말로, 오늘날 법령과 같은 위력을 발휘함 – 옮긴이)를 청한다.

길막 형제는 성 밖 이편저편에 불을 지르고 다니면서, 어림군 외에도 민병을 모집하여 기세를 드높이기 위해 이렇게 외치기로 정했다.

"천자 칙명에 따라 오늘 밤 국적을 토벌한다. 백성은 안심하며 오로지 조정을 지켜라. 젊은이들이여! 황제 폐하 깃발 아래 모여 업도로 나아가라! 업도에는 오랫동안 폐하를 괴롭힌 악역무도(惡逆無道)한 조조가 있다. 촉나라 현덕도 이미 조조를 치러 서쪽에서 대군을 일으켰다. 머뭇거리지 말고 싸우자!"

각각 비밀을 철두철미하게 지키고 천지에 빌며 굳게 맹세한 끝에 기다리던 그날이 밝아왔다. 정월 대보름 해 질 녘이다.

경기와 위황은 전날부터 휴가를 받아 각자 집에 머물렀다. 각각 수하로 거느리는 무사와 하인을 모으니 족히 400여 명이나 되었다. 길막 형제도 일가친척을 그러모으니 300여 명이었다.

"교외에 사냥하러 갔다 오마."

핑계를 대며 은밀하게 무구를 갖추고 말을 내오며 사람 몇을
시켜 거리 분위기가 어떤지 감시했다.
또 다른 동지 금위는 왕필과 친분이 있어 초대를 받아 저녁
부터 동화문 군영으로 찾아갔다.

어림에서 일어난 불 소동

1

거리거리 집마다 등불이 걸리고 각 성문에도 횃불이 타오르는 등 사람이 다니는 곳마다 알록달록한 불빛이 가득해, 정월 보름 밤하늘에 홀로 떠오른 달은 더욱 교교하였다.

왕필 영중에서는 초저녁부터 주연이 벌어져 장병은 물론 마사꾼들까지 괴상한 악기를 두드리고 노래하며 춤추는 등 상하를 가리지 않고 터놓고 연회를 즐겼다.

"이젠, 더는 못 마시겠네그려. 슬슬 가봐야겠소이다."

금위는 만취한 척하며 자리를 뜨려 했으나 왕필이 잡고 놓아주질 않았다.

"그대답지 않게 왜 이리 빨리 일어나려 하시오. 주연은 이제부터가 진짜요. 자리에 앉으시오. 여봐라, 금위를 돌려보내선 아니 된다."

왕필은 멀리서 잔을 든 손을 높이 쳐들며 외쳤다. 이때 영중두 곳에 불이 났다는 보고가 올라왔고 주연은 한순간에 암흑에 휩싸였다.

"어디냐?"

"무슨 일인가?"

"실화냐, 방화냐?"

"싸움이겠지."

"아니다, 모반이다."

어수선한 목소리들도 이미 숨 막히는 연기에 휩싸였다. 불은 영 뒤편과 남문 근처에서 피어올랐다.

금위 모습은 어느새 보이지 않았다. 분명 적이 방화했다고 생각한 왕필은 허둥대며 말에 올라타 불이 난 남문을 향해 달려 나가다가 어깨에 화살을 맞더니 말에서 고꾸라져 세차게 굴렀고, 말은 그대로 연기 속으로 내뺐다.

이때 반란군 한 무리가 서문과 남문 방면에서 군영으로 쳐들어왔다. 왕필을 쏜 사람은 다름 아닌 반란군 선두를 지휘하던 경기다. 경기는 자신이 쏘아 맞힌 적이 왕필인 줄은 꿈에도 몰랐다. 왕필은 영중 깊숙한 곳에 있을 것이라 철석같이 믿었던 것이다.

"병졸이나 다른 이들에게 신경 쓰지 마라."

하여 쓰러진 왕필을 내버려 둔 채 앞으로 맹렬히 진격했다.

덕분에 왕필은 목숨을 건졌다. 혼란 속에서 말을 잡아타고 불타오르는 남문을 지나 거리로 도망쳤다. 왕필 입장에서는 수만이나 되는 적이 갑자기 눈앞에 솟아 나온 느낌이다.

와! 하며 뒤에서 검은 그림자가 갑자기 쫓아왔다. 자기 부하들이다. 하지만 왕필은 다급했는지 아군을 적으로 오인했다.

왕필은 교외에 있는 하후돈 진지로 가서 이 소식을 알리려 애썼다. 하지만 길을 잘못 들어 이곳저곳 헤매는 바람에 어깨에 난 상처에서 출혈이 심해 어지러움을 느꼈는지 말을 버리고 말았다.

"그래. 금위 집이 이 근처였지…. 가서 치료해달라고 부탁해야겠다."

비틀거리며 찾아가 급하게 문을 두드렸다.

집 안에는 문지기도 없고 하인도 없는 모양이다. 곧 대답이 들리며 문 안쪽에서 촛불 빛이 작게 흔들렸다. 금위 처가 몸소 마중 나오는 듯했다.

금위 처는 문을 두드리는 사람이 남편이라 생각한 모양이다. 문으로 다가와 빗장을 열며 대뜸 물었다.

"다녀오셨나요? 금방 열게요. 왕필 목은 어찌 되었나요?"

"뭐?"

왕필은 두 눈이 휘둥그레졌다.

"미안하오, 잘못 찾아왔소이다."

다름 아닌 금위가 이번 반란을 일으켰음을 깨닫자 왕필은 허둥지둥 조휴 집으로 발길을 돌렸다.

조휴 수하들은 무장 차림으로 집 밖에 정렬하여 불길을 바라보며 주인이 내릴 명을 기다리던 참이다.

"온통 피투성이가 된 왕필이 찾아왔습니다."

조휴는 바로 왕필과 독대한 다음 자초지종을 들었다.

"대단히 치밀하게 계획한 일이다. 궁중으로 가서 황제 주위를 지켜라."

조휴는 일족과 수하를 이끌고 불티가 떨어지는 대기를 뚫고 금문을 향해 들입다 내달렸다.

2

"역적 조조를 죽이고 황실을 다시 세우자."

거리고 황궁이고 가리지 않고 불이 나는 곳에서는 이런 목소리가 들려왔다.

이 목소리에 호응이라도 하듯 비장한 외침이 들려왔다.

"죽자, 죽자. 한조를 위해!"

하지만 조휴를 비롯한 조씨 일족은 목숨을 아끼지 않고 거리와 금문에서 반란군과 맞서 싸우며 황궁을 지켰다.

그사이에 동화문에서 난 불이 오봉루까지 옮겨붙어 황제는 궁궐 안쪽으로 거처를 옮기며 상황을 지켜봤다.

성 밖 5리 지점에 주둔하던 하후돈 휘하 3만 군사도 사태를 눈치챘다.

"하늘이 붉게 빛나는 걸 보니 예사롭지 않구나. 도읍에 이변이 생겼다."

하후돈 군은 바로 출동하여 속속 거리로 들어섰다.

일이 이리돼서는 이제 금위, 위황, 경기 등이 세운 계획도 성공을 장담하기 어려워졌다. 무엇보다 황제 거처를 옮기자며 궁궐에 진입하려 시도했으나 이미 조휴 측 군마가 늘어서 에워쌌고, 왕필을 죽이고 이리로 와야 할 금위와 경기 등은 아무리 기다려도 오지 않았다.

위황은 고전할 수밖에 없었다. 그뿐만 아니라 일이 틀어지고 정세가 부진하니 어림군도 계획에 참가하기를 주저하며 황제 깃발 아래 모여서 위왕과 조조 일족에 반대하는 성명 발표조차 꺼렸다.

가장 딱했던 건 태의 길평의 자식 길막 형제다. 민중을 격려하며 거리에서 의용군을 규합하러 사방팔방 뛰어다녔으나, 순식간에 들이닥친 하후돈 대군과 맞닥뜨리자 군세는 격멸당하고 길막과 길목 형제는 나란히 목숨을 잃었다.

소동은 새벽녘까지 이어졌다. 잔불로 그을린 아침 하늘에 해가 떴을 즈음 하후돈은 업도에 보고했다.

'간밤에 도읍에서 소란을 일으킨 반역자들은 주동자를 포함하여 거의 사로잡았습니다. 안심하십시오.'

그 밖에도 전황을 전하는 전령이 끊임없이 업도로 날아갔다.

이 소식을 들은 조조는 짐작 가는 바가 있었다.

"음, 관로가 한 예언은 분명히 이 일이렷다."

조정에 뿌리 깊게 박힌 한조의 옛 신하들이 보인 결속에 다시 한번 소름이 돋았다.

"이런 때는 뿌리를 뽑아야 한다. 한조의 옛 신하라 불리는 자는 지위 고하를 가리지 말고 업도로 보내라."

물론 이번 위왕 전복 계획에 실제로 참가하지 않은 이들에게나 해당하는 명령이다. 금위, 경기 등과 조금이라도 친분이 있었거나 평소에 언동이 수상하다고 소문났던 이들은 모두 거리에 끌려 나와 형장의 이슬로 사라졌다.

열혈남 경기는 뒷짐결박을 당한 채 대로를 끌려다녔는데 이때 하늘을 향해 눈을 부라리며 외쳤다.

"조조야! 내 오늘 살아서 네놈을 죽이지 못하더라도 구천을 떠돌다 반드시 몇 년 내로 네놈을 저승으로 끌고 가주마. 기다려라."

동지 위황은 형장에서 막 목이 떨어지려는 찰나 형리를 노려보며 외쳤다.

"잠깐!"

그런 다음 자조 섞인 웃음을 보이더니 한탄했다.

"원통하다, 정말 원통하구나. 내 변변치 못한 충성이 하늘에 이르지 못했도다."

이 외침이 끝남과 동시에 칼을 기다리지 않고 스스로 머리를 땅에 처박으니 이와 두개골이 산산조각 나 위황은 그대로 유명을 달리했다.

금위의 삼족도 죽임을 당했음을 말해 무엇하리.

등불로 가득했던 정월 대보름 명절이 끝나자 낮에는 어두컴컴했고 불에 그슬린 황궁 안쪽에 있는 겨울나무에 모여든 겨울 까마귀가 내는 울음소리도 왠지 구슬펐다.

다만 어림군 대장 왕필이 금창이 깊어 곧 눈을 감았다는 사실만이 조금이나마 민중을 위로했다.

3

대대로 한조를 모시는 조정 신하였다는 이유만으로 수많은 관리가 마치 유랑민처럼 수레와 말에 실린 채 허도에서 업도로 끌려왔다.

업도에서 이 충신들은 처음으로 위왕궁을 쳐다보고 그 화려함과 장대함에 어안이 벙벙해졌다.

그러고는 속으로 중얼거렸다.

'아아, 이미 허도가 아니라 업도가 한나라 도읍이나 마찬가지구나…'

조조는 초라한 차림을 한 백관들을 장려한 위궁 정원에 세워놓고 일갈했다.

"지난 난리 때 그대들 중에는 문을 걸어 잠그고 집 안에 숨은 자도 있을 테고, 과감히 밖으로 나와 화재를 진압하려 노력한 자도 있을 터. 이제는 일일이 조사하는 일조차 귀찮구나. 저기 붉은 깃발과 흰 깃발이 보이느냐? 불을 막으러 나선 이들은 붉은 깃발 아래, 문을 닫고 나서지 않은 자들은 흰 깃발 아래 모여라, 어서."

비록 쇠퇴했다고는 하나 밤낮으로 황궁에서 일하는 신하가 어린아이 취급을 당하니 눈물을 삼키고 분노를 억누르는 자도 있었으나 조금이라도 내색했다가는 바로 목이 달아나리라.

"…?"

관리들은 서로 좌우를 바라보며 어느 쪽으로 갈지 망설이는 눈치였으나, 뜻밖에도 8할 가까이가 줄줄이 붉은 깃발 아래로 모였다.

'만약 문을 닫고 나서지 않았다면 분명 태만하다면서 질책하리라. 성안에서 소동이 일어나자 화재를 진압하려 노력했다면 죄를 묻지 않겠지.'

이런 심리가 작용했다.

이럴 수가! 조조는 누각 위에서 그 백관들을 꾸짖으며 무장에게 명했다.

"좋다. 붉은 깃발 아래 모인 이들은 하나같이 딴마음을 품은 자들이렷다. 일동을 장하(漳河) 기슭으로 끌고 가라. 물론 전부 참수형에 처한다."

400여 명에 달하는 관리들은 섬뜩했다. 조조가 서 있는 누각을 올려다보며 비명을 질렀다.

"우리에게 무슨 죄가 있다는 말이오!"

"도리에 어긋난 처사요."

"위왕, 무정하지 않소?"

조조는 귀가 없고 눈물조차 없는 거상(巨像)처럼 장하 쪽을 말끄러미 바라볼 뿐이다.

그 밖의 얼마 안 되는 관리들, 아니 흰색 깃발 아래 선 자들은 용서하여 허도로 돌려보냈다.

동시에 궁궐에서 일하는 시종, 중신, 내외 여러 관리를 대거 경질하였다.

종료를 상국(相國)으로 봉했다.

화흠을 어사대부(御史大夫)에 올렸다.

죽은 왕필 뒤를 이어 조휴를 어림군 대장으로 임명했다. 물론 위왕이 하고 싶은 대로 관작을 정하였다. 후작을 6등 18급으로 정한 다음 금인(金印), 은인(銀印), 구유(龜紐), 환유(鐶紐), 자수(紫綬) 등에 관한 법을 멋대로 개정하거나 하사하는 등 조정을 무시하고 위왕 뜻대로 일사천리로 일을 진행했다.

이때 조조 일족이나 조조를 따르는 이들이 부리는 횡포, 독선, 편애, 교만함이 얼마나 극심했을지 쉽게 짐작할 수 있다. 조조 일족에 연줄이 없으면 사람도 아니라고 누군가 개탄했던 말은 이미 허도의 상식이 된 지 오래다.

조조는 관로의 점술에 심취했으며 아주 고마워했다.

"정말로 점괘가 잘 들어맞는구나. 만약 그대가 한 말을 듣지 않고 내가 한중에 원정을 나갔으면 불이 내리는 재앙이 훨씬 심해져 하룻밤 사이에 진압하기 어려웠을 터. 상을 주마, 관로. 무엇이든 원하는 바를 말하라."

관로는 극구 사양하며 받지 않았다.

"제게는 불을 막을 힘도 물을 지탱할 힘도 없습니다. 대왕께서 업도에 머물렀던 것도 하늘이 정한 일입니다. 허도에서 일어난 난도 약속된 일입니다. 제가 대왕의 부름을 받아 예언한 것도 다 하늘이 예비하신 뜻일 것입니다. 이리 생각하면 제가 대왕께 상을 받을 이유가 없습니다. 대단히 감사하고 황공하오나 사양하겠습니다."

진전공용미주(陣前公用美酒)

1

사천 파서, 하변(下弁) 지방에서는 전쟁 기운이 가득하여 구름이 바람을 품었고 짐승도 울음을 그쳤다.

위군 5만은 한중에서 적극적으로 촉나라 경계로 나아가 주변에 있는 험준한 지형마다 안개처럼 밀집하여 삼엄한 태세를 갖추면서 굳게 다짐했다.

'촉군은 결단코 경계를 침범하지 못하리라.'

정면에 마주 보는 적은 마초다. 마초는 하변 방면에서, 장비는 파서에서 한중을 향해 진격했다.

위군 쪽 총대장은 조홍이고 그 아래 장합이 있었으며 병력과 장비 면에서는 위나라가 압도적으로 유리했다.

초전(初戰)은 마초 부하 오란, 임쌍(任雙) 부대와 위군의 주력 부대가 부딪히며 시작되었는데 결국 임쌍은 전사하고 오란은 패주했다.

"왜 적을 얕보았느냐? 앞으로는 함부로 움직이지 말고 수비에 전념하라."

마초는 경솔하게 싸운 오란을 질타했다. 위군 실력을 뼈에 사무치도록 잘 아는 인물이 다름 아닌 마초다.

조홍은 촉군 측 동태를 수상히 여겼다.

"어찌 된 일일까? 아무리 공격해도 마초는 눈도 깜짝 안 하는구나. 그 날카롭고 용감한 사나이가 이토록 조용하다니 뭔가 계략이…"

비록 연전연승하는 분위기나 촉군 쪽 낌새가 아무래도 이상해 조홍은 조심스럽게 남정까지 병사를 물렸다.

장합은 얼굴에 불만이 가득했다.

"장군, 승승장구하는 기세인데 왜 몰아치지 않고 군사를 물렸습니까?"

"도읍을 나설 때 관로가 점을 보며 이렇게 말했다. '이번 싸움에서 대장 한 사람을 잃으리라.' 해서 신중하게 작전을 세웠을 뿐이다."

"하하하, 정말 뜻밖입니다. 장군도 이미 쉰이 다 되셨습니다. 점괘 따위에 현혹되시다니. 장군께선 귀신도 두려워한다는 무장이신데 말입니다. 그것참, 사람은 누구나 약점이 있게 마련이군요."

그 후에 장합은 다시 부탁했다.

"제게 병사 3만을 맡겨주십시오. 파촉 방면으로 감히 쳐들어온 장비 군을 쳐서 후환을 없애겠습니다."

장합이 장비를 얕보는 태도를 보이자 조홍은 출진을 쉬 허락지 않았다.

"그런 자세로는 어림도 없다."

장합은 여전히 자신만만했다.

"사람들이 하나같이 장비를 지나치게 두려워하는데 제가 보기에는 한낱 어린아이 같습니다. 만약 장군께서 조금이라도 그놈을 두려워하면 병사들마저 장비에게 겁먹을 것입니다. 그래도 괜찮단 말입니까?"

이런 식으로 비아냥거림까지 섞으며 집요하게 자기 의견을 내세웠다.

조홍도 그런 말을 들은 이상 자신이 직접 나서서 싸우거나 장합이 해온 청을 들어줄 수밖에 없었다. 그래도 불안하기는 매한가지였다.

"그렇게까지 말해놓고 만약 귀공이 지면 어쩔 셈이오?"

"걱정하지 마십시오. 만약 장비를 사로잡지 못한다면 군법에 따라 어떤 벌이든 달게 받겠습니다."

"좋다. 서약서를 써라."

"물론입니다. 어떤 서약이라도 하겠습니다."

마침내 장합은 병사 3만을 받았다. 총지휘관으로서 자신이 세운 작전대로 맘껏 싸워보고 싶었던 것이다. 장합은 의기양양하게 파서로 말 머리를 향했다.

파서 방면에서 낭중(閬中, 중경 북쪽) 부근은 산세가 험하고 계곡이 깊으며 봉우리도 높고 수풀로 둘러싸인 곳이어서 대체 어디에 진지를 세우고 어디로 병마를 움직여야 할지 정하기 어려운 지형이다.

장합은 세 군데에 어렵사리 진지를 세웠다. 마치 험준한 지형에 의지하여 둥지를 짓듯 틀어박혔다.

첫 진은 탕거채(宕渠寨), 다음 진은 몽두채(蒙頭寨), 그다음 진은 탕석채(蕩石寨)라 명명했다.

"자, 적이 뭐하는지 동태를 정찰하러 나가자."

장합은 자기가 친 포진에 우쭐하며 병력 반수를 남겨둔 채 나머지 1만 5000명을 이끌고 몸소 파서 근처로 슬금슬금 나아갔다.

2

장비는 자못 궁금한지 부하에게 물었다.

"어떤가, 뇌동. 적이 왔다던데."

"장합이 왔다 합니다."

"1만 5000명이라…. 개미처럼 밟아버리고 싶군. 수비와 공격 중 어느 쪽이 좋겠느냐?"

"지세가 험준한 곳입니다. 허를 찔러 공격하는 편이 재밌을 것 같습니다."

"좋다, 출진이다."

장비와 뇌동은 각각 병사를 5000명씩 이끌고 파서를 향해 발걸음을 옮겼다.

뜻밖에도 이 둘과 위나라 장합 부대는 낭중에서 북쪽으로 30리 떨어진 산속에서 약속이라도 한 듯 맞닥뜨렸다.

"장합이 저기 있구나."

장비는 마치 사자가 날뛰는 것처럼 말을 걸터타고 계곡과 산간에 포진한 적을 기세 좋게 무찔렀다.

"무슨 일이지?"

장합은 예상치 못한 곳에서 적을 만난데다 봉우리와 계곡에서 나는 우렁찬 함성을 듣고 위기에 처했음을 깨달았다.

뒤돌아보니 후방이 주둔하는 산에도 촉군 깃발이 나부꼈고 저 멀리 아래쪽에도 촉군 깃발이 펄럭이는 게 아닌가. 일순간 퇴로가 막히자 장합은 본능적으로 위험을 느꼈다.

이런 생각이 들었을 때 이미 전군은 지리멸렬했다.

"어이, 게 서라."

장비가 따라오자 장합마저 등을 보이며 줄걸음을 놓았다.

장합은 얼마 전에 조홍 앞에서 큰소리친 일을 까맣게 잊어버린 지 오래다. 친구라도 부르는 것처럼 태평한 장비 목소리가 장합에게는 마치 번개 치는 소리보다 더 소름 끼치게 들렸다.

"일단 퇴각하라! 퇴각!"

부하들에게도 도망치라는 소리만 해댈 뿐이다. 촉군 깃발이 나부끼는 산은 요리조리 피하면서 나아갔는데 나중에 알고 보니 아무도 없는 곳에 깃발만 세워놓은 게 아닌가. 먼저 앞질러 온 뇌동이 곳곳에 병사를 보내서 깃발을 세우게 했던 것이다.

아차! 늦어도 너무 늦게 깨달았다. 한번 무너진 진형은 걷잡을 수 없이 무너져 내리기 시작했다. 다시 추스르기가 어려울 지경이다. 더구나 험준한 산악 지대에서는 손쓸 재간이 없다.

"채문(寨門)을 닫아라."

가까스로 탕거채에 도착한 장합은 바위 동굴 문을 엄중하게 막았고 계곡에 있는 책문 수비를 강화하며 절벽에 세운 요새에 틀어박힌 채 엄명을 내렸다.

"싸우지 마라."

장비도 맞은편 산에다가 진지를 세우니 산과 산 사이에서 대치하는 형태가 되었다.

"덤벼라."

장합은 함부로 나서지 않았다. 장비가 진지에서 손차양하며 바라보니 장합은 탕거채 높은 곳에 올라 매일 멍석을 깔고 앉아 수하와 함께 각적을 불고 북을 치며 술을 마시는 눈치다.

"재밌는 짓을 다 하는구나."

장비는 근질거리는 표정으로 그 모습을 바라봤다.

"뇌동, 보았느냐?"

"분통이 터지는군요, 장군."

"한번 혼내주고 와라. 다만 적이 저런 짓을 할 때는 계략이 있게 마련이다. 걸려들지 않도록 조심하고."

"알겠습니다."

뇌동은 한 무리 군사를 이끌고 맞은편 산 아래로 진격했다. 그러고는 소리 높여 장합과 위군에게 마구 욕설을 퍼부었다.

"안 되겠군. 무반응이니 일단 물러서자."

괜히 입만 피곤해졌다. 위군은 장합이 내린 싸우지 말라는 명을 굳게 지켰다.

다음 날에도 똑같은 일을 반복하였다.

다 같이 전날보다 더 심하게 장합을 매도하고 모욕했다. 그래도 여전히 탕거채는 고집 센 벙어리처럼 묵묵부답이다.

"가라, 공격하라!"

마침내 뇌동은 분통을 터뜨리며 계곡물을 넘어 물가에 쳐놓은 책문으로 들입다 달려들었다. 와지끈 소리를 내며 책문을 부수고 함성을 지른 채로 우르르 산에 올라갔다.

이때 수많은 벼락이 한꺼번에 내리치는 듯한 어마어마한 소리가 들려왔다. 거목, 바위, 화살, 석철포 등이 소나기처럼 우수수 날아왔다.

촉군은 병사 수백을 잃었으니 그동안 거둔 승리가 물거품이 되어버렸다. 형세가 다시 비슷해져서 양군은 각각 산에 틀어박힌 채 대립했다.

3

어느 때보다도 장비 마음이 편치 않았다. 이리된 이상 몸소 싸움에 나서야겠다고 다짐했다. 다음 날 장비는 부하를 거느리고 맞은편 산 아래로 나아가 뇌동이 했던 것처럼 입에 담기 힘든 악담을 퍼부어댔다.

장비가 해대는 욕설은 뇌동과 비할 바 없이 신랄했으나 적은 여전히 과묵하게 침묵만 지켰다.

"적도 만만치 않군. 잘 참는구나. 이래서는 마이동풍이나 다름없구나. 어쩔 수 없다. 추이를 지켜보자."

장비는 맥이 빠진 채 터덜터덜 산진(山陣)으로 무거운 발걸음을 돌렸다.

며칠이 지나고 어찌 된 일인지 이번에는 장합 쪽 병사가 이쪽 산을 향해 욕지거리를 퍼부었다.

멀리 바라보니 위군 병사가 산 위에 모여서 일제히 목이 터져라 험담을 외치는 중이다. 뇌동은 이 모습을 지켜보더니 이를 부드득 갈았다.

"정말 가증스럽습니다. 이리된 이상 단번에…."

뇌동이 얼굴을 붉힌 채 씩씩댔으나 장비는 단번에 제지했다.

"지금 움직이면 적이 세운 계략에 말린다. 잠시 기다려라."

하지만 설전을 주고받으며 달포를 넘기니 수하 병사들도 마음이 적잖이 불편했다. 불온한 분위기까지 감돌기 시작해 장비는 계책을 마련하느라 고심했다. 끝내 산에서 내려가 적진 코앞에 진지를 세우더니 부하와 함께 질펀하게 술판을 벌였다. 대취한 채 전보다 더욱 심하게 산 위쪽을 향해 욕지거리를 퍼부었다. 기분이 좋아진 부하들도 장비와 함께 목청껏 소리 높여 적을 매도했다.

"장비도 자포자기한 모양이로군. 나서지 마라."

장합이 명하니 산속은 되레 쥐 죽은 듯 조용해졌다.

성도에서 전세가 어떤지 걱정하던 현덕은 장비에게 사자를 보내 상황을 살피도록 했다.

이윽고 사자가 돌아와서 보고했다.

"장비 군은 낭중 북쪽에서 장합 군세와 부딪친 후 서로 진지를 세우고 대립한 채 달포가 지났습니다만, 아무리 적을 도발해도 장합 군이 꼼짝도 않으니 장비는 적을 어루꾀기 위해 매일 산에서 내려가 적진 앞에서 술을 마시며 적을 조롱합니다."

현덕은 깜짝 놀라 즉시 공명을 불러서 장비가 또 술을 마신다고 상의했다.

상황을 듣더니 공명은 껄껄 웃었다.

"낭중에는 아마 변변찮은 술밖에 없겠지요. 성도에서나 맛볼 수 있는 좋은 술을 50통 정도 수레에 실어 장비에게 보내시면 어떻겠습니까?"

그 말을 듣자 현덕은 울분을 터뜨렸다.

"무슨 소리요? 장비는 여태까지도 술과 얽히고설켜 여러 차례 실수를 저질렀소. 헌데 성도에서 나는 미주를 보내라니요? 영문을 알 수 없구려. 술에 취한 장비가 장합에게 당할지도 모르잖소."

공명은 싱긋 웃으며 답했다.

"주군께선 오랫동안 장비와 형제로 지냈는데 아직 본성을 모르시는군요. 예전에 장비가 촉나라로 들어올 때 엄안을 받아들여 아군으로 삼았던 일을 기억하십니까? 장비가 무용이 뛰어날 뿐만 아니라 지략도 갖추었다는 증거입니다. 이번에는 탕거산(宕渠山) 앞에서 장합과 맞선 지 달포나 지났고, 요즘에는 술을 마시며 장합을 놀린다는데 이런 방약무인(傍若無人)한 행동은 장비 본심이 아닐 것입니다."

공명은 현덕을 바라보며 열의에 차 다시 한번 강조했다.

"분명 장합을 어루꾀기 위한 계책일 것입니다. 그러니 부디 미주를 보내시기 바랍니다."

현덕은 고개를 주억거리며 공명이 해온 청을 받아들였다.

"군사가 하는 말은 알겠소만 불안감을 감출 수는 없구려. 술을 보내긴 하되 위연을 딸려 보내겠소."

4

공명은 현덕이 허락하자 위연을 불러 명했다.

"황급히 성도에서 나는 미주 50통을 마련하라."

위연은 무슨 일인지 의아해하면서도 바로 술을 구하여 공명 앞에 대령했다. 공명은 황색 깃발에 '진전공용미주(陣前公用美酒)'라 쓰더니 위연을 재촉했다.

"이 미주를 수레 3대에 나누어 달고 탕거산에 있는 장비에게 배달하라. 어서!"

위연은 명을 받들어 술을 가지고 먼 길을 떠났다.

길가에 구경 나온 주민들은 이 색다른 수레를 보고 어리둥절하며 뭔가 축하할 일이라도 생겼나 보다 하며 수군댔다.

위연이 가져온 술을 보더니 장비는 입이 귀에 걸렸다.

"내 계획대로 되겠구나."

장비는 위연과 뇌동을 함께 불러 명했다.

"위연은 우익을 맡고 뇌동은 좌익을 맡아서 붉은 깃발이 휘날리거든 나가서 온 힘을 다해 싸워라."

그러더니 진중에 미주를 일일이 돌리고 안주를 마련하여 전보다 훨씬 큰 규모로 성대하게 주연을 벌였다.

오랫동안 나와서 싸우느라 마시지 못했던 성도의 미주니 오죽하겠는가! 분위기가 후끈 달아올랐고 장병들이 내는 기분 좋은 웃음소리가 메아리쳐 울려 퍼졌다.

이 주연을 말끄러미 지켜보던 위군 측 척후는 장합에게 가서 득달같이 알렸다.

"별일이 다 있군. 어디 보자."

장합은 산 위로 나와 멀리서 촉군을 바라보니 장비는 중군에 앉아서 연거푸 술을 들이켜는 게 아닌가. 동자 둘에게 씨름을 시키며 즐기는 모양새도 보기는 썩 좋지 않았다.

진을 세우고 대립한 지 오래되기도 해서 장합은 슬슬 마음이 불편하던 참이다.

"장비 녀석, 우쭐해져서는 우리를 얕봤구나. 좋다, 오늘은 산에서 내려가 단번에 적진을 쳐부수고 혼쭐을 내주겠다."

그러면서 몽두채와 탕석채를 지키는 장수에게 각각 전투태세를 갖추도록 시켰으며 이 장수들과 함께 달빛에 의지하여 산에서 내려가 장비 군을 향해 살금살금 다가갔다.

적에게 다가가 보니 여전히 장비는 술을 마시느라 정신이 없었다. 좋은 기회다.

"돌진하라!"

명령이 떨어지자마자 두 갈래로 나뉜 장합 군이 함성을 지르고 북과 징을 치며 우르르 진격했다.

장합은 말을 걸터탄 채 오늘이야말로 장비를 잡겠다며 달려들었고 장비는 만취해서 정신을 못 차리는지 그 자리에서 꿈쩍도 하지 않았다.

"야압!"

장합은 기합을 지르며 장비를 쟁으로 찔렀다.

그 순간 장합은 손끝에서 전해오는 느낌에 헉하고 숨이 막혔다. 장비인 줄 알고 찌른 건 풀로 만든 인형이다.

"당했다!"

장합이 당황하며 물러나려 움직였을 때 갑자기 이편저편에서 철포 소리가 울려 퍼졌다. 동시에 한 적장이 이끄는 군세가 길을 가로막았다.

선두에 선 장수 얼굴은 호랑이 수염이 거꾸로 났고 눈은 수없이 간 거울에 붉은 칠을 한 듯했으며 함성은 천둥과도 같았으니 장팔사모를 휘두르며 장합을 향해 덤벼들었다.

"오, 장합이구나. 연인 장비가 여기 있다. 진검 승부를 겨루자."

장합도 장비와 맞서 죽을힘을 다해 40~50여 합을 싸웠다.

그사이에 뇌동과 위연이 지휘하는 부대도 각각 몽두채와 탕석채 군세를 쳐부숴 나갔다.

장합은 아군이 무너지는 걸 보면서 장비가 휘두르는 날카로운 공격을 막아냈으나, 곧이어 산 위에서 불이 나며 촉군은 더욱 기세등등해졌으니 장합 주변은 점점 적군으로 채워져갔다.

퇴로마저 막힐 지경에 이르자 이제는 목숨이 위험하다고 판단했는지 혈로를 뚫어 말을 타고 재빨리 도망쳤다.

장비는 기회를 놓칠세라 전군에게 추격 명령을 내려 마구 돌진했다.

패장

1

장비 군세는 파도 같은 기세로 진격했다. 위연과 뇌동을 좌우에 배치한 진형이 효과를 제대로 발휘했다. 도망치는 적을 촘촘하게 추격하여 격멸하니 곳곳에서 승리를 외치는 함성이 터져 나왔다.

장합이 자신만만하게 세운 진지 세 곳은 순식간에 점령당했고 3만여 명이나 되는 병력 중 2만여 명을 잃었다. 장합은 가까스로 와구관(瓦口關, 사천성)으로 줄행랑을 놓았다.

통쾌한 승리를 맛본 덕에 장비는 그동안 쌓였던 울분을 털어버리고도 남았다. 장비는 의기양양하여 성도에 있는 유비에게 부리나케 사자를 보냈다.

전갈을 받자마자 현덕도 입이 헤벌쭉 벌어졌다.

"공명의 혜안은 심원하오. 낭중에서 승리하다니 생각지도 못했소. 참으로 잘됐구려."

한편, 와구관까지 도망친 장합은 비명을 지르며 조홍에게 지원을 요청했다.

조홍은 그 소식을 듣고 불같이 화를 냈다.

"장합은 내 명을 어기고 섣부른 자신감으로 싸움을 벌이다 요새를 잃었다. 지금 지원해줄 수 있는 병사는 없으나 반드시 역습해서 진지를 탈환하라."

장합에게 엄중한 명을 하달했다.

조홍이 분노했다는 소식에 장합은 적잖이 놀랐다. 장합이 새로 세운 작전은 남은 병사를 두 부대로 나누어 와구관 앞에 매복시켜두고 본진이 퇴각하는 척하면 장비는 반드시 쫓아올 테니 이때 일제히 뛰어나와 적의 퇴로를 차단해 지난 패전을 만회하는 것이다.

"실수하면 용납하지 않는다."

장합은 엄명하며 몸소 수하를 이끌고 적 앞으로 찬찬히 전진했다.

이 모습을 지켜본 촉나라 대장 뇌동은 말을 걸터타고 장합에게 냅다 달려들었다.

이에 맞서 두세 합 싸운 다음 작전대로 장합은 발뺌했다. 뇌동이 사납게 날뛰며 쫓아오는 모습을 보자 장합은 속으로 은근 기뻐하며 아군에게 신호를 보냈고 위나라 복병이 일제히 튀어나와 뇌동이 나아갈 퇴로를 막아버렸다.

"속았군!"

적군이 짠 계략을 눈치챈 뇌동이 말 머리를 돌리려 했을 때 장합은 재빨리 달려와 뇌동을 단숨에 베어버렸다.

이 광경을 지켜보던 장비는 하늘을 찌를 듯 노하면서 말을 걸터타고 장합에게 저돌적으로 달려들었다. 장합은 뇌동을 베고 재미를 붙였는지 잠시 싸우다가 발뺌하며 장비를 유인하려 애썼으나 장비는 휘말리지 않았다. 별수 없이 다시 되돌아가 잠시간 장비와 칼을 맞댄 다음 조금이라도 끌어들이려 노력했으나 허사다. 장비는 필요 이상으로 쫓아오지 않아 결국 포기하고 장합은 본진으로 허무하게 말 머리를 되돌렸다.

장비는 되돌아와서 위연을 불러 풀풀 화를 했다.

"뇌동은 장합 놈이 짜놓은 계략에 말려 너무 멀리 쫓아갔다가 죽임을 당했다. 장합과 승부를 내서 뇌동의 원수를 갚으려 했으나 적에게 꿍꿍이속이 있는 것 같아서 일단 말 머리를 되돌렸지만, 적에게 계략이 있다면 우리도 계략이 있어야 하지 않겠느냐?"

"뭔가 좋은 계책이라도 있으십니까?"

동료를 잃어서 그런지 위연은 기운 없이 물었다.

"그래, 그대는 정예를 이끌고 산에 매복하라. 나는 내일 또다시 장합과 맞서 싸우다가 일부러 적진 깊숙이 들어갈 테니, 적의 복병이 퇴로를 막으려 움직이면 그대도 나와서 적과 싸우는 한편 수레에 건초를 잔뜩 실어 작은 길을 막은 다음 불을 붙여 적군을 둘러싸라. 반드시 장합을 잡아 뇌동의 원수를 갚아주마."

위연은 그 말을 듣고 기뻐하며 정예를 이끌고 준비에 나섰다.

다음 날이 밝아왔다.

장비는 당당히 군사를 이끌고 나와 위군과 정면으로 맞섰다.

"질리지도 않느냐? 또 왔구나."

장합은 은근슬쩍 기뻐했다. 몸소 말을 걸터타고 나와 10여 합을 겨룬 다음 오늘도 패주하는 척했다. 그러자 뜻밖에 장비가 병사를 이끌고 쫓아오는 게 아닌가. 장합은 속으로 쾌재를 부르며 복병이 있는 곳까지 줄걸음을 놓았다.

그곳은 산 중턱에 있는 외길이라 퇴로를 막으면 적의 목덜미를 잡은 것이나 마찬가지다.

"좋았어."

장합은 숨을 가쁘게 몰아쉬면서 말을 돌려 쫓아온 장비 군을 향해 일제히 역습에 나섰다.

2

얼마 전에 뇌동 목을 벤 덕에 위군은 기세등등한 분위기다. 게다가 오늘 세운 목표는 바로 장비다. 장합이 내리는 지시는 물샐틈없이 전군에 하나하나 하달되었다.

본군과 호응하여 좌우에서 복병이 튀어나와 장비를 호위하는 후방을 막으려 시도했으나 갑자기 촉병이 앞을 가로막았다. 역으로 허를 찔린 장합 휘하 병사들은 순식간에 흐트러져 격파되고 궤멸당한 끝에 골짜기 사이로 내몰렸다.

게다가 촉군은 건초를 가득 실은 수레로 좁은 길을 막아놓아 일제히 불을 붙였으니 시뻘건 불길은 하늘을 찌를 듯했고 초목에 옮겨붙어 검은 연기가 흙을 다 뒤덮을 지경이다. 장합 군은 산속을 미친 듯이 도망 다녔으나 삼림 지대라 그런지 움직이기 쉽지 않아 모조리 불에 타 죽고 말았다.

이 싸움은 처음부터 끝까지 장비 군이 압도적으로 유리했다. 장합은 얼마 남지 않은 병사를 데리고 간신히 목숨만 부지한 채 와구관으로 도망쳐 허겁지겁 문을 닫고 진지를 사수하려는 각오로 엄중하게 방비를 다졌다.

장합 군을 쫓아온 위연과 장비는 이 관문을 단번에 뚫어버릴 기세로 며칠 동안 공격했으나 소문대로 와구관은 만만치 않았다. 요새는 견고했고 지세도 험준하니 꿈쩍도 하지 않았다.

장비는 정면 공격을 멈추고 20리 후방으로 물러나서 진지를 세운 다음 몸소 수하 수십 기를 선발하여 산길을 정찰하러 나섰다.

그러던 어느 날이었다.

산길을 지나다 보니 농민으로 보이는 남녀 몇몇이 등짐을 진 채 등나무 덩굴과 덩굴풀을 잡고 산을 넘는 모습이 눈에 띄었다.

장비는 이 모습을 지켜보더니 묘수가 떠올랐는지 위연을 불러 채찍으로 농민들을 가리키며 말했다.

"위연, 보이느냐? 저 농민들이 와구관을 돌파하는 실마리이리라. 다른 방법으로 관문을 뚫기는 아무래도 어렵겠지."

장비 목소리는 확신이 가득했다.

위연은 무슨 말인지 제대로 이해하지 못한 눈치다.

"…?"

그저 멀리 산 위를 올라가는 사람들을 바라볼 뿐이다.

"누가 가서 저 농민들을 되도록 공손하게 데려와라."

곧 병사는 농민 여섯을 데려왔다. 젊은이와 노인이 섞여 있었고 하나같이 표정에 두려움이 가득했다.

장비는 가급적이면 온화한 목소리로 조용히 물었다.

"너희는 어째서 이런 험한 길로 산을 오르고 있었느냐?"

나이 든 농민 한 사람이 대표로 나와 다소 쭈뼛거리면서 입을 열었다.

"저희는 한중 사람으로 고향에 돌아가려 이곳까지 왔는데 큰길에서는 싸움이 한창이라고 들어서 창계(蒼溪)를 지나 재동산(梓潼山) 회근천(檜釿川)을 관통하여 한중으로 가려고 산을 오르던 참이었습니다."

"그렇군."

장비는 고개를 끄덕이더니 다른 질문을 꺼냈다.

"그 길은 와구관과 멀리 떨어져 있느냐?"

"그리 떨어져 있지 않습니다. 재동산 길은 와구관 뒤쪽으로 이어집니다."

노인이 하는 대답은 뜻밖에도 명쾌했다. 이 말을 듣고 장비는 입가에 미소가 절로 지어졌다. 그러더니 농민들을 본진으로 데리고 들어가 각각 상을 내리고 정성스레 술을 대접했다.

이윽고 장비는 위연을 불러 전략을 지시했다.

"속히 병사를 이끌고 와구관을 정면에서 공격하라. 나는 저 농민을 길잡이 삼아 정예 500여 기를 데리고 작은 길을 우회해 적의 배후로 돌아가 단번에 장합의 남은 군세를 궤멸하겠다."

장비는 이 내용을 전군에 하달하고 강병을 선발한 다음 위연과 와구관에서 다시 만나 꼭 이기자고 다짐한 다음 각각 부대를 이끌고 진군했다.

3

장합은 와구관 땅을 밟은 다음 한숨을 돌렸다. 몇 번 적습(敵
襲)이 있기는 했으나 워낙 견고한 요새여서 별다른 위기 없이
무사히 넘어갔다. 하지만 원군이 오지 않으면 이곳에서 꼼짝도
할 수 없는 상황이니 그저 아군이 도와주러 오기만을 학수고대
했다.

기다리고 또 기다려도 아군은 올 기색이 보이지 않았다. 날
이 갈수록 불안해졌으나 어쩔 도리가 없었다. 사방에 척후를
보내 지원군이 왔다는 소식만을 고대하며 마음 졸이던 참에 비
보가 날아들었다.

"지금 관문 정면에 군마가 다가옵니다."

"아군이냐?"

"확실하지는 않으나 위연 휘하 병사 같습니다."

"이런 제길!"

장합은 사색이 되었으나 위연 군이 아무리 공격한들 여태까
지와 마찬가지로 후회만을 맛볼 터이니 애써 태연한 척했다.

"적이라면 엄중히 관문을 닫아라. 몇몇은 나를 따르라. 견고
한 보루를 방패 삼아 적에게 쓴맛을 보여주마."

장합은 몸소 위연 군사와 맞서기 위해 관문을 나가 싸울 채
비를 서둘렀다.

이때 와구관 뒤쪽 팔방으로 불길이 치솟으면서 순식간에 번지는 게 아닌가.

연기 속에서 사자가 뛰어와 장합에게 보고했다.

"어디 군사인지는 모르나 갑자기 불을 지르며 배후에서 우리 관문을 공격하니 병사들이 혼란에 빠졌습니다."

장합은 말 머리를 돌려 와구관으로 돌아가 적을 바라보니 말을 걸터탄 채 깃발을 든 남자는 다름 아닌 장비다.

장합은 아연실색했다.

이미 투지는 잃은 지 오래다. 그저 머릿속에 도망칠 생각만 가득했다. 관문 옆을 지나는 작은 길을 향해 말을 힘껏 내달렸으나 걸어서 겨우 지나갈 길인데다 바위투성이어서 말은 발굽이 상해 다리를 다치기 일쑤다. 생각대로 움직이지 못해 안달복달 채찍을 휘두르며 줄걸음을 쳤다.

하지만 장비는 이 기회를 놓칠세라 똑바로 장합을 추격했다.

장합은 이제 끝이라 여기며 말을 과감히 버리고 나무뿌리를 붙잡고 바위에 달라붙어 도망치고 또 도망쳤다. 온몸에 생채기가 나고 사는 게 사는 것 같지 않았다.

겨우 적군을 따돌린 다음 주변을 살펴보니 살아남은 자는 안타깝게도 고작 14~15명뿐이다. 맥없이 남정 땅을 들어섰을 때는 스스로 보기에도 불쌍한 몰골이었다.

조홍은 장합이 다시 한 번 패전했다는 소식을 듣자마자 불처럼 역정을 냈다.

"내가 몇 번이나 나가서 싸우지 말라고 했거늘 그대는 서약서까지 쓰고 쓸데없는 싸움을 한 끝에 패전하였다. 귀중한 병사 3만을 잃은 것도 원통한데 저 혼자만 살아서 돌아오다니 언어도단이다. 당장 끌어내 목을 베어 죗값을 치러라."

조홍이 노하자 행군사마(行軍司馬) 직책에 있던 곽회(郭淮)가 뜯어말렸다. 곽회는 태원(太原) 양흥(陽興) 출신으로 자는 백제(伯濟)다.

"삼군은 얻기 쉬우나 장수 한 사람을 구하는 일은 어렵다는 옛말을 기억하십시오. 이번에 장합이 지은 죄는 용서하기 쉽지 않으나 전부터 위왕께서 총애하던 대장입니다. 잠시 목숨을 살려주어 관대한 마음을 베풀어주시기 바랍니다. 다시 한번 5000여 기를 맡겨 가맹관을 공격하도록 기회를 준다면 분명 촉군은 중요한 관문을 지키기 위해 줄줄이 후퇴할 것입니다. 그러면 한중은 절로 평온해질 것입니다."

곽회가 조리 있게 설득하자 조홍도 다소 분노를 누그러뜨린 모양이다. 곽회는 말을 이어 나갔다.

"만약 이번 작전도 실패한다면 그때는 별수 없겠지만, 그때 두 가지 죄를 물어 장합을 벌해도 늦지 않습니다."

조홍은 이 말을 받아들여 특별히 장합 목숨을 살려주며 병사 5000명을 내주었다. 그러고는 촉나라 가맹관을 공격하라고 득달같이 명했다.

노장이 세운 공

1

곽회가 올린 진언 덕분에 목숨을 부지한 장합은 이번 싸움에서 모든 오명을 씻어내겠다고 의기를 새롭게 다지며 5000여 기와 함께 가맹관으로 가열차게 발걸음을 옮겼다.

가맹관은 촉나라 맹달과 곽준이 지켰다.

이 두 대장은 장합 군이 쳐들어온다는 소식을 듣고 바로 군사 회의를 열었다.

곽준은 다소 소극적인 싸움을 주장했다.

"가맹관은 천연 요새니 나가서 싸우는 일은 어리석은 짓이오. 관문에 의지하며 수비에 집중하는 게 좋겠소."

반대로 맹달은 적이 오기를 기다리는 전략은 하책이라면서 즉각 관문을 나서 적의 진격을 막아야 한다고 주장했다.

몇 차례나 의논한 끝에 맹달이 내세운 의견을 채용하여 촉군은 가맹관에서 나와 장합 군과 한바탕 싸움을 벌였다. 맹달도 직접 나와 장합에게 도전장을 내밀었으나 처참하게 패하고 말

왔다.

맹달이 도망쳐 오자 곽준은 화들짝 놀라며 성도를 향해 구원 요청을 보냈다. 현덕은 이 소식을 듣자마자 공명을 불러 긴급 대책을 논의했다. 공명은 전군에 있는 대장을 불러 모아 말을 꺼냈다.

"방금 가맹관에서 급한 전갈이 왔소이다. 하루속히 누군가 낭중으로 가서 장비에게 이 사실을 알려 장비 군세를 가맹관으로 보냈으면 하오."

그러자 법정이 일어서서 의견을 제시했다.

"제가 봤을 때 장비는 지금 와구관에 머무르며 낭중 전체를 지키는 형국입니다. 낭중은 중요한 곳입니다. 만약 장비를 가맹관으로 보낸다면 반드시 문제가 생길 터. 해서 낭중은 이대로 지키게 놔두고 다른 대장을 보내 가맹관이 처한 위기를 구하고 장합을 방어하는 게 좋겠습니다."

공명은 이 의견을 듣자 웃음을 띠며 답했다.

"장합은 장비에게 졌다고는 하나 위나라 명장이니 보통 사내가 아니오. 장비가 아니면 대적할 만한 자가 없소이다."

공명의 말이 채 끝나기도 전에 노장 하나가 격한 기색을 드러내며 일어서서 거친 목소리로 외쳤다.

"군사께서는 어째서 사람을 마치 티끌처럼 가벼이 여기시오. 우리가 비록 재주가 없다곤 하나 명만 내려주신다면 반드시 나가 싸워서 장합 목을 베어 올 각오가 있소이다. 방금 한 말씀은 참으로 유감스럽소."

일동의 눈길이 그리로 향했다. 노장은 다름 아닌 황충이다.

공명은 천천히 고개를 주억거리며 동의했다.

"귀공이 해준 말씀은 참으로 용감하오. 그대는 이미 노쇠하였으니 도저히 장합 상대가 되지는 않을 것이오."

황충은 분노를 불태우며 백발을 곤두세웠다.

"제가 비록 나이 들었다고는 하나 팔심은 쇠하지 않았소이다. 활 3개를 한꺼번에 당길 수 있으며 몸에는 1000근과도 같은 힘을 지녔소이다. 어째서 늙었다는 평계로 저를 기용하지 않으려 하시오?"

"귀공은 이미 일흔에 가깝소. 어찌 늙지 않았다 하겠소?"

공명이 완고하게 대답하자 황충은 속이 끓어올랐는지 성큼성큼 당에서 내려가 긴 칼을 집더니 물레방아처럼 오른쪽에서 왼쪽으로, 위에서 아래로 멋지게 빙빙 휘둘렀고, 이어서 벽에 걸려 있던 강궁 3개를 잡고서 단번에 부러뜨려 기개를 보였다.

공명은 황충이 보여준 의기에 놀라며 패기를 인정했다.

"좋소. 귀공을 원군으로 보내겠소이다. 반드시 부장 하나를 데리고 가시오."

황충은 대단히 기뻐하며 각오 한마디를 다졌다.

"감사하오. 엄안은 나와 마찬가지로 나이가 들었으니 함께 반드시 적을 무찔러 보이겠소. 만약 실패한다면 우리 둘 다 목숨에 미련은 없으니 백발이 성성한 목을 바치겠소이다."

줄곧 공명과 황충이 나누는 대화를 듣던 현덕은 노장의 말에 만족하며 기꺼이 출진을 허락했다.

2

여러 장수는 현덕이 내린 과감한 결단을 의아하게 여겼다. 그중에서도 조운과 몇몇은 못마땅하게 생각하며 누누이 강조했다.

"지금 장합은 병사를 그러모아 가맹관을 공격할 셈입니다. 정말로 위급한 상황인데 무슨 이유로 노장을 보내 아이들 불장난 같은 짓을 하십니까? 가맹관에 무슨 일이라도 생기면 촉나라 전체에 재앙이 일어날 것이며, 다행히 장합을 격파한다 한들 두 노장은 우쭐하며 한중을 공격할 것입니다. 위험한 일입니다. 군사, 부디 숙고해주십시오."

공명의 생각은 확고했다.

"그대들은 이 두 노장을 얕보는데 영 보기 좋지 않소. 두 사람 생각대로 장합을 무찌르고 한중을 취하도록 맡겨보면 좋을 것이오."

조운과 몇몇은 공명이 하는 말을 듣자 냉소하면서 더는 할 말이 없는지 자리에서 물러났다.

이윽고 황충과 엄안은 병사를 이끌고 가맹관에 도착했다. 이를 본 맹달과 곽준은 두 노장과 원군을 업신여겼다.

"공명은 참 사람 보는 눈이 없구려. 이런 노장은 전쟁에 나가지 않아도 머지않아 죽어버릴 텐데…."

맹달과 곽준은 조소하면서 관문 수비대장 인수를 기꺼이 넘겼다.

황충과 엄안은 산 위에 깃발을 세우며 적에게 그 이름을 알렸다. 그러고 나서 황충은 넌지시 엄안에게 결의를 다지는 말을 속삭였다.

"소문 들으셨소? 여기저기서 우리 둘을 비웃고 있소이다. 우리 한번 힘을 모아 혁혁한 공을 세워 우릴 비웃는 놈들을 깜짝 놀라게 해봅시다."

두 장군은 굳게 맹세하고 출격했다.

그 모습을 보고 장합도 말을 걸터타고 나와 황충이 친 진을 향해 외쳤다.

"네놈은 그 나이가 될 때까지 살았으면서 창피한 줄도 모르고 어딜 나와서 싸우려 하느냐? 정말로 가소롭구나!"

황충은 노하며 맞받아쳤다.

"그대는 내가 늙었다고 웃지만, 손안에 쥔 칼날은 나이를 먹지 않았다. 내 칼을 받고 나서 어디 한번 큰소리쳐봐라."

황충은 말을 내달려 장합에게 과감하게 덤볐다. 장합도 쟁을 꼬나들고 20여 합쯤 기를 겨뤘다. 그러자 갑자기 뒤에서 엄안 병사가 나타났다. 엄안 군은 작은 길을 우회하여 장합 군 배후로 돌아가 황충과 함께 위군을 앞뒤에서 협공하니 장합 군세는 단번에 무너져 함성에 쫓기며 80~90리를 퇴각하고 말았다.

조홍은 또다시 장합이 패했다는 전갈을 듣자 노하면서 속히 죄를 물으려 했으나 또다시 곽회가 진언했다.

"지금 죄를 물으면 장합은 분명 촉나라에 항복할 것입니다. 그리되면 돌이킬 수 없습니다. 따로 대장을 보내 장합을 도와주고 어떻게든 적을 막아내는 게 상책입니다."

곽회는 조홍을 설득하여 하후돈 조카 하후상(夏侯尙)을 대장으로, 한현 아우 한호(韓浩)를 부장으로 삼아 5000여 기를 맡겨 장합을 지원하기 위해 파병했다.

새 지원군이 오자 장합은 힘을 얻었는지 장수들을 모아 회의를 열었다.

"황충은 비록 나이가 들었다고는 하나 사려 깊고 용맹할 뿐만 아니라 엄안도 필사적으로 협력하니 결코 얕볼 수 없는 상대요."

그러자 한호가 입을 열었다.

"내가 장사에 있었을 때 황충과 자주 접했소. 그자는 위연과 함께 내 형을 죽인 가증한 놈이오. 오늘 여기서 만난 건 하늘이 주신 기회니 반드시 원수를 갚고 말겠소."

한호는 미간을 찌푸리며 남다른 각오를 다졌다.

하후상과 함께 한호는 병사를 이끌고 진지를 세우며 이제나저제나 적을 기다렸다.

반면, 황충은 매일 주변 지리를 꼼꼼하게 조사하고 다녔다. 오늘도 지세를 살피며 걷던 중에 엄안에게 불현듯 어떤 생각이 떠올랐다.

"이 근처에 천탕산(天蕩山)이 있는 거 아시오? 그곳은 조조가 군량을 비축해두고 원대한 계획을 세운 곳이니, 그 산을 취하면 위군은 군량을 보급할 수단을 잃을 테니 한중에 머무를 수 없게 될 것이오."

엄안은 황충에게 천탕산 공략 계획을 상세하게 설명하기 시작했다.

3

엄안은 황충과 작전을 충분히 협의한 다음 군사를 이끌고 어디론가 떠났다.

황충은 하후상 군세가 다가온다는 소식을 듣고 진용을 정돈하며 기다리자 위군 속에서 한호가 선두에 나타나 쟁을 꼬나들고 달려 나오는 게 아닌가.

"역적 황충은 어딨느냐, 나와라!"

황충이 칼을 휘두르며 앞으로 나서자 하후상은 황충 배후를 노리며 잽싸게 움직였다.

형세가 불리하다고 느꼈는지 황충은 기회를 봐서 도망쳤다가 되돌아와 싸우기를 반복하면서 20리 정도 물러났다.

유인 작전이다.

하후상은 신이 난 듯이 쫓아가 황충 진지를 제멋대로 앗았다.

다음 날 전투도 비슷한 양상이어서 위군은 20리 정도 전진했으니 하후상은 대단히 의기양양해졌다. 한호도 기세를 올려 하후상 군세를 뒤따라 먼저 탈취했던 황충의 진에 도착하자 바로 장합을 불러 그곳을 지켜달라고 부탁한 다음 계속 전진하려 애썼다.

장합은 두 장수가 우쭐해하며 전진하는 모습이 적잖이 걱정되었는지 충고했다.

"황충 같은 명장이 이틀씩이나 연달아 지다니 믿기 어려운 일이오. 분명 뭔가 계략이 있을 터. 추격할 때는 꼭 조심하는 편이 좋겠소."

하후상은 이 말을 듣자 되레 화를 냈다.

"그대 같은 겁쟁이는 그저 적을 두려워하기만 하니 탕거산에 친 진을 뺏기고 수많은 인마를 잃으며 결국 볼썽사나운 꼴을 드러낸 것이오. 조용히 우리가 무공을 세우는 모습을 구경이나 하시오."

하후상은 장합이 부끄러운 나머지 얼굴을 붉히는 모습을 기분 좋게 바라보며 전진했다.

다음 날도 적은 20리 후퇴했다.

적은 연이어 패주한 끝에 결국 가맹관에 도망쳐 들어가서 이후로는 결코 안에서 나오지 않았다.

하는 수 없이 하후상은 관문 앞에 진지를 세웠다.

맹달은 그 모습을 보고 큰일이 났다며 현덕에게 부리나케 전갈을 보내 황충이 싸움에 나갈 때마다 져서 진지를 다섯 군데나 잃었다고 알렸다. 그 소식을 듣자 현덕은 놀라면서 공명에게 상의하자 공명은 태연하게 대답했다.

"놀라실 것 없습니다. 황충이 세운 교병지계(驕兵之計, 적을 교만하게 만드는 계책 – 옮긴이)입니다."

조운 등도 공명이 하는 말을 믿지 못했고 현덕도 불안했는지 몰래 유봉을 원군으로 보냈을 정도다.

유봉이 이끄는 부대가 가맹관에 도착하자 황충은 의아하게 여기며 물었다.

"무슨 일로 군사를 이끌고 예까지 오셨소?"

"아버님께서 장군이 고전한다는 소식을 듣자 저를 원군으로 보냈습니다."

황충은 빙긋이 웃으며 계략을 설명해주었다.

"교병지계네. 진지를 다섯 번이나 버린 이유는 적에게 잠시 빌려주고 군량 등을 비축하여 며칠 동안 패배로 입은 손실을 하루 만에 되찾기 위함이오. 오늘 밤에 보기 좋게 적을 쳐부술 터이니 구경이나 잘하시게."

곧이어 황충은 전투 명령을 내리며 전군을 재촉했다.

그날 밤, 황충은 5000여 기를 이끌고 진문을 열어 작전을 진두지휘하기 시작했다.

며칠 동안 촉군이 조용했던 탓에 위나라 군세는 이날 방심하여 곤히 잠에 곯아떨어졌다. 생각지도 못한 함성과 함께 5000여 기가 느닷없이 쳐들어오자 무기가 어딨는 줄도 몰라서 서로 손에 든 걸 빼앗기 급급했고 말을 바꿔 타는 등 대혼란에 빠져 참담하게도 황충 군세에 짓밟혔다.

하후상과 한호도 자기가 탈 말조차 제대로 찾지 못했고 가까스로 걸어서 도망쳤으니 하룻밤 사이에 모처럼 점령한 진지를 세 군데나 뺏겼을 뿐만 아니라 어마어마한 사상자를 냈다.

4

황충은 맹달에게 명하여 적이 버리고 간 군량, 무기 등을 운반시키는 한편 숨도 돌리지 않은 채 맹공을 퍼부었다.

"병사들이 꽤나 지친 것 같습니다. 잠시 휴식하시는 게 어떻겠습니까?"

유봉이 진언했으나 황충은 고개를 가로저었다.

"예부터 호랑이 굴에 들어가지 않으면 호랑이 새끼를 잡지 못한다고 하였소. 몸을 버려야 공훈도 명성도 오르는 법. 숨 돌릴 틈은 없소이다. 가자! 나를 따르라!"

황충은 스스로 앞장서며 아군을 힘차게 격려했다.

5000명에 달하는 정예들이 날 듯이 줄기차게 추격했다. 기세가 오른 날카로움에 흐트러져버린 위군은 당해낼 수조차 없었다.

의지할 만한 진지도 없는 상태로 무작정 패주를 이어 나가니 자기편 군사의 작은 움직임마저 두려워할 정도였고 결국 한수(漢水) 근처까지 퇴각해야만 했다.

한수에 들어가 정신을 차린 장합은 문득 생각나서 하후상과 한호에게 물었다.

"천탕산은 아군 군량을 상당량 비축한 곳이고 미창산(米倉山)과도 가까우니 모두 한중 군의 생명과도 같소. 만약에 천탕산을 적에게 빼앗긴다면 큰일이오. 한중은 순식간에 격파당할 테니…."

하후상은 머뭇거리지 않고 바로 답했다.

"미창산에는 백부 하후연이 대군을 이끌고 머물러 있으며 정군산(定軍山)과도 가까우니 걱정하실 것 없소이다. 천탕산에는 예전부터 형 하후덕(夏侯德)이 주둔 중이오. 우리도 다 함께 그곳에 가서 방어하는 편이 좋겠구려."

하여 하후상과 장합과 한호는 천탕산으로 발걸음을 옮겨 하후덕과 만났다.

"황충이 교병지계로 우리를 관문 앞으로 유인한 다음 기세를 몰아 역습하여 밤새 쫓아다녀 우리는 군량과 무기를 다 버리고 이곳까지 도망쳐 왔다오."

패전 상황을 주절주절 이야기하자 하후덕은 고개를 주억거렸다.

"좋소. 이 산에 10만 병사가 있으니 다시 가서 그 진지를 되찾으시오."

그러자 장합은 걱정스런 목소리로 말했다.

"공격해선 안 되오. 그저 천탕산을 지키며 적이 하는 행동을 감시하는 게 좋겠소."

그 말이 채 끝나기도 전에 갑자기 북소리와 함성이 여기저기서 들려와 진중이 어수선해졌다.

"황충 군이 쳐들어온다!"

저마다 외치는 소리도 들려왔다.

하후덕은 여유롭게 웃으며 대처했다.

"이곳에 쳐들어오다니 황충은 병법을 모르는구려. 그저 기세 오른 만용일 뿐…."

그러자 장합이 진심을 담아 충고했다.

"그렇지 않소. 얕봐서는 큰코다칠 것이오. 황충은 지략과 용맹함을 두루 갖춘 무장이오."

"무슨 소리! 촉군은 먼 길을 계속 싸우고 밤새 달려왔을 테니 피로가 극심할 것이오. 그런 때에 섣불리 이곳 요충지까지 쳐들어오다니 병법을 모르는 자만이 할 수 있는 멍청한 짓이오."

장합은 여전히 강경한 태도를 보였다.

"함부로 단정해서는 아니 되오. 분명 적에게는 계략이 있을 테니 이곳 진지에 대한 방비를 견고히 다지고 수비에 전념하여 나가서 싸우지 않는 게 상책이오."

모처럼 충고했으나 한호에게는 소용없었다.

"내게 3000여 기를 내주면 바로 돌격하여 노장 수급을 들고 돌아오겠소이다."

"장하다!"

하후덕은 기뻐하며 기꺼이 병사를 내주었다.

한호는 용감하게 3000여 기를 이끌고 한달음에 천탕산에서 내려갔다.

한편, 황충은 줄기차게 말을 달리며 멈출 줄을 몰랐다. 해는 이미 서산에 졌고 천탕산이 뽐내는 험준함도 갈수록 심해져서 잇달아 앞길을 가로막았다. 유봉은 이 정세를 보더니 황충에게 충고했다.

"날도 이미 저물었고 병사들도 갈수록 피로해질 뿐입니다. 추격하기보다는 일단 이곳에 머무르면 어떻겠습니까?"

5

황충은 유봉이 해주는 충고를 비웃었다.

"예부터 현명한 사람은 때에 따라 움직이고 지혜로운 사람은 기회를 보아 시작한다고 했소. 지금 하늘이 나를 도우며 신기한 공을 내려주시니 이를 받지 않음은 하늘의 뜻을 거역하는 짓이오."

황충이 이끄는 군세는 쏜살같이 산을 올라가며 북을 치고 함성을 질러 기세를 올렸다.

한호는 비탈길 중간에서 적군을 막았으며 말을 몰아 황충에게 도전장을 내밀었으나 되레 황충이 휘두르는 물레방아 같은 칼에 맞아 단칼에 쓰러졌다.

하후상은 한호가 베였다는 소식을 듣자 부리나케 병사를 이끌며 황충 군세에 접근했는데 갑자기 산 위에서 천지를 깨뜨릴 듯한 함성이 들리면서 진영 곳곳에서 불길이 치솟는 게 아닌가.

이때 군세 한 무리가 혹 쳐들어왔다. 진중에 있던 하후덕은 적잖이 놀라며 수하에게 명해 불을 진압하느라 눈코 뜰 새가 없었다. 이 모습을 지켜본 엄안은 칼을 휘두르며 들입다 덤벼들더니 하후덕을 베어 말에서 고꾸라뜨렸다.

그사이에 곳곳에서 피어오른 불길은 금세 봉우리를 태우고 골짜기를 가득 메우니 처절하기 그지없었다.

계략이 순조롭게 진행되는 걸 지켜보고 황충과 엄안은 마음을 합하여 앞뒤에서 협공하기 시작했다. 장합과 하후상은 이 공격을 막아내지 못했고 특히 하후덕과 한호가 전사한 걸 보고 힘을 잃어 앞다투어 천탕산을 버리고 정군산에 모여 하후연과 합류했다.

황충과 엄안은 이번 대승에 대한 기쁨을 나누며 즉시 성도에 승전을 알렸다. 현덕은 전갈을 받고 한없이 기뻐하며 여러 대장을 불러 전승을 축하하는 연회를 벌였다.

그 자리에서 법정이 앞으로 나왔다.

"옛날에 조조가 단번에 장로를 격파하여 한중을 평정했을 때, 그 기세를 몰아 촉나라를 공격하지 않고 하후연과 장합 두 사람을 남겨 한중을 지키게 하고 도읍으로 돌아갔던 적이 있습니다. 이는 촉나라를 취하려는 뜻이 없어서가 아니라 힘이 부족하다는 사실을 알고 자중한 처사입니다."

법정의 목소리는 당 안에 울렸고 늘어선 장성들도 어느새 법정이 하는 말에 귀 기울였다.

"지금 조조는 도읍에 있으며 내부에서 일어난 변란에 휘말려 밖으로 원정을 나가지 못하는데다 하후연과 장합은 한 나라 총수로서 기량이 상당히 부족합니다. 만약 촉나라에서 대군을 일으켜 주군께서 몸소 공격하신다면 한중을 취하는 일 따위 손바닥을 뒤집는 일보다 쉬울 것입니다."

일동은 조금이나마 이 말에 동요했다.

"한중을 공략한 후에는 군량을 비축하고 사졸을 정비하며 훈련 강도를 좀 더 높여야 합니다. 하여 왕실을 존중하고 험한 곳을 단단히 지키며 '조조 타도'라는 영원한 계획을 착착 진행해야 합니다. 오늘은 그야말로 하늘이 우리에게 내린 기회니 놓치지 말아야 합니다."

법정은 열이 오른 뺨을 흔들며 말을 마쳤다.

현덕은 법정이 주장하는 말이 지극히 옳다고 여겼다.

즉시 10만 군사에 동원령을 내리고 길일을 택해 출격하기 위해 철두철미하게 명령하며 준비했다.

때는 건안 23년 7월 가을이다.

현덕이 지휘하는 10만 군사는 조운을 선봉으로 하여 가맹관에 나가 진을 쳤다. 그런 다음 사자를 보내 황충과 엄안을 천탕산에서 불러들여 큰 상을 내리며 치하했다.

"여러 사람이 그대들을 늙은 무인이라 얕봤으나 공명은 두 사람이 가진 능력을 제대로 파악하고 적군에 보냈소이다. 그러자 보기 드문 공훈을 세웠으니 더할 나위 없이 기쁘오. 한중에 있는 정군산은 남정에서 유명한 요해며 적이 병참 기지로 삼은 곳이요. 만약 이 산을 빼앗으면 양평(陽平)으로 가는 큰길에는 이제 걱정이 없을 터. 그대가 한번 공략해보겠소?"

황충은 흔쾌히 명을 받들어 곧장 병사를 이끌고 출발하려는 참이었는데 공명이 끼어들었다.

"귀공은 용맹하나 하후연 상대론 역부족이오. 하후연은 육도삼략(六韜三略)에 통달하고 용병술도 탁월하며 기회를 보는 예리한 안목을 지녔소이다. 조조도 하후연이 지닌 실력을 제대로 간파하여 한때 서량을 맡긴 바 있고 이번에도 한중을 맡겼소이다. 비록 그대는 장합을 이기기는 했으나 하후연은 당해내지 못할 터. 그러니 형주로 돌아가시오. 관우를 불러들여 하후연과 맞붙게 하겠소이다."

절묘호사(絶妙好辭)

1

공명이 뜻밖의 말을 하자 노장 황충은 울분을 참지 못하고 정색하며 공명에게 대들었다.

"그 옛날 염파(廉頗)는 여든이 되어서도 쌀 1말과 고기 10근을 너끈히 먹어 치우고 천하 제후가 이를 두려워하니 감히 조(趙)나라 국경을 범하지 못하였소이다. 하물며 저는 일흔도 되지 않았는데 어찌 늙었다며 가벼이 여기시오? 제가 3000여 기를 이끌고 반드시 하후연 목을 베어 오겠소이다."

공명은 여전히 황충이 하는 말을 듣지 않았다. 황충이 몇 번이고 집요하게 간청하니 마침내 공명도 마지못해 몇 가지 조건을 내걸며 허락했다.

"굳이 가겠다면 법정을 감군(監軍)으로 동반하시오. 무슨 일이든 법정과 상의하고 신중하게 행동해야 하오. 경솔하게 움직여서는 아니 될 터. 나 또한 군사를 이끌고 거들겠소."

황충은 말 그대로 용감하게 일어나 병사를 데리고 분연히 출발했다.

그 일이 있은 후에 공명은 몰래 현덕을 찾아갔다.

"노장 황충을 그저 간단히 허락해서는 큰일 납니다. 말로 격려해야 책임을 한층 강하게 느끼고 상대를 다시 보게 마련입니다. 방금 황충 장군이 출발했는데 따로 지원군을 보냈으면 좋겠습니다."

공명은 현덕에게 허락을 구한 다음 즉시 조운을 불러들여 명했다.

"그대는 한 무리 군사를 이끌고 좁은 길에서 기습하여 황충에게 힘을 보태주시오. 만약 황충이 이기고 있다면 나서지 말고 패색이 짙을 때만 도와주시오."

유봉과 맹달에게는 3000여 기를 맡기며 산속 험준한 곳에 당당히 깃발을 세워서 아군 기세가 등등함을 드러내 보이는 한편 적을 현혹하라고 명했다. 엄안은 낭중으로 보내 장비와 위연 대신 험한 곳을 지키도록 지시했고 돌아온 장비와 위연은 한중 공략에 투입했다. 하변에 있는 마초에게는 사람을 보내 공명이 세운 계책을 전하는 등 완벽하고 질서 있게 차근차근 공략 준비를 진행했다. 공명이 한번 결정을 내린 후에는 일을 대단히 능숙하고 세련되게 진행하였다.

한편, 천탕산에서 쫓겨나 정군산으로 도망친 장합과 하후상은 하후연을 만나 진언했다.

"아군은 대장과 수많은 병사를 잃었습니다. 게다가 현덕이 직접 대군을 이끌고 한중을 취하러 온다고 하니 즉시 위왕께 원군을 요청해주십시오."

하후연은 화들짝 놀라며 이 일을 조홍에게 알렸고 조홍은 파발을 띄워 도읍에 있는 조조에게 번개같이 보고했다.

조조는 이 소식을 듣자마자 신하와 대장을 모아 긴급회의를 열었다.

그 자리에서 장사 유엽은 조조의 결의를 촉구했다.

"한중은 토지가 비옥하고 생산물이 다양하며 백성이 활기차니 나라 울타리라 할 만한 곳입니다. 만약 패해서 한중이 적의 수중에 들어가면 위나라는 심하게 흔들릴 것입니다. 황공하오나 대왕께서 몸소 수고를 아끼지 말고 어가를 몰아 전군을 지휘하셔야 마땅합니다."

조조는 끄덕이며 긍정적인 답변을 했다.

"예전에도 그대 말대로 하지 않았던 일을 지금 후회하던 참이다."

두말없이 즉각 40만 대군을 일으켜 7월에 도읍을 출발하여 9월에는 장안 땅을 밟았다.

조조 군은 장안에서 진용을 정비한 다음 전군을 세 부대로 나누었다.

주력인 중군에는 조조, 선봉대에는 하후돈, 후진에는 조휴를 배치하였다.

조조는 황금 안장을 얹은 백마를 탔고 옥으로 만든 재갈을 쥐었다.

비단 전포를 입은 무사가 주개(朱蓋, 머리 위에 드리우는 붉은 비단으로 만든 일산日傘 – 옮긴이)를 들었으며 좌우에는 금과(金瓜), 은월(銀鉞), 과모(戈矛)를 받들어 천자가 타는 수레다운 위용을 제대로 갖추었다.

용과 호랑이를 본뜬 근위병 2만 5000명이 다섯 부대로 나뉘어 각각 오색 깃발을 들고 용봉일월기(龍鳳日月旗)를 중심으로 늘어선 모습은 눈부시게 아름다운 동시에 천하를 흘겨보는 위용을 떨쳤으니 참으로 장관이었다.

2

현란한 군용은 엄숙한 분위기로 주변을 휩쓸며 동관(潼關)까지 전진했다.

조조는 멀리 수목이 우거진 곳을 바라보며 종자에게 물었다.

"저곳은 뭐라 부르느냐?"

"남전(藍田)이라 합니다. 저 숲속에 채옹(蔡邕)의 산장이 있습니다."

시종이 답하자 조조는 지나간 일을 떠올리며 산장을 방문하겠다고 알렸다.

조조가 채옹과 친분이 있었을 때 일이다. 채옹에게는 채염(蔡琰)이라는 딸이 하나 있었다. 인연이 닿아 위도개(衛道玠)에게 시집을 갔으나 달단(韃靼, 타타르 족-옮긴이)에게 사로잡혀 억지로 오랑캐 아내가 되고 말았다.

채염은 천지가 무너질 듯이 비탄에 빠졌으나 그사이 오랑캐 아이를 둘이나 낳았다. 그래도 이 사막으로 뒤덮인 불모의 땅에 밤낮으로 붙잡혀 지내니 고향이 그리워 눈물로 젖은 소매가

마를 때가 없었다.

특히 오랑캐가 즐겨 부는 가(笳)라는 피리 소리를 들을 때마다 향수가 짙어져 사모와 슬픔 속에서 18곡을 작곡했다.

이 곡이 어느덧 중국에 전해져 널리 퍼진 걸 조조가 우연히 듣고 그 심정을 가엾이 여겨 달단국에 사람을 보내 황금 1000냥을 주며 채염을 돌려달라고 교섭을 시도했다.

오랑캐 좌현왕(左賢王)도 조조가 기세를 떨친다는 사실을 알아서 마지못해 채염을 돌려주었다.

조조는 기뻐하며 채염을 동기(董紀)에게 소개하여 아내로 삼도록 했다.

지금은 뜻밖에 채옹의 산장이라는 말을 듣고 대군은 먼저 전진시키고 호위병 100기 정도만을 데리고 몸소 동기 집으로 발걸음을 옮기는 길이다.

조조는 방 안에 앉아 탈 없이 잘사는 걸 기뻐하며 주위를 둘러보니 벽에 한 비문의 그림이 눈에 띄었다.

"저 그림은 대체 무엇이냐?"

채염은 황송해하며 답했다.

"조아(曹娥)라는 자의 비문입니다. 옛날 화제(和帝) 시대에 회계(會稽) 상우(上虞)라는 곳에 조우(曹旰)라는 한 무당이 살았습니다. 조우는 무악(巫樂)이 뛰어난 자로 어느 해 5월 5일에 술에 거나하게 취해 배에서 춤을 추다가 실수로 강에 빠져 익사하고 말았습니다. 조우에게는 14살 먹은 딸이 있었는데 매일 밤 슬피 울면서 강가를 돌아다니다가 이레째 되는 날 밤에 끝내 딸도 물에 뛰어들었습니다."

조조는 감동한 듯 눈도 깜박이지 않으며 채염이 하는 이야기에 빠져들었다.

"그로부터 닷새째 되는 날 벌어진 일입니다. 딸이 아버지 시신을 업은 채 수면에 떠올랐으니 마을 사람은 아버지를 생각하는 딸의 효심에 놀랐으나 그 마음을 가엾이 여겨, 강기슭 근처에 고이 묻어주었습니다. 얼마 후 이 소문이 상우에 사는 영도상(令度尙)이라는 사람을 통해 황제에게 알려지자 효녀라며 감단순(邯鄲淳)에게 문장을 쓰라 명하시어 돌에 새겼습니다. 감단순은 그때 겨우 13살이었는데 붓을 들어 이 문장을 짓고서 한 자도 고치지 않았다고 합니다. 아버지 채옹은 이 이야기를 듣고 비석을 찾아가 문장을 읽으려 해보았으나 이미 해가 저물어 글씨가 제대로 보이지 않았습니다. 손가락으로 비석을 만져 글씨를 일일이 더듬어가며 읽은 다음 느낀 바를 여덟 자로 써서 비석 뒤에 써 붙여두었는데, 훗날 마을 사람들이 그 여덟 자를 비석에 새겼습니다. 저기 있는 게 바로 아버지가 쓴 붓 자취입니다."

채염이 가리키는 족자를 보니 과연 여덟 글자가 쓰여 있는 게 아닌가.

황견유부(黃絹幼婦) 외손제구(外孫韲臼)

조조는 이 문장을 읽고 나서 채염을 향해 물었다.

"그대는 이 여덟 자에 담긴 의미를 아느냐?"

채염은 볼을 붉히며 대답했다.

"아버지가 쓴 글이라 그 의미를 알고 싶기는 합니다만 아직 무슨 뜻인지 헤아리지 못했습니다."

3

조조는 자리에 있는 대장들을 휘 둘러보며 의미심장하게 물었다.

"누가 이 문장에 담긴 뜻을 말해보겠느냐?"

아무도 알지 못하는 듯 하나같이 고개를 푹 숙이고는 묵묵부답이다.

이때 한 사람이 일어섰다.

"제가 알 것 같습니다."

바로 주부(主簿) 직책에 있는 양수다.

양수가 글에 담긴 뜻을 설명하려 입을 열려는 순간 조조가 제지하고 나섰다.

"그렇구나. 당분간 말하지 마라. 나도 한번 고민해보겠다."

그길로 조조는 말을 걸터타고 산장 밖으로 나가버렸다.

잠시 후 미소를 머금은 채 돌아와 양수를 향해 물었다.

"그대 생각을 말해보라."

양수는 황송해하며 막힘없이 설명했다.

"글 속에 뜻을 감춘 은어(隱語)입니다. 황견(黃絹)은 실(糸)의 색(色)이니 한 글자로 쓰면 '절(絶)'입니다. 유부(幼婦)는 어린(少) 여자(女)니 '묘(妙)' 자입니다. 외손(外孫)은 여자(女) 아이(子)니 '호(好)'일 것입니다. 제구(齏臼)는 양념(辛)을 담는 그릇이니 '사(辭)'에 해당합니다. 죽 이어서 읽어보면 '절묘호사(絶妙好辭)'입니다. 감단순이 쓴 글은 뛰어나고(絶) 훌륭한(妙) 좋은(好) 말(辭)이라며 칭찬하는 뜻입니다."

조조는 상당히 놀라며 자기도 같은 생각이었다며 양수를 칭찬했다. 조조는 산장을 나와 본군을 쫓아 머지않아 한중에 도착했다.

한중에 있던 조홍은 공손히 조조를 마중했고 먼저 장합이 번번이 싸움에 진 사실을 알렸다.

조조는 온정을 베풀었다.

"장합만이 지은 죄가 아니다. 승패는 무인이 항상 걷는 길이니 어찌 질책하겠느냐?"

조홍은 현재 정세를 보고했다.

"현덕이 직접 대군을 지휘하고 황충에게 명해 정군산을 공격한 모양인데 하후연은 어찌 된 일인지 대왕께서 오신다는 말을 듣고 농성할 뿐 전투를 하지 않는 모양입니다."

이 말을 듣자 조조는 바로 명했다.

"그래서는 안 된다. 적이 도전하는데 싸우기를 주저하다니 분명 겁먹은 것이다. 사자를 보내서 당당히 나가 싸우라는 내 명령을 전하라."

그때 유엽이 곁에서 조언했다.

"하후연은 성미가 급한데다 강직하니 자칫하면 적이 세운 계략에 휘말려 당할 수 있습니다. 방금 내린 명령은 철회하시는 게 좋겠습니다."

하지만 조조는 충고를 듣지 않고 직접 왕명을 써서 정군산에 주둔하는 하후연에게 보냈다.

하후연은 곧 왕명이 떨어질 것이라 기대하던 참인지라 기뻐하며 친서를 열어보았다.

조칙을 내려 하후연에게 명한다.

모름지기 장수란 강직함과 유연함을 겸비하고 함부로 만용을 부려서는 안 되는 법. 장수는 용맹을 근본으로 삼고 지략으로써 실행해야 한다. 그저 용맹함만으로 임할 때는 어리석은 적을 상대할 때뿐이다.

나는 지금 대군을 이끌고 남정(한중)에 거하며 경의 묘재(妙才)를 보고자 한다. 부디 '묘재(하후연 자字)'라는 글자를 더럽히지 않도록 유념하라.

하후연은 용감히 일어섰다. 신속하게 병사를 정돈하고 장합을 불러들여 상의했다.

"지금 위왕께선 대군을 이끌고 한중에 계시며 내게 적을 치라고 명하셨다. 나는 오랫동안 정군산을 지키며 한번도 진정으로 승부를 겨루지 못해 그야말로 비육지탄(髀肉之嘆)이었다. 내일은 직접 나가 마음껏 싸워서 황충을 사로잡아 보이겠다."

장합은 이 결정을 위험하게 여기며 극구 말렸다.

"경솔하게 출격하지 마십시오. 황충은 지략과 용맹을 두루 갖춘데다 곁에 있는 법정은 전략에 밝은 자입니다. 다행히 이곳은 견고한 요해니 나가서 싸우기보다는 견고하게 지키는 편이 현명합니다."

한쪽 팔을 잃다

1

하후연은 불만스러운 표정으로 장합이 하는 말을 들었으나 이내 자신이 결심한 의지를 굽힐 수 없다는 듯 딱 잘랐다.

"나는 오래전부터 진지를 세워 이 땅을 지켜왔다. 이번 결전에서 만약 다른 장수에게 공을 빼앗긴다면 무슨 면목으로 위왕을 뵙겠느냐? 그대는 정군산을 지켜라. 나는 하산하여 결전을 벌이겠다."

이어서 하후연은 좌중을 둘러보며 명했다.

"누군가 앞장서서 적의 동태를 정찰하라."

하후상이 용맹하게 나섰다.

"제가 선봉으로 나가겠습니다."

"좋다. 그대가 선봉이 되겠는가? 황충과 싸우다가 거짓으로 패하는 척하며 퇴각하라. 내게 좋은 계략이 있으니 반드시 황충을 사로잡겠다."

하후상은 하후돈으로부터 경쾌한 격려를 받았다.

명대로 3000여 기를 이끌고 정군산에서 내려갔다.

그 무렵 법정과 함께 황충은 군사를 이끌고 정군산 기슭까지 전진하여 몇 차례나 공격을 시도했으나 위군은 농성하는지 꿈쩍하지 않았다. 곧장 밀어붙이기에는 산길이 험했고 혹시 적이 뜻밖의 계략을 세워놓았을지도 몰라 일단은 산기슭에 진을 펴고 이곳저곳에 척후병을 보내는 수밖에 없었다.

이윽고 한 척후병이 산 위에서 위병이 내려온다는 보고를 올렸다. 황충은 몸소 출진하려 했으나 대장 진식(陳式)이 극구 말렸다.

"노장군께서 직접 적을 상대하셔야겠습니까? 제게 1000기를 맡겨주시면 뒤로 난 샛길을 따라 산 위로 올라갈 테니 양쪽에서 적군을 협공하면 어떻겠습니까?"

황충은 흔쾌히 허락했다.

진식은 산 뒤쪽으로 돌아 함성을 지르며 우르르 밀어닥쳤고 하후상도 덤벼보라며 진식을 맞이했다.

잠시 후 하후상은 계략대로 일부러 패한 척을 하고 줄행랑을 놓았다. 진식은 이때다 싶어 더욱 기세를 올리면서 끈질기게 추격했다.

멀리서 그 모습을 지켜보던 황충은 적이 짠 계략임을 한눈에 파악하고 진식을 구하려 군사를 움직였으나 어찌하면 좋은가. 위군이 산 위에서 아름드리 나무를 휙휙 던지고 철포를 뻥뻥 쏘기 시작하는 등 진로를 방해해왔다.

그제야 진식도 적의 낌새를 느끼고 회군하려 노력했으나 이 기회를 엿보던 하후연이 놓칠 리 없다. 맹렬하게 진격을 시작해 진식을 사로잡고 말았다. 맙소사, 종당에는 진식 부하들도 위군에 항복하는 한심한 모습을 보이는 게 아닌가.

황충은 이 소식을 듣고 경악해 마지않았다. 맨 먼저 부리나케 법정에게 상의했다.

"하후연은 성급하고 만용이 심한 남자입니다. 사기가 떨어진 아군을 재차 격려하여 서두르지 말고 차례차례 진지를 세우면서 느긋하게 산 위로 밀어붙이면 하후연은 반드시 산에서 내려와 공격해 올 것입니다. 바로 반객위주(反客爲主) 병법입니다. 무릇 한자리에 머물러 적을 막아내는 일은 기운이 넘치는 병사로 지친 병사를 무찌르는 것과 같으니 공격하는 자는 약하고 방어하는 힘은 강하다고들 합니다. 만약 하후연이 오면 반드시 사로잡아 보이겠습니다."

황충은 이 충고에 따라 군사들을 격려하기 위해 은상을 베풀고 몸소 진지를 세워 며칠 동안 주둔했다가 또 진격하여 진지를 짓는 식으로 점차 산기슭을 향해 야금야금 나아갔다.

하후연은 이 광경을 뚫어져라 살피더니 마침내 적의 접근을 눈치챘다.

"이대로 있을 수는 없다!"

곧장 출격하려는 하후연을 장합이 극구 만류했다.

"반객위주 계책입니다. 함부로 나가서는 아니 됩니다. 나가 싸우다 보면 반드시 패배할 것입니다."

하후연은 장합이 해주는 충고를 귀담아듣지 않으며 하후상을 불러 적을 치라고 명령했다. 하후상은 기다렸다는 듯이 즉시 병사 수천을 이끌고 저녁 어스름 속에서 황충이 친 진을 공격했다.

안타깝게도 장합이 한 말대로 보기 좋게 적이 쳐놓은 계략에 말려들었으니 하후상은 그대로 황충에게 생포되었다.

위나라 군사는 혼비백산하여 뿔뿔이 흩어지며 하후연에게 보고했다.

"대장 하후상은 적의 포로가 되었습니다."

"아뿔싸!"

하후연은 그제야 사색이 되었다.

2

조카 하후상이 적에게 사로잡혔으니 하후연으로서는 내버려 둘 수 없는 노릇이다. 그렇다고 단숨에 공격하면 적이 하후상을 죽여버릴 염려가 있으니 가리산지리산하고 밤잠을 설치며 고민에 빠졌다.

그러다 결국 진식과 하후상을 교환하자는 생각까지 미쳤다.

먼저 황충에게 전언을 보냈다.

"진식은 우리 진에 살아 있다. 하후상과 교환하자."

"바라던 바다. 내일 진 앞에서 교환에 흔쾌히 응하겠다."

하여 협상이 극적으로 타결되었다.

다음 날이었다.

양군 모두 산간 어느 넓은 장소로 나와 각각 진을 쳤고 황충과 하후연은 몸소 말을 걸터타고 나와 만났다.

"위나라 장수 하후상을 데려왔소."

"촉나라 장수 진식을 돌려보내겠소."

서로 문답을 주고받은 다음 무장 해제된 두 사람을 벼락같이 교환했다.

"얍!"

포로 교환이 끝나자 황충과 하후연은 소리를 냅다 지르며 각각 아군 진지로 말 머리를 돌렸다.

맙소사! 하후상이 아군 사이로 들어가려는 찰나, 어디선가 공기를 가르는 화살 소리가 울리더니 하후상 등에 정확히 꽂혔고 하후상은 그 즉시 땅에 고꾸라졌다.

귀신같은 솜씨를 자랑하는 황충이 쏜 화살이다.

하후연은 노하며 황충을 향해 말을 내달려 10여 합을 겨뤘는데, 갑자기 위군 진지에서 퇴각을 알리는 징 소리가 울리더니 일제히 군사를 거두기 시작했다.

"아, 무슨 일이란 말인가."

하후연은 황충과 겨루던 승부를 포기하고 빈틈을 노려 되돌아가려 움직였으나, 황충은 적의 동요를 번개같이 알아차리고 기세를 더 몰아 압박했으니 위군은 처참하게 패하여 도망칠 수밖에 없었다.

가까스로 본진에 도달한 하후연은 거친 말투로 성을 내며 문책했다.

"머저리 같은 놈. 어째서 징을 쳤느냐?"

"그때 사방에 있는 산속에서 느닷없이 촉나라 군사가 일어나고 무수한 깃발이 하나둘 나타나 복병이라 판단하여 군사를 거두었습니다."

이런 대답이 돌아오니 화를 풀 데가 없어졌다.

그 후로 하후연은 성을 굳게 지키고 나오려 하지 않는 신중함을 보였다.

황충은 서서히 목을 조이듯이 정군산에 조금씩 다가갔으며 법정과 틈나는 대로 상의했다.

오늘도 법정과 함께 근처 지형을 조사하던 중이었는데 법정이 먼 산을 가리키며 의견을 제시했다.

"정군산 서쪽에 우뚝 솟은 산이 보이십니까? 산이 생긴 모양을 보니 사방이 험준해서 쉽게 오르기 어려운 곳 같습니다. 만약 저 산을 점령하면 정군산에 세워놓은 적진이 한눈에 보일 터. 적군 배치와 진용을 속속들이 파악할 수 있습니다. 그러면 정군산 공략도 한결 수월할 것입니다."

황충도 그 말을 새겨들으며 산세를 살펴보니 높이는 상당히 높고 정상이 분지처럼 평평해 보였으며 정상 부근에 몇 되지 않는 병사가 지키는 눈치다.

그날 밤 이경 무렵, 황충 군세는 징과 북을 울리고 함성을 지르며 기세를 있는 힘껏 올려가면서 정군산 서쪽을 공격하기 시작했다.

그곳은 위나라 부장 두습이 병사 수백과 함께 지켰으나 갑자기 촉나라 대군이 쳐들어왔다는 사실만으로도 싸우려는 시늉도 하지 않고 줄행랑을 놓았다.

식은 죽 먹듯 정군산 서쪽을 점령한 황충은 정군산 옆쪽이라는 장점을 십분 이용하여 적군을 정찰하느라 눈코 뜰 새 없이 바빴다.

법정은 적군을 철두철미하게 시찰한 결과를 바탕으로 전략을 세웠다.

"만약 적이 쳐들어오더라도 아군에게는 제자리를 지키도록 엄명하고 나중에 적이 물러나면 백색 깃발을 신호 삼아 장군께서 몸소 산에서 내려가십시오. 그다음 적을 덮치는데 적군 진형이 무너진 곳을 노려서 공격하면 됩니다. 이 계책은 이일대로지계(以佚待勞之計, 편안히 쉬면서 적이 피로해지기를 기다리는 전술 – 옮긴이)입니다. 반드시 적군 대장도 사로잡을 수 있을 것입니다."

황충도 이 말에 수긍하며 조속히 내일을 위한 사전 작업에 착수했다. 맨 먼저 적군 습격을 조장하기 위하여 산속 곳곳에 깃발을 세우고 병사를 움직이는 등 끊임없이 적군을 유도하기 시작했다.

3

두습은 산에서 도망쳐 내려간 다음 패군이 겪은 상황을 하후연에게 낱낱이 보고했다. 하후연은 맞은편 산에 적이 진을 친 이상 즉각 공격하지 않으면 아군에게 불리하다며 출진 준비를 서둘러 명했다.

장합이 그 사실을 알고 진심으로 간언했다.

"저 산을 점령한 건 분명 법정이 세운 계책일 것입니다. 장군,

나가시면 아니 됩니다."

하후연은 거세게 반박했다.

"무슨 말이냐? 황충은 지금 맞은편 산꼭대기에서 매일 우리 진의 허실을 엿보며 관찰한다. 저놈들을 쳐부수지 않고 내버려 두면 우리 군은 나날이 불리해질 터."

장합은 갖은 말로 뜯어말렸지만 결국 하후연은 병력 중 절반에게는 본진 수비를 명했고 나머지 절반을 데리고 황충이 주둔하는 산으로 발걸음을 옮겼다.

산기슭으로 몰려가 적진을 향해 욕지거리를 퍼부어댔으나 황충 군은 쥐 죽은 듯 조용하여 출격할 낌새가 보이지 않았다.

법정은 산 위에서 살그머니 이 광경을 지켜보다가 위군이 느끼는 피로가 심해져 대부분이 말 위에서 꾸벅꾸벅 졸기 시작할 즈음, 지금이 기회라며 백기를 흔들어 신호를 보냈다. 이 신호를 기점으로 산 위에서 대기하던 황충 군세가 북을 치고 각적을 불며 밀물같이 진격을 시작했다.

황충은 지금이 바로 건곤일척의 싸움을 벌일 때라 판단했다.

눈을 부릅뜨고 진두에 말 머리를 세워 맹렬한 기세로 돌격하니 혼란에 빠진 위군은 반격조차 제대로 하지 못했다. 그 기세를 몰아 황충이 휘두르는 큰 칼이 번쩍하는 순간 하후연은 목부터 어깨에 걸쳐 두 동강으로 싹둑 잘려버린 게 아닌가!

이 광경을 지켜본 위나라 군세는 모래 산처럼 무너져서 우왕좌왕 꽁지를 빼기에 바빴다. 황충은 승리 기세를 몰아 공격 태세를 늦추지 않은 채 정군산에 쳐들어갔다.

장합은 충고가 받아들여지지 않은 점을 안타깝게 여겼지만 후회해도 소용없으니 군사를 정돈하여 위풍당당하게 맞서 싸웠다. 황충이 진식을 적의 배후로 보내 양쪽에서 협공을 펼치자 장합은 오래 버티지 못하고 본진으로 도망치려 애썼다.

그러자 정군산 옆에서 대장을 앞세운 한 무리 군사가 떡하니 나타났다. 놀란 장합이 선두에 내걸린 큰 깃발을 보니 '조운'이라는 글자가 큼직막하게 쓰여 있는 게 아닌가.

조운까지 이곳에 쳐들어온 상황이니 퇴로마저 잃을지도 모른다. 한시라도 빨리 정군산 본진으로 돌아가 진용을 정비하고 새로운 작전을 세워야 한다. 장합이 다른 길로 퇴각하려는 순간 두습이 패군을 이끌고 도망쳐 와서는 다급하게 알렸다.

"정군산에 친 본진은 지금 촉나라 대장 유봉과 맹달에게 뺏겨버렸습니다."

"아…. 어쩔 수 없구나…."

장합은 낙담한 나머지 정신을 잃을 뻔했지만, 두습과 함께 가까스로 한수로 도망쳐 그곳에 새로운 진지를 세웠다. 패장 두 사람은 보기에도 딱한 모습이다.

두습이 장합에게 한마디 충고했다.

"하후연이 전사했으니 지금 이 진지에는 대장군이 없는 상태입니다. 이대로 있다가는 인심도 동요할 우려가 있습니다. 그러므로 귀공이 임시로 도독(都督)을 자청하여 사람들을 안심시켰으면 합니다."

장합도 이 의견에 찬성하며 조속히 파발을 띄워 조조에게 상황을 보고하였다.

조조는 전갈을 받자마자 아연실색하며 하후연의 죽음에 소리 높여 통곡했다.

그제야 조조는 전투를 시작했을 때 관로에게서 받은 점괘가 떠올랐다.

"삼팔종횡(三八縱橫)이란 건안 24년을, 누런 돼지가 호랑이를 만난다는 말은 기해년(己亥年)을 가리키는구나. 정군 남쪽에서 한쪽 팔을 잃는다는 말은 나와 하후연이 형제 같은 사이임을 의미한 것이로구나…."

조조는 감탄해 마지않았다.

"정말 유례를 찾기 어려운 용한 점쟁이로구나. 관로에게 사람을 보내 다시 한번 불러들여라."

조조는 관로를 찾으라고 명했으나 이미 예전에 살던 곳에는 없었고 행방도 묘연하다는 보고를 받았을 뿐이다.

조자룡

1

하후연 목을 벤 건 노장군 황충에게 평생에 누릴 수 있는 최고 영예였다.

황충은 역시나 기쁜 기색을 감추지 못한 채 가맹관에 있는 현덕에게 하후연 수급을 바쳤다.

"한번 보십시오."

현덕은 당연히 그 공을 극찬했다. 즉시 황충을 정서대장군(征西大將軍)에 봉하고 그날 밤 성대한 주연을 베풀어주었다.

"노장 황충을 축하해야겠소."

그 순간 전선에 있던 대장 장저(張著)가 보낸 급보가 날아들었다.

"하후연이 전사했다는 소식을 들은 조조가 품은 원한은 보통이 아닙니다. 선진에 서황을 세우고 몸소 20만 기를 거느리며 살기등등하게 한수까지 다가왔습니다. 무슨 생각인지 한수에서 병마를 멈추고 미창산에 있는 군량을 북산(北山) 쪽으로 옮기는 모양입니다."

공명은 그 즉시 정세를 판단하여 대책을 마련했다.

"20만이라는 대군을 이끌고 왔으니 조조는 아마도 군량이 바닥날 걱정을 하여 미리 식량 확보에 신경 쓰는 모양입니다. 다시 말해 조조는 어디가 약점인지 스스로 폭로하는 것이나 마찬가지입니다. 지금 아군 부대를 깊숙이 국경 밖으로 잠행시켜 적이 애지중지하는 그 병참을 빼앗는다면 이번 싸움에서 으뜸가는 훈공을 세울 수 있을 것입니다."

곁에서 가만히 듣고 있던 황충이 자원했다.

"군사, 제게 명해주십시오. 재출진하여 제가 그 작전을 눈앞에 실현해 보이겠습니다."

공명은 냉정하게 고개를 저었다.

"노장군, 적장 장합은 하후연과 차원이 다르오. 하후연은 단순한 용장이나 장합은 그리 단순하지 않소이다."

황충은 늙은 눈을 반짝였다. 그러고는 자신에게 그 어려운 일을 맡겨달라고 집요하게 청했다. 공명은 황충이 온갖 큰소리를 치게 한 다음에야 겨우 승낙했다.

"정 그러시다면 부장으로 조운을 데려가시오. 무슨 작전이든 조운과 상의한 다음에 실행하시오."

비록 허락은 했으나 여전히 불안하다는 듯한 말투다.

그래도 황충은 용감하게 일어나더니 자리에서 물러났다. 한수까지 왔을 때 조운이 황충에게 조심스레 물었다.

"장군께선 이번 일을 흔쾌히 맡으셨는데 대체 어떤 묘책을 가지고 계시오?"

"묘책이라니? 그런 건 애당초부터 없소이다. 그저 성사되지 못하면 죽음뿐. 이 늙은 황충은 비단 이번뿐 아니라 싸움에 임할 때마다 언제나 이런 마음가짐이라오."

"아니, 장군을 그런 위험한 전장에 내버려 둘 순 없소. 선진은 내가 맡겠소이다."

"무슨 말이오? 굳이 이 일을 맡겠다고 청한 내가 선진에 서는 게 당연한 법. 그대는 부장이니 후진에 서는 게 좋겠소."

"같은 주군을 모시고 똑같이 충의를 다하는데 주장과 부장을 차별할 것까지야…. 그러면 선진과 후진은 제비를 뽑아서 정하면 어떻겠소?"

"제비? 좋소이다."

하여 두 사람은 제비를 뽑았다. 황충이 '선(先)', 조운은 '후(後)'를 뽑았다.

"만약 내가 오시까지 적지에서 돌아오지 않는다면 그때는 꼭 원군을 보내주시오."

황충은 한 무리 군사를 이끌고 적진 경계 깊숙이 파고들어 갔다. 조운은 황충 군을 배웅한 후에 마음이 불편하다는 듯이 부하 장익에게 지시했다.

"노장군이 오시까지 돌아오지 않으면 나는 곧장 한수를 건너 무턱대고 적진을 파고들 것이다. 그러면 그대는 본진을 지키되 함부로 움직여서는 안 된다. 이 말을 꼭 명심하라."

한편, 노장군 황충은 불과 수하 500명을 데리고 새벽에 한수를 건너 해 질 녘에는 적의 병참 본부인 북산 기슭에 조용히 다가가 산 위쪽 상황을 살폈다.

"울타리는 빈틈없으나 수비는 허술하구나. 가라! 달려 올라가 온 산에 있는 군량에 불을 질러라!"

노장군 황충은 쉰 목소리로 준엄하게 명령을 내렸다. 이 명령을 듣자마자 촉나라 병사는 득달같이 아침 안개를 뚫고 곳곳에서 울타리를 부수며 달콤한 잠에 빠진 위병의 꿈을 놀라게 했다.

2

멀리 한수 동쪽에 진을 치던 장합은 그날 아침 북산에서 피어오르는 연기를 보고 화들짝 놀랐다.

"어이쿠, 큰일이다."

즉시 몸소 앞장서 북산으로 달려왔을 때는 이미 온 산에 숨겨둔 군량 창고는 불꽃에 휩싸인 뒤였고 여러 산길과 비탈진 길에서는 촉군과 위군이 어지럽게 뒤섞여 싸우는 중이다.

"아뿔싸!"

장합은 발을 동동 굴렀다.

"이리된 이상 괘씸한 촉나라 잡병들을 짓밟고 수장 황충의 목이라도 바치지 않으면 위공께 면목이 서지 않는다. 안 그래도 황충은 하후연을 친 원수니 반드시 처치해야 한다."

장합은 그 어느 때보다 부하를 더 격려했다.

산 위아래로 시뻘겋게 나무와 풀이 불타는 가운데 서로 맞붙고 찌르는 등 피비린내 나는 백병전은 해가 정수리 높이 뜰 때까지 이어졌다.

이미 이 소식은 바람을 타고 조조 본진에 전해졌으며 그곳에서도 북산에서 피어오르는 검은 연기가 또렷이 보였다.

"서황, 가라!"

조조는 북산에 원군을 보냈다.

이때 이미 사시(巳時)가 지난 시각이었다. 한수 저쪽에서 아침부터 마른침을 꿀꺽 삼키던 조운이 결심했다.

"오시까지는 조금 남았지만, 하늘에 검은 연기가 보인 지 오래다. 이제 노장군 황충의 안부를 알아봐야 할 때다."

조운은 부하 장익에게 당부했다.

"아까 말한 대로 그대는 요새 사이사이에 쇠뇌(쇠로 된 발사 장치가 달린 활로 여러 개 화살을 연달아 쏠 수 있음 - 옮긴이)를 배치하고 적이 다가올 때까지 함부로 움직이지 마라."

그리고 나서는 군사 3000명을 조용히 손짓해 부르더니 들을 달리고 강을 넘어 곧장 북산에 피어오르는 검은 연기를 향해 돌진했다.

"게 서라. 어디로 가느냐?"

문빙 수하 모용렬(慕容烈)이라는 자가 힘을 자랑하며 조운을 가로막았다.

"기특한 놈. 마중을 다 나왔구나."

조운은 단 한 번 창을 내질러 모용렬을 저승으로 보내버리고 피보라 속을 헤치며 달려 나갔다.

"오, 아군인 줄 알았더니 새로운 적이로군. 대장은 나와라!"

북산 기슭 근처에서 중후한 부대를 이끌며 조운을 불러세우는 자가 있었다. 그자는 스스로 이름을 밝혔다.

"나는 위나라 대장 초병(焦炳)이다."

조운은 기세등등하게 앞으로 나섰다.

"먼저 온 초나라 군세는 어딨느냐?"

초병은 껄껄 웃어젖혔다.

"무슨 잠꼬대를 하느냐? 황충을 비롯한 촉나라 잔챙이들은 한 놈도 남김없이 처죽였다. 네놈도 이곳에 뼈를 묻으러 발걸음 한 모양이구나."

그러면서 말 위에서 날카로운 세 갈래로 나뉜 칼을 뻗었다.

"정말이냐!"

조운은 상대를 향해 있는 힘껏 소리를 내질렀다.

"그러면 복수전을 시작해야겠다."

조운은 초병 가슴팍에 푹 하고 창끝을 찔러 넣더니 넓디넓은 하늘을 향해 던져 올렸다.

"조자룡이 여기 있다는 걸 모르느냐?"

이리 외치면서 위군 한가운데를 향해 과감하게 돌진해 들어갔다. 병사와 연기가 뒤섞여 소용돌이치는 가운데 단 하나 조운의 그림자만이 당당하게 무수한 창칼을 짓밟고 피보라를 뿌리며 뛰어다녔다.

그사이에 장합과 서황이 친 포위도 돌파했으니 그 누구도 조운 앞에 함부로 말을 세울 수 없었다.

"조 장군이다!"

"조 장군이 왔다!"

북산 이곳저곳에서 적에게 포위당해 전멸 직전까지 갔던 황충 군은 조운이 구하러 왔다는 사실을 알아채자 저도 모르게 환호작약하며 하나둘 괴어들었다.

500명에 달했던 병사는 3분의 1로 줄어든 모양이다. 그래도 그중에 황충 얼굴이 보여 반가웠다. 조운은 말을 몰아 황충 앞으로 다가갔다.

"노장군, 약속한 대로 마중 나왔소. 이제 안심하시오."

그러더니 단번에 전장으로 달려 나갔다.

그 와중에도 황충은 계속 뒤를 돌아보며 부하 장저가 보이지 않는다고 한탄했다. 그 말을 듣자 조운은 되돌아가서 혈로를 뚫어 장저를 구해 돌아왔다.

그날 높은 곳에 올라 전황을 지켜보던 조조는 두 눈이 휘둥그레졌다.

"저자는 상산의 조자룡이구나. 자룡 외에 저렇게 싸우는 자는 없다. 경솔하게 나서지 마라."

조조는 다급히 북을 쳐서 아군에게 쓸데없이 목숨을 버리지 말라고 경고했다.

3

술렁이는 아군을 정리한 다음 조조는 한수 한편에서 진용을 재정비했다. 그러고 나서 몸소 진두에 섰다. 그동안 부하들이 당한 패배를 설욕하려는 모양이다.

솜씨 좋게 황충과 장저를 구해내고 성채로 돌아온 조운은 서로 무사함을 기뻐하고 오늘 이룬 승리를 축하하며 축배를 준비하라고 명했다.

"되돌아보면 위험한 싸움이었다."

이때 후진에 있던 장익 군세가 흙먼지를 날리며 도망쳐 오는 게 아닌가. 돌아온 건 둘째 치고 몹시 당황한 듯 보였다. 앞다투어 말 머리를 들이밀더니 다급하게 외쳤다.

"큰일 났다. 어서 문을 닫아라. 다리도 올려야 한다."

마치 우레 소리가 무서워 귀를 막는 아녀자처럼 부들부들 떨었다.

조운이 축배를 들기 전에 이 소동을 들은지라 부하를 시켜 일에 대한 경위를 물어보았다.

"무슨 일이냐?"

"큰일입니다. 조조가 왔습니다. 직접 대군을 이끌고 이리로 몰려옵니다. 조조의 군세 수만 기가 살벌한 기세로 새까맣게 한수를 넘어온단 말입니다."

그러자 조운은 눈에 쌍심지를 켜고 장익이 내보인 비겁함을 호되게 꾸짖었다.

"그 옛날 장판에서 조조 군 80만을 지푸라기처럼 쓸어버린 게 누구였는지 잊었느냐!"

조운은 장익 외 다른 사람들도 일일이 격려했다.

"모든 진문을 적을 향해 활짝 열어라. 궁수는 해자 안으로 들어가 준비하라. 깃발은 내리되 북은 치지 마라. 수풀처럼 조용히 기다리고 설사 적이 눈에 보이더라도 숨소리조차 내면 안 된다."

하여 잠시 후 정적에 빠진 성안에서 나와 또각또각 해자 다리를 건너는 말발굽 소리가 묘하게 높이 울려 퍼졌다.

보아하니 조운이 단신으로 창을 꼬나든 채 그곳에 서 있는 게 아닌가. 손차양하고 멀리 바라보니 위나라 대군이 몇 리에 걸쳐 누런 먼지를 일으키며 까맣게 몰려오는 모습이 보였다.

하지만 구름처럼 달려오던 군세도 성 부근에 이르러서는 딱 멈췄으며 그저 파도 소리 같은 함성을 지를 뿐이다.

"적의 성을 보니 낌새가 수상하구나."

"마치 사람이 없는 것처럼 조용하군. 문도 활짝 열려 있고."

"누군가가 혼자 해자 다리 위에 서 있는 것 같은데 설마 인형은 아니겠지?"

"뭔가 깊은 계략이 있음이야. 함부로 다가갈 수 없겠다."

위군 선봉대는 의심과 불안에 사로잡혀 더는 앞으로 전진하지 못했다.

"무얼 머뭇거리느냐?"

중군에 있던 조조는 몸소 진 앞으로 나와 계속 전진하라고 재촉했다.

해는 어느덧 기울어 석양판이 지나고 어둑어둑한 초저녁이 되었다. 저녁 안개를 뚫고 서황 부대가 거친 함성을 내지르며 돌진해 왔다. 장합 군세도 서황 부대 못지않게 진격했다.

위군의 어떤 움직임에도 조운은 다리 위에서 꼼짝도 하지 않았다. 서황도 장합도 소름이 끼쳤는지 도중에 황급히 말 머리를 돌리려는 순간. 조운이 말문을 열었다.

"위나라 사람들아, 모처럼 예까지 왔는데 아무 말 없이 도망가는 법이 어딨느냐? 가지 말고 잠시만 기다려라."

뒤에서 조조까지 달려오자 장합과 서황도 다시 용기를 쥐어짜 해자 근처로 슬그머니 다가갔다. 이때가 바로 활쏘기에 알맞은 거리라 여겼는지 조운이 아래를 향해 뭐라고 외치자 바로 해자 그늘에서 무수한 화살이 땅을 스치듯이 날아왔다.

위나라 병사와 말은 거짓말처럼 픽픽 쓰러져갔다. 조조는 간담이 서늘해져 줄행랑을 놓았다. 이미 때는 늦었고 촉나라 별동대가 미창산 옆길로 우회해 치고 들어왔고 또 다른 부대도 북산 기슭에서 꾸역꾸역 쏟아져 나왔다. 아뿔싸, 되돌아보니 진 곳곳에서 불길이 타오르는 게 아닌가. 조조는 서둘러 퇴각했으나 당연히 성안에서 조운 이하 전군이 나와 추격했으니 한수에 다다르자 곳곳에서 물에 빠져 죽는 자나 칼에 맞아 죽는 자가 속출했다.

둘째 아들 조창

1

미창산 옆길로 돌아 한쪽에서 치고 나와 위나라에 크나큰 타격을 입힌 사람은 촉나라 유봉과 맹달이다.

물론 이 별동대는 공명이 내린 지시를 받고 먼 길을 돌아 적도 아군도 예측하지 못한 지점에서 황충과 조운을 도우러 감쪽같이 나타났다.

그렇다 치더라도 두 사람이 세운 공은 혁혁했다. 특히 조운이 보인 활약이 눈부셨는데 평소에 조운을 잘 아는 현덕마저도 혀를 내두를 지경이었다.

"온몸이 간담인 것 같구나."

그 후에 적 상태를 알아보니 예상외로 병력 손실이 심하여 제아무리 조조라 할지라도 바로 재기하지는 못했고 멀리 남정 근처까지 퇴각했다.

'이 치욕을 반드시 갚으리라.'

조조는 서둘러 병력 증강에 온갖 정성을 쏟았다.

이곳에 파서 탕거 사람으로 이름은 왕평(王平), 자는 자균(子均)이라는 자가 있었다. 이 주변 지리에 밝다고 정평이 나 조조에게 아문장군(牙門將軍)으로 등용되어 지금은 서황 휘하 부장으로서 함께 한수 기슭에 서서 다음 결전을 계획하였다.

"강을 건너 진을 칩시다."

서황이 주장했으나 왕평은 반대하고 나섰다.

"물을 등지면 불리하오."

"한신도 배수진을 펼쳤음을 모른단 말이오? 손자도 말했소이다. '사지(死地)에 생(生)이 있다'고. 그대는 보병을 이끌고 기슭에서 막으시오. 나는 기마병을 지휘하여 적을 단숨에 쳐부수리다."

마침내 서황은 배다리를 띄워 한수를 건너갔다.

맞은편 강가로 넘어가면 반드시 촉나라 군세가 북을 울리며 닥쳐올 것이라 예상했으나 막상 와보니 화살 1대 날아오지 않았다. 서황은 조금 맥이 빠졌으나 적이 애써 쳐놓은 울타리를 파괴하고 참호를 메꾸며 마음껏 적진을 휩쓴 다음 해 질 녘이 되자 촉군 진을 향해 가진 화살 전부를 새까맣게 퍼부었다.

이날 황충과 조운은 현덕 곁에 서서 적이 저지르는 만행을 가만히 두고 보다가 중얼거렸다.

"아하…. 저리도 화살을 낭비하는 모습을 보니 서황 군세는 밤이 오기 전에 물러나려는 모양입니다."

"퇴로를 차단할 기회는 지금입니다."

두 사람은 몸이 근질거렸다.

현덕도 눈치챘는지 황급히 명령을 내려 황충과 조운을 전장으로 출진시켰다. 용감하게 일어선 황충과 조운은 이윽고 해가 지는 들판에서 병사를 야금야금 움직이기 시작했다.

"겁쟁이 같으니라고. 버티지 못하고 이제야 나타나셨군."

서황은 촉나라 군사를 보더니 마치 굶주린 호랑이처럼 그동안 쌓인 피에 대한 갈증을 단번에 풀려는 듯이 덤벼들었다.

"황충이다. 늙은이가 또 도망치는구나."

적진에서 휘날리는 깃발을 보고 서황은 떨쳐 일어났다. 황충 군세는 북을 울리고 함성을 지르는 등 잠시 기세등등해 보였으나 금세 사기가 꺾이는가 싶더니 거미 새끼들처럼 저녁 어스름 속으로 스멀스멀 도망쳤다.

"도망치는 실력 하나는 끝내주는군. 위나라 서황이 그리도 두렵단 말이냐!"

서황은 일부러 적을 희롱하면서 어떻게든 황충을 붙잡으려 시도하다가 불현듯 배후에서 적군이 움직이는 기척을 느꼈다.

앗! 정신을 차리고 뒤돌아보니 한수에 쳐놓았던 배다리가 활활 불타오르는 게 아닌가. 어리석게도 적에게 퇴로를 차단당한 꼴이다. 서황은 부리나케 말 머리를 돌리며 전군에 우렁찬 목소리로 명령을 내렸다.

"걸어서라도 도강하라! 전군, 퇴각하라!"

이때 강가에 늘어선 초목들이 일제히 촉나라 군사로 변하더니 앞에는 조자룡, 뒤에는 황충이 올가미를 조이듯이 위군을 포위하며 외쳐댔다.

"한 사람도 살려 보내지 마라!"

서황은 가까스로 위기를 넘기고 제 몸 하나 간수하며 한수

맞은편까지 도주했다. 서황은 이번 패전에 대한 책임을 왕평에게 떠넘기며 그 죄를 묻는답시고 질책했다.

"어째서 그대는 후방에서 나를 돕지도 않고 배다리가 불타는 걸 그저 보고만 있었소이까? 이 사실을 위왕께 상세히 보고하겠소이다."

"…"

왕평은 서황이 해대는 비난을 묵묵히 참아냈다. 왕평은 이미 의견이 엇갈렸을 때부터 서황의 무능함을 경멸하고 위군을 버릴 생각이었는지 그날 밤늦게 진지에 불을 붙여놓고 부하와 함께 몰래 빠져나와 한수를 넘어 촉나라에 투항해버리고 말았다.

"부르지도 않았는데 왕평이 항복해 온 건 내가 한수를 취할 전조가 아니겠는가."

현덕은 왕평을 받아들여 편장군(偏將軍)으로 봉한 다음 길잡이로 중용했다.

2

서황은 자신이 저지른 실책을 다 왕평에게 덮어씌웠다. 조조는 노발대발하며 다시 한수 전면에 중후한 진을 펼쳤다.

한수를 사이에 두고 현덕과 공명은 나란히 서서 적군의 움직임 하나하나를 냉정하게 바라보았다.

공명이 먼저 입을 열었다.

"이 강 상류에는 일곱 언덕으로 둘러싸인 산지가 있는데 그 모양이 연꽃 같습니다. 일곱 언덕 안쪽은 분지라서 많은 병사를 숨기기에 안성맞춤입니다. 징과 북을 든 병사 600~700명을 그 산지에 매복시켜두면 나중에 큰 도움이 될 것입니다."

"누구를 보내면 좋겠소?"

"만약 적에게 들키면 모조리 전멸당할 우려가 있으니 조운을 보내는 수밖에 없습니다."

다음 날 날이 밝아오자 공명은 또 다른 봉우리에 올라 위나라가 펼친 진형을 요모조모 살폈다. 이날 위나라 한 부대가 강을 건너와 끊임없이 활을 쏘고 징을 울리며 욕설을 퍼부었으나 촉군은 눈썹 하나 까딱하지 않았다. 위군도 더는 선불리 도발하지 않았다. 밤이 찾아오면 진으로 발걸음을 돌려 희미하게 횃불을 피운 채 자중하였다.

갑자기 한밤의 깊은 정적을 깨트리는 석포 소리가 울려 퍼졌다. 징 소리, 북소리, 함성 등이 하나가 되어 한순간 천지를 울렸다.

"와…."

"야습이다."

"아니, 적은 안 보인다."

"가깝지는 않으나 멀지도 않다?"

전군이 이편저편에서 야단법석을 떨었다. 조조는 불안한 마음으로 주변 일대 어둠을 찬찬히 둘러보았으나 아무것도 발견하지 못했다.

"함부로 소란 피우지 마라. 떠드는 병사들을 재워라."

잠시 후 조조도 잠자리에 들었으나 또다시 굉음이 울렸다.

어디선가 함성도 들려왔다. 대체 어디서 나는 소리인지 도통 짐작할 수 없었다.

사흘 동안 매일 밤 이런 일이 벌어졌다. 조조는 잠이 부족한 나머지 군사들이 낮에 피곤한 표정을 짓는 걸 보고 덜컥 위기 감을 느꼈다.

"이래선 도저히 안 되겠군."

황급히 30리 정도 뒤로 물러나 광야 한복판에 다시 진지를 세웠다.

공명은 입가에 부드러운 미소를 지었다.

"조조가 귀신에게 홀린 모양이로구나…."

밤마다 들린 포성과 징 소리는 말할 것도 없이 상류 분지에 숨은 조운 군이 하는 짓이다.

나흘째 밤이 새니 어느새 촉군 선봉과 중군은 도강하여 한수 를 배후로 진지를 세워두었다.

"뭐라, 배수진을 펼쳤단 말이냐?"

조조는 의아해하는 한편 적이 다진 결의가 보통이 아님을 깨 닫고 건곤일척 촉나라와 위나라 승부를 가리겠다는 뜻으로 현 덕에게 전서(戰書)를 띄웠다.

내일 오계산(五界山) 앞에서 만납시다.

전서, 다시 말해 결전장이다. 현덕도 기꺼이 승낙했다. 다음 날 촉군은 전진하면서 촉군다운 위풍을 온갖 군악과 깃발로 과 시했다.

불현듯 진홍금수(眞紅金繡)가 불타는 듯한 위왕기를 중심으로 용과 봉황 깃발을 나란히 세우고 북소리 1번에 여섯 걸음을 걸으며 당당히 저쪽에서 다가오는 무리가 있으니 위나라 대군이다.

"현덕, 있느냐?"

채찍을 든 조조가 말 위에서 손짓해 불렀다. 현덕은 촉군 진에서 유봉과 맹달을 좌우에 거느린 채 말을 몰고 나왔다.

"조조, 오랜만이구나. 그대는 허무하게 오늘 죽을 셈인가?"

조조는 방발하며 맞받아쳤다.

"닥쳐라. 나는 그대가 저지른 배은망덕함을 꾸짖고 대역죄를 물으러 왔을 뿐이다."

"나 현덕은 대한 황실의 종친이다. 가소롭구나. 네놈은 누구냐? 함부로 천자 권위를 참칭하는 도적이 아닌가. 오늘이야말로 네놈이 저지른 대역죄를 벌하겠노라."

전선이 몇 리에 이르는 대야전이 펼쳐졌다. 오시가 지날 때까지 위나라가 대승하는 분위기를 탔다. 촉군은 마구를 버리면서까지 앞다투어 패주했다.

"쫓지 마라. 징을 울려 퇴각시켜라."

조조는 성급하게 군을 거두었다. 위나라 장수들은 의아해했으나 조조는 촉군이 일부러 패주하는 것으로 보고 신중한 판단을 내린 것이다.

역시 조조가 예상한 위군이 물러나자마자 촉군은 공세를 펼치기 시작했다. 아무래도 조조는 매번 자신의 지혜와 싸우며 그 지혜에 지는 모양이다.

3

지혜로운 사람은 되레 지혜에 빠진다고 한다. 공명이 조조와 싸울 때 펼치는 작전은 하나같이 조조가 쓴 지혜를 조조의 지혜와 싸우게 하여 그 망설임의 허를 찌르는 것이다.

하여 조조가 자부하던 지략도 조조의 패배를 늘리는 원인이 되었으니 이곳에서 기세가 꺾인 위군은 남정부터 포주(褒州)에 이르는 땅을 적에게 순순히 넘겨주고 일거에 양평관까지 쫓겨났다.

촉나라 대군은 이미 남정, 낭중, 포주 지방까지 침투하여 민심을 장악하고 치안을 안정하는 데 비지땀을 쏟았으니 완벽한 승전국다운 모습이다.

이때 양평관에 머물던 위군에는 또다시 아군 병참 기지에 위기가 닥친다는 비보가 날아들었다.

조조는 허저를 다급하게 불러들였다.

"지금 같은 상황에서 그곳에 비축한 군량까지 촉나라에게 뺏기면 큰일이다. 그대는 병참 부대와 힘을 합쳐 위기에 처한 군량을 후방에 있는 안전한 곳까지 옮겨놓고 와라."

"알겠습니다."

허저는 1000여 기를 이끌고 양평관을 나섰다. 목적지에 다다르자 병참 기지 부대장은 기쁜 마음으로 허저를 맞았다.

"장군께서 도와주러 오시지 않았으면 아마 며칠 만에 이곳에 비축한 모든 군량을 촉나라에 빼앗겼을 것입니다."

부대장은 마음이 편안해진 나머지 허저를 지나치게 환대했다. 안타깝게도 연회 자리에서 허저는 거나하게 취하고 말았다. 비록 취하기는 했으나 기개는 높았는지 부대장이 포주 경계에 있는 적군을 가리키며 주의를 주자 허저는 호언장담했다.

"만부부당한 이 몸이 함께 가니 안심하게나. 오늘 밤은 달도 밝으니 산길을 걷기가 수월할 걸세. 어서 말과 수레를 출발시키게."

병참 부대는 저녁에 출발하여 구불구불 먼 길을 행군했고 한밤중이 되자 포주 난관에 이르렀다. 이때 계곡 사이에서 숨어 있던 촉군 한 무리가 돌진해 왔다.

"적은 아래 계곡에 있다. 바위를 떨어뜨려 몰살하라."

위군은 지리적인 이점을 이용해 싸울 생각이었으나 어찌 된 일인지 자기들 머리 위로 바위와 돌멩이가 떨어져 내렸다.

적이 숨겨놓은 복병은 산 위아래에서 다 촘촘하게 준비하여 기다렸다. 병참 부대는 토막토막 잘린 지네처럼 골짜기 사이로 내달렸다. 아뿔싸, 그곳에도 적군이 도사렸다.

허저를 보자마자 한 적장이 외쳤다.

"허저, 덤벼라!"

촉군 대장은 번개같이 커다란 모(矛)를 뻗어 허저 어깨 끝을 과감하게 찔렀다.

한심하게도 허저는 싸우기 전부터 다쳤을 뿐만 아니라 말에서 굴러떨어졌다.

그 순간을 놓치지 않고 장비가 비룡처럼 다가가 재차 모를 내질러 숨통을 끊어놓으려던 순간, 장비 안장에 큰 돌 하나가 정확하게 날아들었다. 순간 놀란 말이 뒷발을 들고 날뛰었다. 이때 허저 휘하 부하들이 창끝을 나란히 하며 장비를 막아섰다.

위기에 처한 허저는 수하 부장들 도움으로 가까스로 목숨만은 부지했으나 군량 대부분을 장비 수하에게 뺏긴 채 허둥지둥 양평관으로 패주할 수밖에 없었다.

그런데 이미 양평관은 불길에 휩싸여 시뻘게진 혀를 여기저기서 날름거리는 꼴이었다. 각 전선에서 패배하고 퇴각하기를 반복한 끝에 양평관으로 도망쳐 온 병력으로 양평관 내외는 가득 차고도 넘쳤다. 이 상황에 위왕 조조는 어딨단 말인가!

"이미 북문을 나와 야곡(斜谷)으로 퇴각하는 중이시오."

아군 장수가 보고하자 허저는 사태가 급박하게 돌아가는데 놀라면서 주군만을 뒤쫓아 갔다.

조조는 호위병과 무사들 보호를 받으며 양평관을 버리고 떠나왔으나 야곡 근처에 다다르자, 저쪽 험준한 곳에 이미 말 먼지가 하늘을 뒤덮은 게 보였다.

조조는 말 위에서 이 광경을 보더니 아연실색했다.

"아니, 저것도 공명이 배치한 복병인가. 아, 그렇다면 이제 내가 살 길은 없겠구나…."

다행히도 이 무리는 조조의 둘째 아들 조창이 이끄는 5만 군사였다. 조창은 아버지와는 별도로 대주(代州) 오환(烏丸, 산서성山西省 대현代縣)으로 가서 오랑캐가 일으킨 반란을 진압했는데 한수 방면에서 벌이는 싸움에서 아군이 계속 불리하다는 소식을 전해 듣고 굳이 아버지 명을 기다리지 않은 채 밤낮으로 달려온 것이다.

"뭐라? 북쪽에서 일어난 난을 평정했을 뿐만 아니라 이 아비를 도우러 왔다는 말이냐? 기특하구나. 네가 왔다는 사실만으로 우리 군의 용기는 백배로 치솟을 터. 이제 현덕에게 지지 않으리라."

조조는 정말 기뻤던 모양인지 말 위에서 팔을 뻗어 아들 손을 움켜쥐더니 한동안 놓지 않았다.

계륵

1

여태껏 도망칠 길만 찾던 조조는 차남 조창과 만나 새로운 병력 5만을 얻더니 갑자기 날카로운 기세를 떨치며 다급하게 군령을 선포했다.

"여기에 야곡과 험준한 산이 있고, 또 여기에 북방 오랑캐를 평정한 용감하고 늠름한 병사 5만이 있다. 게다가 조창은 무예가 절륜하여 이 아비의 한쪽 팔이라 해도 손색없는 아들이다. 이 세 가지 아군을 얻었으니 퇴세를 만회하여 현덕을 쳐부수는 건 손안에 든 알을 깨뜨리는 일이나 다름없다. 자, 야곡에 웅거하여 지난날 입었던 설욕을 단번에 씻어내지 않겠는가!"

하여 전투는 또다시 새로운 국면으로 접어들었다. 양군 모두 태세를 정비하고 휴식을 취한 후 2차전에 돌입했다.

현덕은 여러 장군과 함께 진영 앞으로 나와서 사기를 진작시키는 데 몰두했다.

"아마 조조는 이번 초전에 차남 조창을 전면에 내세울 것이다. 그때 조창을 일격에 쓰러뜨려 기세를 꺾는다면, 위나라 잡병 수만을 죽이는 것보다 이 형국을 단숨에 뒤바꾸는 기회가 될 터. 누가 조창 목을 확실하게 벨 수 있겠느냐?"

"제가 하겠습니다!"

"아닙니다, 제가 가겠습니다!"

동시에 앞으로 나온 사람은 맹달과 유봉이다.

맹달은 유봉이 나서자 양보하려는 의사를 밝혔다. 유봉은 다름 아닌 현덕의 양아들이다. 조창은 조조의 친아들이다. 유봉에게는 기필코 나서고 싶은 명예 싸움이리라 맹달은 미루어 짐작했다.

하지만 현덕은 장군을 대할 때도 병사를 대할 때도 공평을 기하려는 듯, 유봉이 양아들이라는 이유만으로 특별히 유봉을 선택하지는 않았다.

"그렇다면 두 사람 모두에게 명하겠다. 각자 5000기를 이끌고 선봉 좌우에서 기다리다가 조창이 출진하면 제각기 공을 세워봐라. 그 활약에 따라 은상을 내리마."

"황송합니다."

젊은 두 장수는 용감하게 뛰쳐나가 각기 5000기를 거느리고 선두 좌익과 우익에 진을 펼쳤다.

아니나 다를까, 이윽고 북소리가 당당하게 울리면서 야곡에 웅거하던 적의 일군이 평야로 진열을 펼치는가 싶더니 젊은 무사 하나가 홀로 대열에서 뛰어나와 위풍당당하게 소리쳤다.

"현덕은 있느냐? 위왕의 차남 조창이 바로 나다. 아버지를 대신하여 나와 한판 붙자. 현덕, 나와라!"

멀리서 보아도 눈부시게 아름다운 복장으로 짐작하건대 조가 혈통을 이은 조창이 분명하다.

맹달은 좌익에서 뛰어나가려 하다가 지금은 유봉에게 양보해야 한다는 생각으로 잠시간 기다렸다. 그러자 우익에 있던 유봉은 아버지 현덕의 위엄을 등에 업고 그 역시 화려한 갑옷을 과시하며 즉시 말을 몰고 번개같이 치고 나갔다.

허나 조창에게 다가가 10합도 겨루기 전에 그 일대일 승부는 누구 눈에도 조창이 우세해 보였다. 유봉이 갈고닦은 무예로는 도저히 조창 상대가 되지 못했다.

"유봉! 그 적은 내가 맡을 테니 물러나게!"

맹달은 득달같이 달려가 유봉을 대신하여 조창에 맞섰다.

유봉은 한마디도 하지 않은 채 등을 돌리고 달아나느라 바빴다. 조창은 달려드는 맹달을 떼어내고 유봉을 조롱하며 뒤쫓았다.

"도망치는 게냐, 유봉! 양아버지 현덕이 우스워 보이는구나. 네 아비 얼굴에 먹칠해도 좋단 말이냐?"

그 순간 조창을 따르던 위군이 뒤쪽부터 서서히 무너져 내리기 시작했다. 화들짝 놀라서 되돌아가자 촉나라 오란과 마초 등이 어느새 야곡 기슭으로 나가 퇴로를 끊으려던 참이다.

조창은 아버지를 닮아 전기(戰機)를 읽는 감각이 예리했다. 이미 손해를 좀 보긴 했지만 그 피해가 치명적으로 커지기 전에 재빨리 군사를 수습하여, 적장 오란의 진중을 돌풍처럼 휩쓸며 순조롭게 야곡 본진으로 퇴각했다. 그뿐 아니라 도중에 길을 가로막는 오란을 말 위에서 단칼에 베어버리고는 유유히 돌아간 그 무장이 내뿜는 위풍은 과연 표범의 자식다웠으며 조조의 젊은 시절을 떠오르게 하는 면모가 있었다.

2

유봉은 체면을 잃었다. 양아버지 현덕을 대할 낯이 없었다. 어처구니없게도 유봉은 맹달에게 묘한 질투심을 품었다.

'내 패배가 공연히 꼴사나워 보인 건 맹달이 옆에서 튀어나와 조창을 쫓은 탓도 있다.'

이 일을 겪은 뒤로 유봉과 맹달은 어딘지 모르게 껄끄러운 사이가 되었다. 유봉은 무용이 부족할 뿐만 아니라 기량 역시 현덕의 양아들이라고 하기에는 턱없이 부족했다.

조조 쪽도 초전 이후로는 날이 갈수록 사기가 뚝뚝 떨어졌다. 한때는 조창이 유봉에게 이겼다며 기뻐했지만 전체적으로는 시시각각 우려될 만한 상황이 죽 이어졌다. 촉나라 장비, 위연, 마초, 황충, 조운 등 명성이 자자한 장군들은 진을 거느린 채 야곡 아래까지 옥죄듯이 밀어닥쳤다.

조창도 유봉에게는 이겼지만, 그 후로 전투에 나갈 때마다 촉나라 맹장들이 원수를 본 듯 악착같이 쫓아오자 달리 손쓸 엄두도 내지 못했다.

이곳은 도읍에서 멀리 떨어진 야곡(섬서성 한중과 서안西安 중간) 땅이다. 만일 이 이상 패하여 수많은 장졸을 잃으면 본국까지 돌아가는 일조차 곤란해질 터. 조조도 연일 아군이 입은 패색에 휩싸여 내심 괴로워했다. 진퇴양난에 빠진 것이다.

'군사를 거두어 업도로 돌아가면 천하의 웃음거리가 될 테고, 야곡에 머물러 사수하면 날로 기세등등해지는 촉군에게 당해 결국 이곳에 묻힐지도 모른다….'

이날 저녁에도 조조는 관성(關城)에 있는 방에 홀로 틀어박혀 턱을 괴고 생각에 잠겨 시간을 보냈다.

그때 숙수가 들어와 조심스레 상을 올렸다.

"식사를 대령했습니다."

조조는 근심스러운 얼굴로 먹기 시작했다. 따뜻한 그릇 뚜껑을 여니 조조가 좋아하는 닭백숙이 담긴 게 아닌가.

허나 아무리 먹어도 맛을 느낄 수 없었다. 조조는 닭갈비 뼈를 발라 입에 넣었다.

이때 하후돈이 장막을 걷고 뒤에 서서 물었다.

"오늘 밤 경계는 어떻게 하시겠습니까?"

조조는 매일 밤 정시에 지시를 내렸다. 말하자면 야간 경비 방침이다. 조조는 무심코 중얼거렸다.

"계륵(鷄肋), 계륵."

닭갈비 뼈를 입안에서 핥고 있었으니 무의식중에 내뱉은 말이리라. 어쩌면 좋은가? 하후돈은 조조가 한 말인지라 무언가 뜻이 있는 명령이라 받아들였다.

"예!"

하후돈은 그곳에서 물러나자마자 성안 곳곳을 순회하며 경비 대장들에게 알리고 다녔다.

"오늘 밤 경계 방침은 계륵이라고 분부하셨다."

대장들은 수상하게 여겼다. '계륵'이란 대체 무슨 뜻일까? 아무도 그 의미를 확실히 알지 못했다. 모두 제각기 의구심을 품으며 당혹스러워할 뿐이다. 이때 행군주부 양수는 갑자기 부하들을 불러 모아 명령했다.

"도읍으로 돌아갈 준비를 하라. 행장을 꾸리고 말에 짐을 실으며 철수 명령을 기다려라."

하후돈은 두 눈이 휘둥그레졌다. 자신이 전달하면서도 사실 무슨 뜻인지는 이해하지 못했으니 양수에게 물어볼 수밖에.

"어째서 귀공 부대는 갑자기 철수 준비를 시작했소?"

"계륵이라는 지시를 헤아린 덕분이오. 닭갈비는 먹자니 살이 없고 버리자니 아쉽지 않소? 지금 직면한 전투는 흡사 살 없는 닭갈비를 입에 넣고 핥는 것과 비슷하다는 분부가 아닐까 추측했소. 그 점을 깨달은 이상 우리 위왕께서는 이득이 없는 힘든 싸움은 관두는 편이 낫다고 결심한 거라 여겼소만."

"옳거니!"

감복한 하후돈은 아마도 위왕 속마음을 꿰뚫어본 말이라고 짐작하여 그 뜻을 은밀히 다른 장수들에게 전하고 말았다.

3

그날 밤도 조조는 가슴속 번민으로 잠을 이루지 못한 채 한밤중에 직접 은도끼를 들고 각 진영 요해를 일일이 둘러보고 다녔다.

"하후돈, 하후돈은 어딨느냐?"

조조는 기가 막혀 놀란 얼굴이다. 하후돈이 어딘가에서 뛰어오자 즉시 물었다.

"여러 장수 휘하 부하들이 어째서 갑자기 철수 준비를 서두르는 게냐? 대체 누가 행군할 짐을 싸라고 명령했느냐?"

"주부 양수가 주군께서 내리신 뜻을 헤아렸으므로 각자 준비에 돌입했습니다."

"양수가? 양수를 이리로 불러들여라."

도낏자루를 지팡이처럼 세우고 조조는 험상궂은 표정을 지었다. 양수는 이윽고 그 앞에 나타나 넙죽 엎드려 스스럼없이 고했다.

"오늘 밤 경계 방침이 '계륵'이라는 분부를 듣고는 다들 심중을 헤아리지 못하여 난처해했습니다. 제가 그 말씀에 담긴 뜻을 설명하여 퇴각 준비를 해야 한다고 일렀습니다."

양수가 자신의 의중을 거울에 비춘 듯이 알아맞히자 조조는 두려웠다. 한편으로는 상당히 불쾌한 마음이 들어 소리쳤다.

"계륵은 그런 뜻으로 말한 게 아니다! 무례한 놈!"

조조는 하후돈을 돌아보며 군율을 어지럽힌 자의 목을 당장 베라고 명령했다.

서늘한 새벽녘, 진문 기둥에는 양수 수급이 내걸렸다. 어젯밤의 재주꾼이 오늘 아침에는 한순간에 새 먹이로 전락했다.

"아아, 덧없구나."

거친 장수들마저 조조가 휘두르는 냉혹한 감정에 공포와 섬뜩함을 느꼈으며, 동시에 양수가 가졌던 재주를 안타까워했다.

양수가 보낸 일생은 재주가 넘치는 삶이었다. 양수가 지닌 풍부한 재능은 조조를 훨씬 뛰어넘었던 탓에 평상시에도 조조를 두렵게 했으며 미움을 사고 말았다.

일찍이 이런 일도 있었다. 업도 후궁에 정원을 만들라는 지시에 따라 온갖 꽃나무를 옮겨 심고 연중 봄날 같은 정원을 완성했다. 어느 날 조조는 그 화원을 감상하러 나왔다.

조조는 화원을 보고 좋다고도 나쁘다고도 하지 않았다. 다만 돌아갈 때 붓으로 현판에 '활(活)'이라는 한 글자만 쓰고 총총 사라졌다.

'무슨 생각이실까?'

정원사는 물론 여러 관리도 그저 고개만 갸우뚱하며 조조 의중을 몰라 걱정할 뿐이었다.

때마침 양수가 화원을 지나갔다. 사람들이 양수에게 당혹감을 털어놓자 양수는 웃으며 고민을 해결해주었다.

"별일 아니지 않습니까? 화원치고는 너무 넓으니 작고 아담하게 다시 만들라는 뜻입니다. 아, 어찌 그리되느냐고 물으십니까? 하하하. '문(門)' 안에 '활(活)'이라는 글자를 쓰면 이는 곧 '넓을 활(闊)'이 됩니다."

"옳거니…."

모두 감복하여 정원을 재조성한 후 다시 한번 조조가 방문하기를 청하니 조조도 이번에는 흡족해하며 물었다.

"누가 내 마음을 헤아려 고쳤느냐?"

"양수입니다."

정원사가 하는 말에 조조는 입을 꾹 다물어버리더니 기쁜 표정을 이내 거두었다.

조조는 처음엔 양수가 가진 재주에 감탄했지만, 자기 의중을 지나치게 정확하게 읽어내자 그 감탄이 어느새 질투 비슷한 감정으로 변해 결국 그 재능이 성가시다는 생각을 품었다.

위왕 지위에 오른 이후 조조는 누구를 태자로 삼을까 고민하며 제 자식들을 바라봤다. 어느 날 조조는 가신에게 명령했다.

"내일 장남 조비와 삼남 조자건을 업성에 부르되, 두 사람이 성문에 오면 통과시키지 마라."

조비는 관문에서 보기 좋게 거절당했다. 군사들이 매섭게 거절하자 하는 수 없이 발걸음을 되돌릴 수밖에 없었다.

뒤이어 조자건이 관문에 도착했다. 마찬가지로 관문에 보초를 서는 장졸들이 길을 가로막자 조자건은 기어코 지나갔다.

"왕명을 받들고 지나가는데 그 누가 날 막느냐? 부름을 받고 가는 일은 활시위를 떠난 화살과 같으니 다시 되돌아가는 법이 없다."

"음…. 역시 내 자식이로구나."

조조는 그 말을 전해 듣고 자건을 칭찬했으나, 훗날 자건에게 학문을 가르치는 스승 양수가 가르쳐주었다는 사실을 알고 낙담했다.

'쓸데없이 참견하는구나.'

조조는 이때도 양수가 부리는 재주에 눈살을 찌푸렸다.

4

어느 날 양수는 《답교(答教)》라는 책을 써서 조자건에게 건넸다.

"만일 부군께서 어려운 질문을 하시면 그때 이 책을 펼쳐보십시오."

《답교》는 조조가 물을 만한 30가지 질문과 그 질문에 적합한 답변을 써놓은 책이다.

이런 식으로 조자건에게는 양수라는 방패막이 있어 장남 조비보다 모든 방면에서 뛰어나 보였는데, 당연히 머지않아 태자가 되리라 생각했던 조비는 내심 불쾌하게 여기며 아버지 앞에서 사사건건 양수를 헐뜯었다.

'아무리 재주가 있는 자일지라도 부자간 후계 문제까지 끼어든다면 간신이나 다름없지 않은가. 언젠가는 없애야겠다.'

조조는 은연중에 맹세했는지도 모른다.

'재주 있는 자는 재주 때문에 망한다'는 옛말에 어긋남 없이 양수의 죽음은 양수가 가진 재주가 불러일으킨 재앙이다. 양수가 지닌 재능은 아까워할 만한 것이었지만, 조금 더 이를 숨기고 어딘가 한쪽은 모자란 듯한 구석을 보였다면 좋지 않았을까?

하지만 양수가 한 말은 양수가 죽은 후 사흘도 채 지나기 전에 그 추리가 타당했다는 걸 드러내면서 위나라 여러 장수에게 '계륵'에 담긴 의미를 재차 상기시켰다.

촉군은 그날도, 그다음 날도 야곡 함락은 이미 눈앞에 있다고 여기며 쉴 새 없이 공격을 퍼부었다. 특히 마지막 날은 양군이 벌인 접전이 참혹하였고 조조도 난전에 휘말려 촉나라 위연과 칼을 들고 싸움을 벌이던 와중 멀리서 이런 말이 들려왔다.

"야곡 성안에서 배신자가 불을 질렀다!"

하여 혼란은 극심해졌다.

위나라 진중에서 피어오른 불길은 배신자가 저지른 소행이 아니라, 촉나라 마초가 험준한 야곡을 기어올라 불시에 뒷문에서 관내로 파고들어 후방을 교란시킨 결과다.

성 밖에서 싸우던 위군이 맞이한 당혹감은 이만저만이 아니었다.

"아뿔싸, 다 무너졌다!"

후방에서 벌어진 소동 탓에 전방도 동요하면서 통제를 잃고 수습할 수 없는 모습을 보이자, 조조는 칼을 뽑아 위로 쳐들고 아군을 독려했다.

"누구든지 제멋대로 진지를 버리고 등을 돌려 달아나는 자는 그 즉시 목을 치겠다!"

그 모습을 보고 촉나라 위연, 장비 등이 조조에게 득달같이 달려들었다.

"내가 저 목을 베겠다!"

뒤로 물러나자니 부하들을 독려하며 외친 자기 말에 위배되니 조조는 또 자승자박 상황에 빠져 고전을 면치 못했다.

이때 조조 곁으로 말을 몰고 도우러 온 사람은 방덕이다. 강적 위연을 상대하며 주군 앞에 떡하니 버티고 섰다.

"자, 혈로를 뚫고 서둘러 도망치십시오!"

방덕은 위연과 장비 휘하 부하 등 번갈아가며 달려드는 적을 한눈팔지 않고 처절하게 막아 냈다.

"앗!"

뒤에서 짧은 외마디 비명이 들려왔다. 분명 조조가 내지른 비명인 듯했다. 방덕은 새까맣게 몰려드는 적을 하나둘 떨쳐내며 조조가 있는 곳으로 내달렸다.

"무슨 일이십니까?"

조조는 낙마하여 길바닥에 주저앉아 있었다. 그뿐만 아니라 양손으로 입을 가리고 있는 게 아닌가.

멀리서 날아온 화살을 얼굴에 맞아 앞니가 2개 부러진 것이다. 그러니 얼굴 반쪽과 양손까지 온통 피투성이였다.

"가벼운 부상입니다. 정신을 단단히 차리십시오."

방덕은 조조를 말 위에 올린 후 난전 속에서 혈로를 뚫어 빠져나갔다.

이미 야곡 관성은 화염에 휩싸인 지 오래고 온 산에 빼곡하게 들어찬 수목까지 대낮처럼 시뻘겋게 불타올랐다.

한마디로 위군은 완패했다!

'그때 후퇴했더라면….'

이제 와 양수가 한 말을 떠올리며 이렇게 생각한 사람은 단지 위나라 장병들만이 아니다.

조조 얼굴은 퉁퉁 부어올랐고 금창(金瘡)은 제법 위중했다. 조조는 그 병든 몸을 전거(氈車) 안에 눕히고 참혹한 패전이라는 기록을 남긴 채 패잔병을 이끌고 터덜터덜 발걸음을 내디뎠다.

"그래…. 양수 시체는 버리고 왔지만, 유품은 하나라도 있겠지. 어딘가에 제대로 매장해주고 싶구나…."

조조는 회군하는 길 전거 안에서 잠꼬대처럼 중얼거렸다.

얼마쯤 가니 길을 가로막고 기다리던 촉군이 조조 목을 노리고 맹렬히 포위해 왔다. 전거는 가까스로 경조부(京兆府)까지 도망쳤으나 한때 조조도 이곳에서 죽는구나 싶어 체념하는 마음으로 눈을 감은 모양이다.

한중왕에 오르다

1

위나라 세력이 전면적으로 후퇴한 후에는 당연히 현덕이 지휘하는 촉군이 이 지방을 풍미했다.

상용(上庸)도 함락했고 금성(金城)도 넘어왔다.

"지금은 누구를 위해 싸울 것인가."

신탐(申耽)과 신의(申儀) 등 옛 한중에서 이름을 떨치던 용장들은 하나둘 촉군 휘하로 들어왔다.

현덕은 포고를 내려 모든 군민으로부터 지지를 받으며 정치, 군사, 경제 세 방면으로 획기적인 기초를 쌓았다.

현덕이 다스리는 영지는 일약 사천과 한천 등으로 광대하게 확대되었으니 이제 촉나라는 강남의 오나라와 북방의 위나라와 견주어도 단연 가늠하기 어려운 일대 강국을 이루었다.

기회를 살피던 공명은 때때로 여러 대장과 스스럼없이 의견을 나누었다.

"지금 동서 양천(兩川)에 사는 백성은 하나같이 주군이 베푸는 덕을 흠모하니 은연중에 우리 황숙께서 명실공히 왕위에 올라 안으로는 백성을 안정시키고 밖으로는 역적을 진압하기를 진심으로 바라고 있소."

즉위를 진언할 생각을 흘리자 다들 이 의견에 찬성했다.

"그래야 하오. 부디 기회를 봐서 군사가 황숙께 권했으면 좋겠소."

공명은 어느 날 신하 대표로서 법정과 함께 정식으로 현덕을 알현했다.

"주군께서는 이미 쉰을 넘기고 위세를 사해에 떨치며 사민을 덕으로 감쌌을 뿐만 아니라 동서 양천 땅에서 군림하시니 명실을 두루 갖추셨습니다. 이는 단순히 사람 힘으로 이룬 공적이 아닙니다. 하늘의 이치며 하늘이 내린 뜻이라 봐야 합니다. 하여 이제 하늘이 내린 뜻에 따라 왕위에 오르셔야 합니다."

그러자 현덕은 간담이 한 웅큼 된 듯한 얼굴을 좌우로 흔들었다.

"무슨 말이오, 군사. 내가 한실 일족이기는 하나 허도에는 황제 폐하가 계시지 않소? 언제 어디서든 신하로서 본분을 잊은 적이 없소이다. 만약 왕위를 참칭하여 조조가 부리던 교만을 흉내 낸다면 대체 무슨 명분으로 역적을 칠 수 있겠소?"

"아닙니다. 제위가 아니라 왕위에 오르시는 정도인데 무슨 지장이 있겠습니까? 지금 천하를 양분하여 오나라는 남쪽에서 패권을 주장하고 위나라는 북쪽으로 웅비합니다. 비록 주군께서 펼친 위엄과 덕망으로 서촉 한중을 평정하였다고는 하나 여전히 장래에 삼국 통일을 바라는 우리 동료들은 주군이 지나치게 세상에 흘러 다니는 비난을 신경 쓰며 겸양의 미덕만을 중시하면, 결국에 주군이 가진 큰 그릇을 의심하며 변심할 우려가 없다고는 할 수 없습니다. 하늘이 용서하고 땅이 권할 때는 융성한 운세를 타고 주군 자신이 한층 더 높은 계단을 올라 영광스런 자리로 나아가서 그 기쁨을 유막과 삼군 장병에게 나눠 주시는 일이야말로 나라를 일으키기 위한 상책입니다. 부디 황숙 혼자만 고집하는 결벽에만 사로잡히지 마시고 마음을 열어 젖혀 천지가 바라는 대로 순응하셨으면 합니다."

공명은 성심을 다하여 현덕을 설득했다.

"나는 그러고 싶지 않소."

현덕은 그래도 쉽게 수긍하지 않았다. 아무리 신하와 백성이 원한다고는 하나 천자가 직접 칙명을 내리지 않은 이상은 자칭이며 참칭에 지나지 않는다.

공명은 물론이고 법정, 장비, 조운 등도 자꾸 진언하여 현덕이 적극적으로 나서기를 재촉하니 마침내 현덕도 이 의견을 받아들였다. 하여 문관 초주(譙周)가 표문을 작성했다. 사자가 허도에 있는 천자에게 표문을 바치며 현덕이 '한중왕(漢中王)'에 오르는 걸 정식으로 상주했다.

때는 건안 24년 가을이다.

면양(沔陽, 섬서성 한중 서쪽)에 식전(式殿)과 단을 9겹으로 쌓고 오색 깃발을 늘어놓으며 신하들이 참렬한 가운데 즉위식을 거행하였다.

동시에 적자 유선을 왕태자로 세웠다.

허정을 태부(太傅)로 삼고 법정을 상서령에 봉했다.

군사 공명은 여전히 모든 병무를 총괄했으며 그 아래에 관우, 장비, 마초, 황충, 조운 다섯 장군을 오호대장군(五虎大將軍)으로 임명했다. 위연은 한중 태수로 봉했다.

2

즉위 후 현덕은 또다시 표문을 올려 그 취지를 천자께 상주했다.

먼저 도읍에 사자를 보내 올린 표문은 제갈공명 이하 촉나라 신하 120명이 서명을 담아 상주한 것이며, 나중에 보낸 표문은 유현덕이 직접 쓴 것이다.

표문은 둘 다 장문이었으며 장중함을 고스란히 담았다. 조정에서는 그해 가을에 즉시 유비에게 '한중왕령대사마(漢中王領大司馬)' 인수를 하사했다.

"뭐? 옛날 돗자리나 짜던 범부가 이제는 감히 한중왕이라는 이름을 더럽히는구나. 유비가 내보이는 불손함이 참으로 가증스럽구나. 끝까지 이 조조와 대등하게 맞서겠다는 뜻이렷다."

위왕 조조는 이 일로 적잖은 충격을 받았다.

"일어나라, 내 100만의 칼날이여. 방약무인한 촉나라 현덕이 무사히 한중왕이라는 이름을 참칭하게 내버려 둔다면 황궁을 호위하는 이 조조의 면목이 서질 않는다."

위왕은 사자후를 내질렀다.

이때 대의사당에 가득한 여러 신하 중에서 한 사람이 일어나

간언했다.

"대왕, 아니 됩니다. 한순간 일어난 분노라는 감정에 사로잡혀 일을 그르치지 마십시오. 촉나라 내부가 쇠약해져 어지러워지기를 기다렸다가 군사를 일으키셔야 합니다."

사람들이 누구인가 하고 보니 이름은 사마의(司馬懿), 자는 중달이라는 자로 최근 조조 측신 중에서 실력을 인정받기 시작한 영재다.

조조는 사마의를 힐끗 쳐다보더니 고개를 주억거렸다.

"음…. 그것도 괜찮겠다. 중달, 그저 팔짱만 낀 채 촉나라가 쇠약해지기를 기다리겠다는 뜻은 아니겠지. 계책이 있느냐?"

"그렇습니다. 신이 보기에 오나라 손권은 지난날 누이동생을 현덕에게 시집보냈다가 후에 다시 불러들인 이후로 현덕과 연을 끊은 상태이기는 하나 속으로는 이를 악무는 원한을 품었습니다. 지금 위왕 이름으로 오나라에 사자를 보내십시오. '오나라가 형주를 공격하면 위나라도 호응하여 오나라를 도우며 현덕 측면을 치겠다.' 이렇게 이해관계를 명확히 하면 손권은 백이면 백 움직일 것입니다."

"오나라를…. 그렇군, 오나라와 촉나라를 먼저 싸우게 한다는 말이렷다?"

"형주가 위험하면 한천도 위태로울 것이며 한천을 잃으면 오나라와 질식할 수밖에 없습니다. 어느 쪽이든 장강에 높은 파도가 치는 날에는 현덕은 하루도 편안히 잠들 수 없습니다. 현덕은 양천에 주둔시킨 군사를 동원해서라도 형주를 위기에서 구하려 노력할 것입니다. 그런 다음 우리 위나라 대군이 움직일 때는 병법에서 이르는 대로 반드시 이길 때 싸우고, 싸우면 반드시 이기게 되겠습니다."

"좋은 말이로다."

조조는 중달이 내놓은 의견을 과감하게 수용했다. 사자로는 만총(滿寵)을 선택하였다. 만총은 오나라에 자주 드나들었으며 외교관으로서도 유명했다.

한편, 오나라 손권도 멀리 위나라와 촉나라 대세를 지켜보며 오늘 오나라가 평안하다고 내일도 평안하리란 법은 없다는 걸 자각하였다.

이때 위나라에서 보낸 사신이 도착했다는 전갈을 받았다.

손권은 맨 먼저 장소에게 의견을 물었다.

"아마도 수교를 청하러 왔을 것입니다. 일단 한번 만나보십시오."

손권은 그 말에 따랐다. 만총을 맞이하여 주빈 자리를 나누고 예를 다한 다음 찾아온 이유를 물었다. 만총은 사자로서 찾아온 뜻을 전했다.

"위나라와 오나라는 원래 원수지간이 아니고 공명에게 농락당한 끝에 과거 몇 년 동안 싸움을 벌였습니다. 그 결과 이득을 취한 건 오나라도 아니고 위나라도 아닌 이제는 촉한 양천 땅을 차지한 현덕 아닙니까? 위왕 조조도 잘못을 깨달아 귀국과 순망치한 관계를 맺고 함께 현덕을 토벌하겠다는 뜻을 품었습니다. 부디 서로 국토를 존중하고 양국이 수교를 맺어 공영을 위한 기초를 닦았으면 합니다."

만총은 위왕이 직접 쓴 서간을 손권에게 내밀었다.

3

이윽고 사자 만총은 성대한 환영 연회에 임했다. 손권은 조조가 보낸 서간을 읽은 뒤로 기분이 상당히 좋아 보였다. 만총은 은근히 확신했다.

'이번 외교는 성공이구나.'

만총은 살짝 취해 객관으로 물러났다. 하지만 오궁 전당은 늦은 밤까지 긴장에 휩싸였다.

'위나라 제안에 어떻게 답하는가?'

중신은 모두 남아 손권을 중심으로 그 수교 불가침 조약을 검토했다.

"위나라가 꿈꾸는 대망은 당연히 천하를 위나라로 통일하는 일일 것입니다. 이는 조조가 세운 계책이나, 그렇다고 대놓고 거절하면 위나라로부터 중압을 한몸에 받아 촉나라 입장이 유리해지고 오나라 병마가 소모될 터이니 좋지 않습니다."

고옹이 하는 주장이다.

그 밖에 유력한 오나라 중신들이 내놓은 국제관도 대체로 이와 비슷했다.

한마디로 불화부전(不和不戰), 되도록 위나라와 정면충돌은 피하고 다른 나라와 싸우게 하여 그사이에 국력을 충실하게 키우며 일어설 기회를 충분히 엿봐야 한다는 의견이 중론이다.

제갈근이 한 가지 계책을 내놓았다.

"일단 사자로 온 만총은 돌려보내고 오나라에서 정식으로 위나라에 사자를 보내면 어떻겠습니까? 그사이에 따로 형주에 사자를 보내십시오. 지금 형주는 관우가 지키는데 제가 주군이 쓴 친필 서간을 가져가 대세를 설명하여 오나라에 협력하도록 노력해보겠습니다. 만약 관우가 승낙하여 오나라를 돕는다면 위나라를 거절하고 조조와 싸움을 벌인다 한들 오나라는 패하지 않을 것입니다.”

장소가 중간에 끼어들었다.

“만약 관우가 거절한다면?”

“그때는 즉시 위나라가 해온 청을 받아들여 나란히 형주를 공격하면 됩니다.”

“임기응변이군. 좋다! 제갈근, 그 계책은 거의 후자가 되리라. 현덕의 두터운 신임을 받는데다 충성심이 비할 데가 없다는 관우가 서간 하나에 생각이 바뀌어 오나라에 쉬 협력할 것 같지가 않구나….”

“그렇습니다. 당연히 단순한 외교로는 가망이 없습니다. 관우는 정에 약한 호걸입니다. 제 계책이란 혼인 정책입니다. 관우 슬하에는 일남 일녀가 있으니 오나라 세자가 그 딸을 맞이하고 싶다고 전하면 부모로서 기쁘게 응할 것입니다.”

손권은 제갈근이 내놓은 안에 고개를 주억거렸다.

‘우선 제갈근을 형주에 사자로 보내자. 그러는 한편 위나라 조조에게도 사자를 보내서 쌍방 반응을 살펴본 다음에 오나라 태도를 정해도 늦지 않겠다.’

대책 회의를 마무리하고, 다음 날 만총에게 적당한 예물과 답장을 주어 위나라로 돌려보냈다.

위나라 배가 떠나자마자 바로 이어서 제갈근이 탄 배가 형주로 출발했다. 공명의 형이라 알고는 있으나 오나라 사자로서 왔다고 듣자 관우는 마중 나가지도 않고 여유롭게 제갈근이 오기를 기다려 대면했다.

"그대 용무는 뭐요?"

응대도 참 투박했다.

제갈근은 불쾌하게 여기지 않았다. 되레 정직한 무인 관우가 풍기는 인품에 경외심을 느꼈다.

"장군 따님도 이제 묘령이라 들었습니다만, 주군 손권에게도 아드님 한 분이 있는데 오나라 사람은 입을 모아 좋은 세자라 칭송합니다. 어떻습니까? 영애를 오나라 세자에게 시집보내실 생각은 없으신지요."

그 말을 듣자 관우는 털이 잔뜩 난 얼굴을 찡그리며 참으로 경멸하는 듯한 눈초리로 제갈근 입가를 바라보며 쌀쌀맞게 쏘아붙였다.

"없소이다."

제갈근은 거듭 물었다.

"왜 그렇습니까?"

그러자 관우는 수염 속에서 입을 열며 벌컥 성을 냈다.

"왜라니? 누가 개 새끼에게 호랑이 딸을 주겠는가!"

관우는 토해내듯 일갈했다.

제갈근은 부지불식간에 목을 잔뜩 움츠렸다. 더 입을 열었다가는 순식간에 관우의 검이 칼집에서 튀어나올 것만 같은 무시무시한 기색을 느꼈다.

봉화대

1

제갈근이 맡은 임무는 실패다. 허둥지둥 오나라로 돌아와 형주에서 있었던 일 그대로를 손권에게 보고했다.

"수염이나 기른 짐승 같은 놈이! 내게 형주를 앗을 힘도 없을 줄 알고 우습게 보는구나."

손권은 형주를 공격하기 위해 대군을 일으키고자 건업성 궁궐 안으로 여러 신하를 소집했다.

어전 회의 자리에서 참모 보즐이 반대 의견을 표했다.

"형주를 침공해서는 아니 됩니다. 그야말로 위나라가 바라는 일이니, 우리 오나라 병마가 조조를 위해 쓰이는 것이나 다름없습니다."

회의장은 찬성하는 사람과 반대하는 사람 목소리가 뒤섞여 소란스러웠다. 오랜 세월 참고 견딘 오나라도 이제는 자신만만했다. 여러 장수 얼굴에는 이 나라에서 일찍이 볼 수 없었던 패기와 투지가 넘쳐흘렀다.

보즐은 거듭 강조했다.

"오히려 오나라를 위해 위나라 병마를 내놓게 하는 것이야말로 상책인데 고심도 하지 않고 그저 밀치락달치락하며 손수 형주를 빼앗으려 하다니요! 한 주(州)를 손에 넣는 데 얼마나 많은 병력과 군수품이 소모되는지, 국력 낭비를 고려하지 않는 처사입니다."

그러자 주전론을 펴는 무리가 여기저기에서 한목소리로 언성을 높였다.

"그게 우리 뜻대로 되겠소? 희생이 없으면 국운을 위한 진전도 없소. 국방도 없소이다!"

보즐은 눈에 모를 세우며 만장기염(萬丈氣焰)을 토했다.

"잠자코 들으시오! 지금 조조의 아우 조인은 양양(襄陽)에서 번천(樊川) 지방까지 진을 쳤소. 작은 틈이라도 생기면 형주로 쳐들어가려 호시탐탐 기회를 노리고 있소이다. 조인도 보통내기는 아니니 일단 우리가 먼저 싸우도록 부추긴 다음 그 뒤에 남은 좋은 먹이를 차지하려고 군침을 삼키며 참는 중이오. 그러니 우리는 지금이야말로 예전부터 고민하던 대위(對魏) 정책을 정해야 하는 시점이오. 위나라가 원하는 동맹을 맺는 대신, 즉시 조인이 군세를 이끌고 형주로 진격할 걸 조건으로 삼는다면 위나라도 거절할 명분이 없어 우리 뜻대로 정세를 이끌 수 있소."

손권은 보즐이 세운 계책을 기꺼이 받아들였다. 그렇게만 된다면 오나라가 품어왔던 숙원을 단번에 이룰 수 있다. 곧바로 오나라 대표를 보내 조조에게 서한을 전하고 '위오 불가침 조약 및 군사 동맹' 체결을 서둘렀다.

　오나라 외교관 일행이 부(府)에 들어섰을 때 조조는 의원을 불러 틀니를 맞추는 중이었다. 야곡에서 벌어진 난전 속에서 입에 화살을 맞아 부러진 앞니 2개를 치료하던 참이다.

　"됐다, 됐어! 이제 발음도 새지 않고 음식도 뭐든지 씹을 수 있겠구나."

　조조는 볼일이 끝난 의원을 뒤로하고 예빈각(禮賓閣)으로 성큼성큼 걸어가 오나라 사신을 접견한 뒤 한 치 고민도 없이 조약을 체결했다.

　조조는 현덕과 손권이 손을 잡는 일이 다른 무엇보다 두려웠다. 이제 그 '촉오 동맹'을 미연에 타파하여 촉나라를 고립시킨 것만으로도 큰 성공이라 여기며 오나라가 붙인 조건도 불평 없이 받아들였다.

　물론 오나라가 제시한 조건이란, 위나라가 즉시 출정하여 형주를 공격하는 것이다. 조조는 조약을 체결한 직후 맨 먼저 만총을 번천 군 참모로 임명하였다. 조인이 주둔한 전방 진지 번성으로 파견하여 조인을 돕게 하기 위해서다.

　오나라와 그동안 내치와 대외적 방어에만 전념했던 한중왕 현덕은 성도에 궁을 짓고, 백관을 위한 직제를 세웠다. 성도에서 백수(白水, 사천성 광원현廣元縣 서북쪽, 촉나라 북쪽 국경)까지 400여 리나 되는 길목마다 역참을 마련하여 관을 위한 식량 창고를 짓고 상공업을 진흥시켰으며 교통을 편리하게 만드는 등 다양한 성과를 거두었다.

　물론 백성과 세상을 다스리는 모든 방책은 공명 머리에서 나왔다 해도 과언이 아니다. 공명은 이처럼 바쁜 가운데 형주에서 파견한 급사를 맞이했다. 위나라 조인이 느닷없이 접경을 침범하여 형주를 공격했다는 소식이다.

"관우가 있습니다. 심려치 마십시오."

놀란 한중왕을 달래며 공명은 평소와 다름없이 침착하게 그 일을 처리했다.

2

사마(司馬) 비시는 공명이 내린 지시를 받고 부리나케 형주로 발걸음을 옮겼다.

관우를 만나 한중왕이 내린 왕명을 전했다.

형주가 앞으로 닥칠 운명은 이제 장군 어깨에 달렸다. 부디 형주 병사를 일으켜 수비에 그치지 말고 적의 번성까지 공격해 빼앗아라.

관우는 현덕이 변함없이 자기를 신뢰하며 그 능력을 높이 사고 대우해주는 데 감격에 찬 눈물을 흘렸다. 그러면서도 임무가 중대하며 적지 않은 어려움이 뒤따른다는 사실에도 생각이 미쳤다.

비시는 덧붙여 말했다.

"이 일과 관련해 장군께서도 오호대장군 중 한 사람이 되셨습니다. 감사히 인수를 받으십시오."

관우는 순박하고 무뚝뚝한 기질이 발동한 듯 벌컥 물었다.

"오호대장군이 뭐요?"

"왕제(王制) 아래 새로 더해진 명예로운 직위입니다. 촉나라 최고 군정관이라고나 할까요."

"누구누구 임명되었소?"

"장군 외에는 장비, 마초, 조운, 황충 장군이 있습니다."

"하하하. 아이들 장난 같군."

관우는 가슴에 가득 찬 불평을 웃음으로 얼버무렸다.

"마초는 망명해온 객장이며, 황충은 이미 늙어빠진 노인네일세. 그런 인사들과 나를 같은 줄에 세우겠다는 뜻인가?"

"장군께서는 불만스러우시겠지만 '오호대장군'이라는 직제는 왕을 보좌하는 울타리로서 국가에서 필요하여 만든 제도입니다. 한중왕과 장군이 나누는 교분이나 신임 정도를 나타내지는 않습니다. 분명 장군은 옛날 도원에서 결의한 유현덕이라는 사람을 떠올리며 본인과 황충 등을 동일시하나 싶어 외로운 마음이 드셨겠지만, 그건 위대한 국가에서 세운 직제와 사사로운 정을 혼동한 생각입니다."

관우는 돌연 비시 앞에 넙죽 절하며 부끄러워했다.

"그렇소. 만약 그대가 해주는 명쾌한 충언을 듣지 못했다면 나는 군신 도리 위에 돌이킬 수 없는 과오를 저질렀을 터."

관우는 즉시 속 좁은 자신의 모습을 부끄러워하며 인수를 받고 눈물로 재배하며 멀리 성도를 향해 사죄했다.

"이 아우가 내뱉은 어리석은 허언을 용서해주십시오."

형주성 안팎에는 하룻밤 사이에 관우 휘하로 뛰어난 인재들이 하나둘 모여들었다. 관우가 내리는 명령이 항상 엄격히 잘 지켜진다는 점을 짐작할 수 있는 대목이다. 관우는 장군 호령대에 올라 지금 번천의 조인이 쏜살같이 접경으로 닥쳐오고 있다는 사태를 낱낱이 알렸다. 그러니 적을 맞이해 격파하고 조인 군 본거지인 번성을 빼앗은 뒤 촉한의 전방 기지로 삼아 형주를 위한 태평을 만세에 도모하자고 역설했다.

장병들은 저마다 우레 같은 박수로 출진 소식에 환호했다.

선봉장은 요화, 부장은 관평이다. 참모로 마량과 이적을 임명했다. 남아서 성을 지킬 대장, 각 부대 부장과 소속 등을 그 자리에서 일사천리로 결정하였다.

해가 뜨기도 전에 출발할 예정이어서 그날 밤은 온 성안에 횃불을 밝힌 채 병사 허리춤마다 군량을 매달고 말에게 정성스레 꼴을 먹였으며 출발을 기념하는 술을 조금씩 진영마다 배급했다. 전군이 동녘에 구름 낀 하늘을 기다렸다.

관우도 비장한 각오를 다지며 갑옷을 갖춰 입었다. 그러다 어느샌가 '수(帥)'라는 글자를 큼지막하게 쓴 깃발 아래에 놓인 방패에 기대어 깜빡 졸았다. 그러자 온몸이 시커멓고 커다란 멧돼지가 달려와 무장한 관우 발을 콱 물어뜯었다.

"으악!"

깜짝 놀라 칼을 빼 들고 멧돼지를 베었다고 생각한 찰나, 눈을 떴다. 꿈이었다.

"무슨 일입니까?"

아버지가 내지르는 목소리에 양아들 관평이 부리나케 다가

와 물었다.

"꿈이었지만 멧돼지에게 물린 자리가 아직도 욱신욱신 아픈 듯하구나…."

관우는 이내 쓴웃음을 지었다.

"멧돼지는 용상(龍象) 중 하나라는 말이 있으니 분명 길몽입니다."

관평은 길몽으로 해석했지만, 막료 중에는 흉몽이 아닌지 내심 걱정하는 사람도 더러 있었다. 관우는 껄껄 웃으며 아무렇지 않아 했다.

"사람 나이 쉰에 이르면 길몽도 없고 흉몽도 없다. 청렴한 절개와 죽을 자리에 관한 번뇌를 남길 뿐."

3

조인이 이끄는 대군은 이미 성난 파도처럼 양양으로 쳐들어갔지만 '관우가 전군을 거느리고 형주를 출발했다'는 기별이 전해지자 돌연 뒷걸음질치며 양양 평야 서북쪽에 무시무시한 진을 치고 적을 기다렸다.

생각지도 못하게 위나라 진격이 늦어진 까닭은 조인이 번성을 출발했을 때부터 참모 만총과 하후존(夏候存)이 작전에 대한 의견이 엇갈려 쉽게 속도가 나지 않아서다.

하여 관우 군은 번개처럼 양양 교외로 나와 조인 군과 대치했다.

위나라 적원(翟元)이 형주 요화에게 도전장을 내밀며 전쟁의 도화선에 불을 댕겼다.

북을 치며 차분히 진격하여 양군이 바싹 붙어 보병전부터 시작했다. 양쪽 군사들이 어느 정도 뒤섞여 싸울 때 요화는 부러 줄행랑을 놓았다.

그 무렵 하후존과 싸우던 관평도 기세가 무너지는 바람에 형주 군은 전체적으로 패색이 짙어진 듯했다. 이윽고 20리나 쫓겼을 무렵 이번에는 추격을 거듭하던 조인과 하후존 등 위군이 돌연 엉망으로 뒤섞여 소란을 피웠다.

"어디지? 어디야!"

"저 북소리와 함성은 뭐지?"

앞에 적을 두고 뒤에서 피어오르는 먼지를 보며 당황했다.

자욱한 흙먼지 속에서 아군 것이 아닌 깃발과 군마가 보이기 시작했다. 특히 선명한 건 '수(帥)'라는 글자가 새겨진 관우를 의미하는 중군기(中軍旗)다.

"어이쿠! 퇴로가 막힌다!"

당황하여 철수하는 대장 조인 앞에 화염 같은 꼬리를 흔들며 붉은 털을 자랑하는 준마가 뿌연 모래 먼지를 일으키면서 가로질러 왔다. 다름 아닌 적토마다.

말 위에 걸터탄 사람은 보나 마나 관우다.

"앗, 관우다!"

자기도 모르게 소리를 내지르더니 혼비백산하여 달아나는 조인의 기척을 알아챈 관우가 돌아보고는 손에 꼬나든 청룡도를 흔들며 호탕하게 웃어젖혔다.

"어이, 위왕 아우야. 그리 당황하다 말에서 고꾸라지지나 마라. 오늘은 굳이 너를 쫓지 않겠다. 느긋하게 도망쳐도 된다."

도망치는 척했던 관평과 요화 군세는 아득한 뒤편에서 울리는 아군 북소리를 듣자 즉시 말굽을 돌려 압도적인 공세를 가했다.

작전은 대성공이다. 위군은 그물에 걸린 물고기처럼 파닥거렸다. 두 사람은 출전 당일 아침 관우가 내린 명령에 따랐을 뿐이다.

'전초전은 일단 적의 간담을 서늘하게 만들면 족하다.'

해서 오래 추격하지 않았고 힘들게 싸우지도 않았으며 다만 퇴로를 잃고 사방팔방으로 흩어져 도망친 적을 적당히 잡아서 궤멸시켜버렸다.

이번에 형주 군은 병사를 거의 잃지 않았으며 더욱이 적에게 안겨준 심리적 영향과 손실은 상당히 컸다.

한편, 조인은 가까스로 살아서 돌아갔지만 하후존은 관평 손에 죽었고 적원은 요화에게 쫓기다 어지러이 섞인 군사들 사이에서 전사하는 등 선봉을 맡은 두 장수를 초전부터 잃었다.

이틀째, 사흘째도 조인은 불리한 싸움만 계속했고 결국 양양성에서 퇴각할 수밖에 없자 양양을 넘어 멀리에 진을 물렸다.

관우 군은 양양에 당당하게 입성했다.

"관우 장군님이 오신다!"

성안에 있던 백성은 깃발을 높이 내걸고 길을 깨끗이 쓰는가 하면 술과 음식을 바치는 등 자애로운 아버지를 맞이하듯 관우 군을 환영했다.

그때 사마 왕보(王甫)가 관우에게 제안했다.

"이번에는 다행히 대승을 거두었습니다만 이대로 승리감에 취하면 위험합니다. 아무리 위나라를 이겼어도 뒤에는 오나라가 도사리고 있습니다. 생각해보면 지금 육구(호북성 한구 상류)에는 오나라 여몽이 대장이 되어 한 군단이 머무르는 형편입니다. 여몽 군이 우리 허를 노리고 후방에서 형주로 출격한다면 아무래도 막을 방도는 없습니다."

"잘 아는구나. 나도 똑같은 걱정을 하였다. 육구에 변고가 생기면 즉시 그 사실을 알 방법은 없겠느냐?"

"요소요소에 봉화대를 쌓고 연결 봉화를 준비하는 게 으뜸입니다."

"그대에게 명한다. 책임지고 즉시 공사에 착수하라."

"알겠습니다."

왕보는 설계도를 보여준 후 관우 제안도 받아들이며 신속히 작업을 실행에 옮겼다.

4

왕보는 일단 형주로 돌아가 인부와 기술자를 모으고 지형을 시찰한 뒤 봉화대 축조에 착수했다.

봉화대는 한두 곳이 아니다. 육구에 주둔하는 오군에 대비하기 위한 시설이니 오나라 동정을 멀리서 살필 수 있는 지점에서 시작해 강기슭 10리, 20리 간격으로 적당한 언덕이나 산지를 골라 초소를 세우고 병사 50~60명이 밤낮으로 교대하며 대기했다.

일단 오나라 이변을 발견하는 즉시 첫 초소가 있는 언덕에서 첫 봉화를 올린다. 밤이면 예광탄을 쏜다. 다음 초소는 그 신호를 보자마자 똑같이 올린다.

그다음 봉화는 이런 식으로 순식간에 이어 달리듯 옮겨가고 수백 리 멀리서 일어난 이변이라도 눈 깜짝할 사이에 본성에서 파악할 수 있는 구조다.

이 '연결 봉화'는 일본의 전국 시대에도 활용되었다고 한다. 가와나카지마(川中島) 전투에서 다케다(武田) 가문이 실시한 군제(軍制)가 훌륭한 예라고 할 수 있는데, 그들은 해마다 끊이지 않는 에치고 우에스기(越後上杉)의 진출에 대비하여 젠코지(善光寺) 평야에서 고후(甲府) 사이에 설치한 봉화를 통해 단시간에 급보를 받았다.

"공사는 순조롭게 착착 진행됩니다. 이제는 사람 문제만 남았습니다."

왕보는 마침내 양양으로 돌아와 관우에게 고했다.

"강릉(江陵) 방면 수비는 미방과 부사인(傅士仁)이 맡았습니다만 자못 걱정스럽습니다. 형주 수비를 맡은 반준(潘濬)도 정사를 돌볼 때 사사로운 정에 끌리는 일이 수두룩하고 탐욕스럽다는 소문이 있어 바람직하지 못합니다. 봉화대를 완공하더라도 제대로 된 인재를 담당자로 앉히지 못하면 되레 평시에 마음을 놓고 방심하게 되니 불시에 화를 불러일으키는 원인이 됩니다."

"음…. 사람이 중요하다…."

관우는 건성으로 답했다. 자신이 발탁하여 형주성 수비나 강기슭 방비를 맡긴 이상 그 사람들을 의심할 마음은 추호도 들지 않았다. 생각해보겠다며 왕보가 한 말을 흘려들었다.

"일단 후방을 근심할 일은 없겠구나."

관우는 양양에 진을 치고 머무르며 충분히 기력을 보충한 장졸에게 양강(襄江)을 건너도록 지시했다.

물론 그전에 배와 뗏목을 마련하는 등 모든 준비를 마쳤다. 당연히 도강하다가 적이 온갖 태세를 갖추고 맹렬하게 공격하리라는 점도 각오했다.

어찌 된 일인가? 대군은 어려움 없이 배를 저어 그 어떤 저항에도 부딪치지 않고 차례차례 건너편 강기슭에 상륙했다.

이때도 번성에 있던 위군은 내부 갈등을 겪는 중이었다.

먼젓번 도망쳐 돌아온 조인은 가까스로 목숨을 부지했던 만큼 그 뒤로 관우의 무용을 여간 두려워하는 게 아니다.

"어찌하면 좋단 말이냐?"

형주 군이 도하 준비를 하는 모습을 바로 코앞에서 지켜보면서도 그저 참모 만총에게 방책을 독촉할 뿐이다.

만총은 처음부터 관우를 강적이라 여기고 조인이 양양으로 진영을 내보내는 것마저 거세게 만류할 정도로 수비를 중시하는 참모였으니 두말없이 충고했다.

"굳건히 성을 지키는 게 으뜸입니다. 나가서 싸운다 해도 승산이 없습니다."

성 한편에 있던 대장 여상(呂常) 등이 하는 생각은 만총과 정

반대다. 성에 틀어박히는 건 최후 수단이다. 하물며 병서에도 군사를 부릴 때를 분명히 가리킨다.

'적이 반쯤 건넜을 때 즉시 쳐라.'

"이 기회를 잡지 않고 언제 때를 노리겠는가? 기회를 모르는 대장과 함께 성을 지키다니 이 무슨 무운(武運)이 다했다는 말인가."

여상은 홀로 통탄했다.

전날 밤은 장수들끼리 격론을 하느라 날을 샜다. 이튿날 아침에는 이미 관우 군 깃발이 이쪽 기슭에 오른 뒤였다.

여상은 여전히 본인이 내세우는 주장을 굽히지 않고 큰소리쳤다.

"이리된 이상 나 혼자라도 나가서 싸우겠소!"

그러고는 용감히 성문을 박차고 나가 상륙 중인 형주 군을 기습한 것까지는 좋았다.

"저 사람이 그 유명한 미염 장군인가!"

부하들은 관우가 뿜어내는 웅장한 모습을 보자 싸우지도 않고 여상을 내버린 채 앞다투어 성문 안으로 도로 달려 들어가 버리는 게 아닌가.

생전에 관을 짜다

1

번성은 포위되었다. 나약한 적에게 둘러싸였을 때와는 다르게 이름 높은 관우와 관우가 이끄는 정예군이 에워쌌으므로 성이 함락될 운명은 당연한 듯 다가왔다.

'급히 원군을 청합니다.'

파발을 받은 위왕궁은 시커먼 근심에 휩싸였다. 조조는 어전 회의에 나가 신하들이 늘어선 모습을 돌아보며 대장 하나를 지목했다.

"우금, 그대가 좋겠다. 즉시 번천으로 행군하여 조인을 위기에서 구하라."

위왕에게 지명을 받았다는 사실은 분명 크나큰 영광이다. 그런 만큼 우금은 무거운 책임을 느꼈다. 특히 조인은 위왕 아우이기도 하다. 우금은 명을 받으며 청을 하나 넣었다.

"선봉대장으로 삼을 만한 용맹스러운 장수를 하나 붙여주십시오."

"그래, 좋다. 누가 선봉에 서서 관우 군을 짓밟겠느냐?"

조조 말이 채 끝나기도 전에 나서는 사람이 있었다.

"지금이야말로 나라에게 입은 은혜에 보답할 때인 듯합니다. 제게 명해주십시오."

예상치 않은 대장부 출현에 사람들 시선이 집중되었다. 얼굴은 잿빛을 띠고 머리칼은 다갈색이다. 서량 출신이라 하니 오랑캐 피가 섞였으리라. 피부색이나 머리칼이 그 증거다. 그 사람 이름은 방덕, 자는 영명이다. 한중으로 진격했을 때 위나라에 사로잡힌 뒤 조조 아래서 녹을 먹는 사람이다.

조조가 보기에 방덕이라면 관우 호적수가 될 듯했다. 이름 높은 용감무쌍한 장수 관우와 대적하여 수치스럽지 않은 전투를 벌이기에 우금은 실력이 조금 부족했다.

"방덕도 가라. 내 친위대도 함께 딸려 보내마."

조조는 신중에 신중을 기했다. 조조는 수백만 군사 중에서 발탁한 호걸들인 친위대 일곱 대장도 함께 보냈다.

각자 인수를 받고 물러갔다. 그날 밤, 일곱 대장 가운데 한 사람인 동형(董衡)이 조용히 우금을 찾아왔다.

"저희가 장군을 대장으로 모시고 출정하게 되어 더할 나위 없는 영광입니다만, 방덕이 부장으로서 선봉에 선다니 아무래도 께름칙합니다. 사실을 말씀드리면 한 줄기 먹구름이 우리 원정길에 드리워진 느낌입니다."

"허허, 어찌 된 까닭인가?"

"방덕은 서량 출신으로 마초 심복이었습니다. 마초는 지금 촉나라에 있고 현덕이 요직에 등용하여 오호대장군 가운데 하나로 삼았다지 않습니까? 그뿐만 아니라 방덕의 형 방유(龐柔)도 지금은 촉나라에 있습니다. 이리 위험하고 그늘진 인물을 선봉에 세우고 촉군과 마주하자니 저희는 심경이 복잡합니다. 장군께서 이런 속사정을 슬쩍 위왕께 일러주신 뒤 재고를 청하길 바랄 따름입니다."

"그렇군. 친위대 대장들이 불안해하는 것도 일리 있소. 조속히 대왕을 알현하고 의견을 여쭙겠소이다."

한밤중이었고 출정 준비에 바빴지만 우금은 창황히 위왕궁을 찾아가 그 속사정을 조조에게 고했다.

빠짐없이 이야기를 들은 조조 역시 편치 않은 기분에 휩싸였다.

"들어는 두겠다."

일단 우금에게 답한 뒤 부리나케 사자를 보내 방덕을 불러들였다.

군령이 바뀌었음을 알리고 방덕에게 내린 인수를 거두었다. 방덕은 두 눈이 휘둥그레지면서 낯빛을 바꾸고 호소했다.

"대체 어찌 된 까닭입니까? 대왕께서 내리신 명을 받들고 내일 아침엔 토벌에 나서기 위해 이제 막 일족과 부하를 모아 말이며 갑옷을 정비하고 활약할 준비를 하였건만, 이런 지시를 내리시다니요!"

"말해주마. 나는 너를 조금도 의심하지 않는다. 네가 선봉군 대장이라는 사실에 전군이 반대 의견을 냈다. 옛 주군 마초가 촉나라에 있고 오호대장군이라는 영예로운 작위를 받았으며 분명 너도 어떻게든 인연이 닿아 있으리라는 게 그 이유다. 다른 마음을 품었다는 혐의가 있다는 말이다."

2

방덕은 생각지도 못한 사태를 견딜 수 없다는 얼굴로 꼼짝도 하지 않고 입을 앙다물었다. 낙심한 방덕을 달래기 위해 조조는 말을 이어 나갔다.

"네게 딴마음이 없다는 사실을 나는 익히 알지만, 항간에 떠도는 말은 막을 방도가 없다. 섭섭하게 생각지 마라."

"…."

방덕은 그 자리에서 관(冠)을 벗어던지고 바닥에 무릎을 꿇고 머리를 조아리더니 자신의 부덕을 사죄하며 고했다.

"저는 한중에서 투항한 뒤 대왕께 두터운 은혜를 입었고, 언젠가는 이 한 몸 바쳐 그 은덕에 보답하겠다는 생각만 하고 살았습니다. 오늘 되레 사람들 의심을 일으키고 폐하 마음을 어지럽히다니 이 무슨 불충이요 무사로서 불운이란 말입니까? 통촉하여주십시오."

방덕은 반석같이 커다란 몸을 벌벌 떨며 슬퍼했다. 방덕은 더욱 격렬하게 말을 이었다.

"지금 촉나라에 있는 형 방유와는 의절한 지 이미 오래되었습니다. 마초와는 작별한 뒤 편지 한번 전해본 적이 없습니다. 특히 마초는 저를 버리고 홀로 촉나라에 투항했으니 이제 와 그 사람에 대한 도리를 내세워 촉군에게 활을 당기지 못할 까닭이 없습니다."

한 마디 한 마디 토해낼 때마다 방덕 얼굴에서 피가 철철 흘렀다.

그러자 조조는 친히 손을 뻗어 방덕 몸을 부축해 일으키고는 괴로워하는 방덕을 자못 위로했다.

"됐다, 이제 됐어. 네 충의는 그 누구보다 이 조조가 잘 안다. 일단 여러 사람 의견을 들어준 것도 일부러 그쪽에게 속마음을 털어놓게 하여 네 뜻을 알리기 위해서였을 뿐. 지금 네가 똑똑히 해준 이야기를 들으면 우금 휘하 부하나 친위대 대장들도 말끔하게 의혹이 풀릴 것이다. 자, 출정하라. 아무 걱정하지 말고 전장에 서서 누구보다 많은 공을 세워라."

하여 인수가 방덕 손으로 되돌아갔다. 방덕은 감격에 찬 눈물로 목이 멘 채 맹세코 하늘 같은 은혜에 보답하겠다며 백배한 뒤 물러났다.

방덕 집에는 출정에 앞서 석별의 정을 나누기 위해 지인과 벗이 모여 시끌벅적했다. 귀가하자마자 방덕은 하인을 부리나케 보내 시신을 넣는 관을 사 오도록 시켰다.

그러고는 아내 이(李)씨를 불러서 물었다.

"모든 손님이 즐겁게 마시고 있소?"

"초저녁부터 잔뜩 모여서 당신 귀가를 기다리세요."

"그렇소? 곧 자리로 갈 테니 먼저 이 관을 술자리 정면에 장식해주시오."

"어머나! 불길해요. 장례식에 쓰는 관 아니에요?"

"맞소. 아녀자가 아는 체할 일이 아니오. 내가 말한 대로 해두시오."

방덕은 의복을 갈아입은 뒤 마침내 객실로 발걸음을 옮겼다. 손님들은 일제히 정면에 놓인 관을 보고 어리둥절하여 주인 뜻을 수상히 여기며 초상집에서 밤을 새우는 사람들처럼 조용히 앉아 주인을 기다렸다.

"그것참 실례했소. 내일 아침 출진에 앞서 별안간 위왕께서 부르시기에 무슨 일인가 여쭈었더니 참으로 생각지도 못한 말씀을 하시더이다…."

방덕은 오늘 밤 있었던 일에 대한 전말을 세세히 설명한 뒤 위왕이 내린 하늘에 닿을 듯한 은혜에 감격하여 눈물을 흘리며 돌아온 사연을 알렸다.

"내일 번천을 향해 떠나는 이상 적장 관우와 승부를 가려 크게는 군주에게 입은 은혜에 보답하고 작게는 이 한 몸이 무문의 결백을 밝혀야겠소. 아무래도 이번 출진은 살아 돌아오기를 바라며 떠날 수 없으니 이 밤을 꼬박 밝혀 살아생전에 친분을 나누고 작별 인사를 올리고 싶소. 부디 날이 밝을 때까지 마음껏 마셔주시오."

그러고는 아내 이씨에게 이런 말을 남겼다.

"내가 만약 관우 목을 베지 못하면 필시 관우 손에 죽을 터. 내가 죽은 뒤에는 아이들을 잘 돌보고 아비를 뛰어넘는 인재로 키워 남은 한을 풀어주시겠소? 부탁이오."

방덕이 비장한 결심을 한 걸 깨닫고 자리를 가득 채운 사람들은 하나같이 소매를 적셨지만, 아내 이씨는 부지런히 하인을 부리며 동틀 때까지 남편과 손님 술자리를 살피고 끝끝내 눈물을 보이지 않았다.

3

날이 새자 업도 거리에는 꽹과리와 북소리가 요란했다. 각각 우금 일족과 친위대 대장 출진을 알리는 신호다.

취라 소리도 나고 징 소리도 들렸다. 방덕 집에서도 벌써 문을 열고 깨끗이 길을 쓸어놓았다. 이윽고 주인이 가신을 이끌고 나왔다.

자세히 보니 방덕이 이끄는 병사는 새하얀 비단으로 덮은 관을 행렬 맨 앞에서 높이 짊어지고 있는 게 아닌가. 문밖에 늘어선 500여 명에 달하는 부장과 사졸은 두 눈이 휘둥그레졌다. 초상이 난 줄 알았던 것이다.

"의아하게 생각지 마라."

말에 올라 여유로운 모습으로 나타난 방덕은 안장 위에서 부하들에게 일갈했다. 이번에는 살아 돌아오지 않겠다는 결심과 위왕에게 입은 큰 은혜를…. 그러고는 말을 이어 나갔다.

"평소 그대들이 보여준 마음에 나는 심심한 감사를 표한다. 만약 이 방덕이 관우에게 죽임을 당하여 허무하게 시신으로 변한다면 이 관에 넣고 돌아와 위왕을 뵙게 해다오. 하지만 평생 무예를 갈고닦은 방덕이다. 그리 호락호락 당하지는 않는다. 오늘 아침엔 이처럼 생사를 하늘에 맡기고 출진할 뿐이다!"

결사의 뜻을 품은 대장이 하는 각오는 부하들 마음에도 그대로 비쳤다. 방덕이 출진하는 날에 선보인 자태는 곧 조조 귀에도 흘러들어 갔다.

"그것참 좋구나."

조조는 그 소식을 전해 듣고 당연히 기뻐했다. 가후가 곁에 있다가 궁금했는지 물어왔다.

"대왕, 무얼 그리 즐거워하십니까?"

"나는 방덕이 성대하게 출진하여 기쁘다."

조조는 이리 세상 물정을 모르는 사람도 다 있다는 듯이 가후에게 답했다.

"황공하옵니다만 대왕께서는 어쩐지 잘못 헤아리신 듯합니다. 관우는 세상에 널린 그렇고 그런 무장이 아닙니다. 이미 천하에 관우라는 이름을 떨친 지 30년, 관우가 실수했다는 말은 한번도 듣지 못했으며 관우를 믿지 못하겠다는 평판도, 무모하다는 소문도 없었습니다. 지금 무예와 용맹함으로 관우와 대적하여 막상막하 승부를 겨룰 자는 분명 용감무쌍한 방덕 말고는 인물이 없습니다. 대왕이 날카로운 통찰력을 발휘한 점, 저도 감복합니다. 허나 그것은 무용만을 문제 삼았을 때 내릴 수 있는 판단입니다. 지략의 차이를 살피면 도저히 능수능란한 관우에는 미치지 못합니다. 방덕이 비장한 결의와 혈기에 기대어 출진한 건 적을 모르는 사나운 호랑이가 선보이는 용기일 뿐이라 저에게는 위태롭게 느껴져 차마 눈 뜨고 볼 수 없었습니다. '힘센 두 사람이 승부를 겨루면 한쪽은 반드시 다친다'는 옛말도 있습니다. 위나라에서 둘도 없는 대장을 함부로 죽게 하는 일은 나라를 위해서도 결코 좋은 계책이 아닙니다. 이제라도 방덕이 보인 기세를 조금 가라앉히는 게 장래를 도모하는 길이 아닐까 합니다."

"아아, 옳은 말이구나."

조조는 즉시 방덕에게 사자를 띄웠다.

사자는 행군을 따라잡은 뒤에 알렸다.

"어명입니다. '전장에 도착해도 경솔히 적을 도발하지 마라. 얕보지 마라. 적장 관우는 지혜와 용맹을 겸비했다고 알려진 장수다. 모쪼록 만약에 대비하며 일을 그르치지 않도록 하라'고 말씀하셨습니다."

"삼가 받들겠습니다."

정중하게 답했지만, 사자가 돌아간 뒤 방덕은 주위가 떠나가라 한바탕 웃어젖혔다.

"어찌 그리 웃으십니까?"

"대왕이 염려하시면 오히려 이 방덕 마음이 약해진다오. 그러니 일부러 크게 웃어 내 의지가 약해지지 않도록 다시 맹세하던 참이오."

우금은 천성이 심약했으므로 그 말을 듣자마자 눈썹을 찡그리며 충고했다.

"무릇 적을 압도하는 장군의 의기는 높이 살 만하나 위왕께서 경각심을 일깨워주셨음을 잊지 마시오. 적을 잘 판단하고 싸워야 하오."

"삼군이 이미 출정하였소. 뒤돌아볼 것도 없소. '관우, 관우' 하며 주문이라도 외듯이 말하지만, 관우가 설마 귀신일 리는 없잖소?"

방덕은 시종일관 넘치는 전의를 불태우며 삼군 선봉에 서서 오로지 번천을 향해 맹렬히 진격했다.

양아들 관평

1

번성을 포위하는 일은 마무리되었다. 그야말로 물샐틈없는 포진이다. 관우는 중군에 앉아 밤새 쉼 없이 들어오는 급보를 차근차근 들었다.

위나라에서 원군 수만 기가 몰려온다는 보고다.

또 다른 보고가 들어왔다.

대장 우금, 부장 방덕, 게다가 위왕 직속 친위대 일곱 대장도 각각 정예를 이끌고 회오리바람처럼 진격 중이라고도 했다.

이런 급보도 올라왔다.

선봉에 선 방덕이 관우 목을 베지 않고는 돌아가지 않겠다며 흰 깃발에 '필살 관우'라 쓰고 군졸들에게 관을 짊어지게 하여, 벌써 그곳에서 30여 리 되는 땅에 진을 치고 나각(螺角)과 징을 울리니 그 기세가 무시무시하다는 내용이다.

보고를 들은 관우는 버럭 화를 내며 낯빛을 바꾸더니 긴 수염을 바람에 휘날리며 대갈했다.

"천한 놈, 나를 모욕했겠다. 좋다, 방덕 소원대로 놈을 자기가 준비해온 관에 넣어주겠다."

즉시 관우는 말에 올라타면서 양자 관평을 불러들였다.

"아비가 방덕과 싸우는 동안 너는 방심하지 말고 번성을 공격하라. 위나라 원군이 성에서 30여 리 밖에 와 있다는 걸 알면 성안 병사들의 사기가 순식간에 오를 테니 이쪽이 방심하면 반격해 올 터."

관평은 아버지가 걸터탄 말고삐를 잡더니 앞을 가로막았다.

"아버님답지 않은 일입니다. 방덕이 아무리 호언장담을 했다지만, 구슬로 참새를 잡고 검으로 파리를 쫓을 필요는 없습니다. 쥐새끼같이 하찮은 방덕 같은 놈을 쫓는 데는 저 하나로도 충분합니다. 저를 보내주십시오."

"음…. 시험 삼아 네가 나가 상대해보겠느냐?"

관우는 자식이 해주는 충언에 기쁨을 한껏 내비쳤다. 아버지에게 간언할 만큼 아들 관평도 어른이 다 되었다 생각했으리라.

"다녀오겠습니다. 좋은 소식을 기다리십시오."

젊은 관평은 훌쩍 말 위에 올라타 휘하 부대를 번뜩이는 칼날로 지휘하며 늠름하게 앞장서서 내달렸다.

이윽고 전방에 구름이 내린 듯 안개가 낀 듯, 적의 제1진을 배치한 모습이 보였다. 이마 위에 손차양을 하고 바라보니 검은 깃발에는 '남안(南安) 방덕', 흰 깃발에는 '필살 관우'라 쓰여 있는 게 아닌가.

관평은 말을 세우고 우렁차게 불렀다.

"서강(西羌)의 필부, 지조도 없이 돈에만 팔려가는 용병 같은 놈아. 앞으로 나와서 진정한 무장을 맞이하라."

멀리서 바라보던 방덕이 주위 사람에게 물었다.

"저 풋내기는 뭐하는 놈이냐?"

아무도 아는 사람이 없었다.

말하는 걸 들어봐서는 보통내기가 아니다. 마침내 방덕이 품은 분노가 폭발했다.

"애송이 놈, 단번에 비틀어버릴 테다."

방덕은 진열을 좌우로 가르며 순식간에 관평 앞에 떡하니 나타났다.

"이 촌닭, 대체 뭐하는 졸개냐?"

방덕이 오만방자하게 묻자 관평이 답했다.

"모르는가. 내가 바로 오호대장군 우두머리 관우의 양자, 관평이다."

"으하하. 어쩐지 젖내 나는 애송이다 싶어 먼발치에서 보았는데, 관평이었군. 돌아가라, 돌아가. 나는 위왕이 내린 명을 받고 네 아비 머리를 가지러 왔다. 네놈처럼 기저귀 냄새나는 애송이를 베러 온 게 아니란 말이다. 네놈은 그냥 살려줄 테니 가서 내 말을 네 아비에게 전하라. 아비의 비겁함을 충고하고 전장으로 보내라."

"뭐, 뭐라!"

관평은 어처구니가 없는지 흥분하여 말을 몰아 갑자기 방덕에게 덤벼들었다.

번쩍거리는 칼을 휘두르며 방덕과 맞서 잘 싸웠지만, 승부는 좀처럼 나지 않았다.

마침내 승부가 나지 않은 채로 물러났지만, 젊고 용맹한 기운이 넘치는 관평도 어깨를 크게 들썩이며 숨을 내쉬고 온몸에는 열기가 뿜어져 나왔다.

두 사람이 싸웠다는 말을 들은 관우는 다음에는 관평이 지리라고 생각한 듯, 이튿날 아침 갑자기 부하 요화에게 성을 공격하라는 임무를 맡기고 자신은 관평의 진으로 갔다.

"오늘은 내가 방덕을 유인할 테니 아비가 싸우는 모습을 구경하라."

관우는 애마 적토마를 몰며 유유히 양군 사이로 나아갔다.

2

전장에 불어오는 산들바람에 관우를 상징하는 아름다운 수염이 하늘하늘 나부꼈다.

"방덕은 어딨나?"

관우가 적진을 향해서 외치자, 골짜기 깊은 곳에서 저 멀리 달을 바라보며 울부짖는 호랑이가 답하는 듯한 소리가 들려오는 게 아닌가.

"여기 있다!"

그와 동시에 와! 하는 함성과 북과 징을 울리는 소리가 일시에 요란스럽게 울렸다.

아군의 소용돌이치는 듯한 열렬한 성원을 받으며 방덕이 홀로 말에 걸터타고 이쪽을 향해 다가왔다. 관우 앞에 와서 떡하니 멈춰 서자, 위나라 진도 촉나라 진도 찬물을 끼얹은 듯이 가라앉았다.

먼저 방덕이 목청껏 외쳤다.

"나는 이번에 천자가 내린 칙명과 위왕으로부터 받은 직명을 받들어 그대를 정벌하러 왔다. 그대는 내 위세가 두려웠는지 비열하게도 애송이 같은 양자를 내보내 부하로부터 받을 비난을 벗어나려고 했겠지만, 천도(天道)가 어찌 이제 와 흉란에 대한 죄를 용서하겠느냐? 그렇게도 목숨이 아깝거든 말에서 내려 당장 항복하라."

관우는 쓴웃음을 지었다.

"서강에 사는 쥐새끼 같은 도적놈이 권력자 갑옷을 빌려 입고 마치 사람처럼 지껄이는구나. 나는 그저 오늘 벌어질 일을 한탄한다. 내가 오랫동안 애용한 칼을 네놈 같은 북방 오랑캐 피로 더럽혀야만 한단 말인가. 이놈 방덕, 어서 관을 이리로 가져오너라."

"뭐라!"

순간 말굽 아래에서 누런 흙먼지가 자욱하게 일었다. 회오리바람 속에서 방덕이 내두르는 무기와 관우가 휘두르는 언월도가 번쩍번쩍 불꽃을 수십 합 주고받았다. 두 영웅이 뿜어내는 숨소리뿐만 아니라 말과 말도 서로 싸우는 듯 울부짖고 날뛰었으니 언제 승부가 날지도 알 수 없었다.

싸우면 싸울수록 두 영웅은 정기를 더해갔고 양쪽 진영에 있는 장병들은 취한 듯이 손에 땀을 쥐었지만, 맹렬하게 100여

합을 싸웠을 무렵 갑자기 촉군 진영에서 징과 북이 울렸고 동시에 위군 쪽에서도 퇴각하라는 북소리가 울리는 바람에 방덕도 관우도 동시에 무기를 거두고 각자 군영으로 물러갔다.

아무리 영웅호걸이라지만 연로한 아버지가 오래 싸우다가는 무슨 일이 생길지 모른다는 생각에 관평이 퇴각을 알리는 징을 치게 한 것이다.

관우는 본진으로 돌아와 휴식을 취하며 여러 장수와 관평에게 말했다.

"방덕이라는 자는 상당한 호걸이다. 방덕이 선보인 무예와 역량은 보통이 아니다. 내 상대로 부끄럽지 않은 적이다."

"아버님, '하룻강아지 범 무서운 줄 모른다'는 속담도 있지 않습니까? 아버님께서 오랑캐 군졸을 벤다 한들 명예가 되지는 않습니다. 반대로 상처라도 입는다면 한중왕께서 마음 아파하실 것입니다. 다시는 방덕과 일대일로 맞서지 마십시오."

관평이 간언했지만 관우는 웃기만 할 뿐이다. 이미 노령이건만 관우는 나이를 잊은 지 오래다.

한편, 위나라 진영으로 돌아간 방덕도 관우가 선보인 용맹을 입에 침이 마르도록 칭찬했다.

"오늘까지는 사람들이 모두 '관우'라는 이름만 들어도 겁을 내고 두려워하는 걸 보고 왜 그런가 비웃었지만, 그야말로 진정한 희대의 영웅호걸이다. 사람들이 하는 말을 절실히 느꼈다. 죽든 살든, 생각하면 나는 무가의 행운아다. 이 세상에 둘도 없는 호적수를 만났구나, 음하하."

우금이 진중으로 문안을 와서 그 이야기를 듣더니 충고를 한

마디했다.

"관우를 이기기는 어려우니 목숨을 함부로 하지 마시오."

방덕은 우금이 해주는 충고를 귓등으로도 듣지 않았다.

"이만한 적을 만나 명예로운 결전을 피할 정도라면 애당초 무인이 되지 않는 편이 낫소. 내일이야말로 더더욱 기분 좋게 싸워 어느 쪽이 이기든 쓰러지든 생사를 결정할 테니 잘 지켜보시오."

이튿날 방덕은 다시 말을 걸터타고 들판 한가운데로 나가 호적수에게 도전했다.

"관우, 나와라."

3

오늘은 방덕이 먼저 나와 소리를 질렀다. 애초에 관우도 기다리던 참이다.

"적장은 꼼짝 마라."

관우는 고함을 치며 곧장 말을 몰고 달려 나갔다.

무기를 맞대고 50여 합에 이르자 방덕이 갑자기 말을 이리저리 몰더니 도망을 쳤다. 관우는 속임수임을 알아차리며 바싹 쫓아갔다.

"거짓으로 칼을 거두다니, 대장부답지 못하구나. 오랑캐 놈, 돌아와라!"

이때 갑자스레 진지 안에서 관평이 말을 내달려 뛰쳐나왔다.

"아버님! 놈이 쳐놓은 계략에 빠지지 마십시오. 앗! 방덕이 활을 빼 들었습니다!"

위기에 빠진 아버지를 보고 뒤에서 위험을 알렸다.

동시에 이미 방덕이 쏜 화살이 휙 관우 얼굴을 노리며 날아왔다. 관우는 왼쪽 팔꿈치를 굽혀 이 화살을 받아냈다. 화살은 팔꿈치에 박혔고 얼굴은 팔에서 튄 피로 범벅이 되었다.

"아버님!"

관평이 말을 몰고 다가가 아버지를 껴안고 아군 진영으로 돌아가려는 순간, 방덕이 그 모습을 보자 또다시 활을 버리고 칼을 휘두르며 덤벼들었다.

깜짝 놀란 촉나라 진영은 북을 울리며 술렁거렸다. 위나라 진에서도 돌격해 왔다. 순식간에 난전이 벌어졌다. 그 틈을 타 관평은 젖 먹던 힘까지 짜내어 아버지를 부축해 아군 진영으로 내달렸다.

그때 위나라 중군에서는 쉴 새 없이 퇴각을 알리는 징을 쳐 댔다. 방덕은 이상하다 여겼지만, 후방에 무슨 이변이라도 생긴 게 아닌가 싶어 서둘러 병사를 거두고 중군 사령 우금에게 물었다.

"무슨 일이오? 무슨 변고라도 났소?"

돌아온 우금 대답은 참 어처구니없었다.

"무슨 일이 일어난 건 아니지만, 도읍을 떠날 때 위왕께서 특별히 경계하라는 뜻으로 사자를 보내 말씀하시기를, 관우는 지혜와 용맹이 뛰어난 장수다, 평범한 적이라 생각해 가볍게 보지 말라며 신신당부하셨소. 혹시나 관우가 쳐놓은 간계에 빠졌나 싶어 너무 깊이 발을 들여놓지 않도록 제지한 것이오."

"그대가 징만 치지 않았다면, 승리 기회를 놓치지 않았을 터. 오늘은 관우 머리를 얻을 수 있었는데…"

방덕은 이를 부드득 갈며 분해하면서 몇 번이나 불평해댔다.

게다가 일부 장수 사이에서는 자신이 세울 공을 방덕에게 빼앗길 걸 두려워한 우금이 서둘러 퇴각 명령을 내린 것으로 의심하는 사람도 더러 있었다.

여하튼 이날 화살을 맞아 상처를 입은 관우는 팔꿈치 치료에 온 힘을 다했다.

"음, 다음에는 내 칼로 방덕에게 되갚아주겠다."

상처는 깊지 않은 듯했지만 약효가 좀처럼 듣지 않았다. 관평과 막료들은 애써 관우를 안정시키며 관우가 조급해하지 않도록 진 바깥에서 나는 함성이 되도록 들리지 않도록 주의했다.

이를 기회 삼아 적은 매일같이 공격해 왔다. 방덕이 내린 분부에 따르는 것 같았다. 방덕은 어떻게든지 관우를 불러내려고 날마다 병사들을 시켜 비웃고 욕을 퍼부었다.

"아무리 해도 넘어가지 않는구려. 책략을 바꿔봅시다. 우리 선봉에 있는 중군을 한데 뭉쳐 적진을 돌파하여 단번에 번성에 주둔하는 아군과 연락을 취하는 건 어떻겠소?"

방덕이 우금에게 책략을 제안했지만, 우금은 그저 위왕이 내린 훈계를 되풀이할 뿐이다.

"관우만 한 자가 정면에서 적이 돌파하고 들어올 수 있도록 진을 배치했을 리가 없소. 장군이 하는 말은 계책이라 할 수 없고 그저 용맹함과 강한 신념일 뿐이오. 하지만 전쟁은 한 사람이 휘두르는 용맹보다 1만이 결속하는 걸 잘 이용하는 지략으로 승패가 갈리는 법. 일단은 천천히 기회를 기다리겠소."

우금은 방덕이 권한 책략에 쉽게 찬성할 기색을 보이지 않았다. 그뿐 아니라 친위대 일곱 대장을 번성에서 북쪽으로 10리 떨어진 곳으로 옮기고 자신은 중군을 이끌고 정면 대로에서 진격할 태세를 갖추었지만, 방덕 군사는 출격하기에는 악조건인 산 뒤쪽으로 보내버렸다. 이 지령을 들여다보면 우금은 방덕이 단독으로 공을 세울까 봐 내심 경계했던 모양이다.

칠군, 물고기 밥이 되다

1

화살을 맞은 아버지 상처도 날이 갈수록 아물어가는 듯하자 한때는 맥이 빠져 있던 관평도 한숨을 돌리고 유막에 있는 사람들과 이마를 맞대고 전략을 짜기에 여념이 없었다.

"이제 걱정은 없다. 앞으로는 마음을 다잡고 공세에 나서 위나라의 교만한 마음을 꺾고 우리 실력이 어느 정도인지 본때를 보여주겠다."

그 순간 위군이 갑자기 진용을 바꿔서 번성에서 북쪽 10리 밖으로 옮겨 갔다는 보고가 들어왔다.

"분명 촉나라 공세를 두려워한 적이 포진을 바꾼 것이렷다."

촉군 장수들은 경솔함을 경계하여 즉시 그 소식을 관우에게 보고했다.

"어떤 식으로 진 배치를 바꾸었느냐?"

직접 보겠다며 관우는 높은 지대로 올라가 손차양을 하고 멀리 내다보았다.

번성 성안부터 살펴볼까? 적군은 외부와 단절되어 있어 사기도 떨어진 지 오래고 깃발 색도 바랜 게 위나라 원군과 연락을 취하지 못했다는 걸 짐작할 수 있었다.

성 밖 10리 떨어진 북쪽을 바라보니, 그 부근에 보이는 산그늘, 계곡, 하천 근처에는 아군과 연락을 취하려고 위나라 친위대 일곱 대장이 칠군으로 나뉘어 곳곳에 진을 치는 모습이 멀리서 또렷이 눈에 들어왔다.

"관평, 토지 길잡이를 이리로 불러오너라."

"데리고 왔습니다. 이자가 자세히 압니다."

줄곧 지세를 바라보던 관우는 길잡이에게 물었다.

"적의 칠군이 깃발을 옮긴 저 근처를 뭐라 부르느냐?"

"증구천(罾口川)입니다."

"근처에 있는 강은?"

"백하(白河)에서 흘러내려 오는 강물이며 양강 격류입니다. 어느 쪽이든 비가 오면 온갖 골짜기에서 내려오는 물이 더해져 강물이 쑥쑥 불어납니다."

"골짜기는 좁고 배후는 험준한 듯한데, 다른 곳에 평지는 없느냐?"

"그렇습니다. 저 산 너머는 번성 성문 뒤쪽으로 '무적 요새'라 불리는 터라 병마들이 쉽게 넘어갈 수는 없습니다."

"그런가…."

길잡이를 물리고 나서 관우는 무슨 일인지 벌써 승산이 있다는 듯 말했다.

"적장 우금은 이미 내 손바닥 안에 있다."

관우 뜻을 헤아리지 못한 여러 장수가 자세한 이유를 물었지만 관우는 이렇게 대답할 뿐이다.

"중구로 들어가는 자는 능히 살아 나올 수 없다. 이 말이 한 병서에 나오는데, 우금이 제 발로 그 사지로 들어갔다. 보아라, 얼마 안 있어 칠군 병사들 얼굴이 사색으로 변할 터."

그날 이후로는 병사들을 독려하여 근처에 자란 나무를 베어 배와 뗏목을 수도 없이 만드느라 눈코 뜰 새 없이 바빴다.

"육전(陸戰)을 하는데 왜 배나 뗏목만 만드는 거지?"

"그러게나 말이야. 어디다 쓰려는 걸까?"

장졸들은 하나같이 관우가 내린 명령을 이상하게 여겼다.

이윽고 8월로 접어들자 밤이고 낮이고 장대 같은 비가 쏟아졌다.

양강에 쏟아붓는 우량(雨量)은 밤이 지날 때마다 놀라울 정도로 쑥쑥 불어났다. 백하에 흐르는 탁류도 넘쳐나 모든 하천이 하나로 합쳐지더니 주변 일대 땅이 주저앉으면서 진흙 바다로 변해버렸다.

관우는 높은 곳에 올라 날마다 칠군 측 동태를 관찰하였다. 강가 부근에 배치한 진도, 골짜기 사이사이에 친 진도, 점점 불어나는 강물에 잠겨 하루하루 조금씩 높은 곳으로 옮겨 갔다. 배후에 있는 산은 말 그대로 험준했다. 적의 깃발은 이제 더는 오를 수 없는 곳에서 휘날렸다.

"관평, 관평은 있느냐?"

"예."

"이제 됐겠지. 내가 예전부터 말했던 상류로 가 둑을 무너뜨려 강물을 흘려보내라."

"알겠습니다."

관평은 한 부대를 이끌고 빗속을 뚫고 어딘가로 달려갔다. 양강 상류 쪽으로 7리 떨어진 지역에는 또 다른 강줄기 하나가 갈라져 흘렀다. 관우는 달포나 전부터 그 지류에 부하 수백과 토착민 수천을 보내 둑을 높이 쌓아서, 그동안 내린 빗물을 양야(襄野) 일대에 비축해두었던 것이다.

2

그날, 우금 본진으로 군사를 감독하는 장수 성하(成何)가 찾아왔다.

"언제 날이 갤지 알 수 없는 긴 장마입니다. 혹시나 양강 강물이 지금 이상 더 불어난다면 모든 진은 물속으로 가라앉습니다. 한시라도 빨리 이 증구천을 떠나 다른 곳으로 진을 옮겨야 합니다."

성하는 간절하게 청했다.

"촉군은 지켜본 바로는 진영을 이미 고지대로 옮긴데다 엄청난 수에 달하는 배와 뗏목을 만드느라 비지땀을 흘렸습니다. 이는 적군에게 꿍꿍이속이 있다는 뜻. 우리 위군도 가만히 있어서는 아니 됩니다."

"그래, 그래. 알고 있소. 그대는 말이 많고 집요하오."

우금은 얼굴을 찡그리며 쓸데없는 말은 그만두라는 듯 짜증

섞인 표정을 지었다.

"아무리 비가 쏟아진다 한들 양강 물에 이 산이 잠겼다는 말은 들어본 적이 없소. 독군(督軍) 장수나 되는 자가 하찮은 걱정으로 불필요한 말을 해서는 곤란하오."

성하는 수치스러워하며 본진에서 물러났다. 그래도 걱정과 불만은 조금도 사그라지지 않았다. 성하는 그길로 친구 방덕이 있는 진으로 발걸음을 옮겼다. 그러고는 자기 생각과 우금이 한 말을 그대로 들려주며 호소했다.

방덕은 적잖이 놀랐다. 눈을 휘둥그레 뜨고 무릎을 쳤다.

"귀공도 느꼈소? 그 말이 맞소. 우금은 총대장이라는 자만심에 빠져 우리 의견을 받아들이지 않을 터. 군령을 거스르는 한이 있어도 우리는 각자 다른 곳으로 진을 옮깁시다."

바깥에는 쓸쓸한 여름 빗소리가 끊임없이 들려왔다.

"이런 때는 울적한 기분을 떨쳐버리고 한바탕 웃어야 하는 법이요."

방덕은 벗을 붙잡고 술상을 대접했다. 두 사람 다 거나하게 술기운이 올라 비도 근심도 잊어가는데, 갑자기 심상치 않은 비바람이 거칠게 불더니 파도 소리인지 북소리인지 알 수 없는 굉음이 일순간에 천지를 뒤흔들었다.

방덕이 엉겁결에 술잔을 내려놓았다.

"아니, 무슨 일이지?"

장막을 걷고 바깥을 보니, 놀랍게도 산처럼 거대한 탁류 물결이 물보라를 일으키며 진영 코앞까지 밀어닥치는 게 아닌가.

"으악, 홍수다!"

성하도 부지불식간에 밖으로 뛰쳐나왔다. 말을 타고 돌아가려는 순간, 저편에 보이는 병영과 진영 막사 따위가 쿵 하며 거대한 물결에 하나둘 부딪쳤다. 순식간에 막사도 병마도 뿔뿔이 흩어져 싯누런 강물 위를 둥실둥실 떠돌았고 꾸역꾸역 밀려오는 격류가 조난자들을 공중으로 띄워 올렸으니, 모든 걸 산산조각 내며 흙탕물 속으로 꿀꺽 집어삼켰다.

강폭을 꽉 채운 채 흐르는 붉은 격류 속에서도 가라앉지 않고 이 처참한 홍수를 오히려 즐기는 듯한 사람도 눈에 띄었다. 바로 병선에 탄 관우와 수많은 뗏목 위에서 창과 활을 들고 늘어선 촉병들이다!

"뗏목에 매달리거나 배로 떠내려오는 적들은 항복한 병사니 구해줘라. 격류에 빠진 자들은 어차피 구할 수 없는 목숨이니 화살을 아껴라."

관우는 병선 위에서 유유히 분부를 내리느라 분주했다.

이날 관평이 강 상류에 쌓아두었던 둑을 무너뜨려 백하와 양강 두 강이 한꺼번에 강기슭을 덮쳤던 것이다. 증구천에 주둔하던 위군 대부분은 강물에 잠겨버렸고 병마 가운데 태반은 떠내려가는 바람에, 하룻밤 사이에 일곱 진영 막사가 흔적도 없이 사라져버렸다.

관우는 밤새 홍수 속에서 노를 젓고 돌아다니며 수많은 적을 물속에서 구해내 포로로 삼았다. 이윽고 아침 햇살이 산 한쪽을 빼꼼히 비추자 놀랍게도 그곳엔 아직도 위나라 깃발을 휘날리며 500여 명쯤 되는 적들이 진을 이룬 게 아닌가.

"오오, 저기 위나라 방덕, 동기, 성하 등 여러 장수가 보이는구나. 호적수들이 한곳에 모여 있군. 포위해서 모조리 쏘아 죽여라.”

촉나라 군졸은 병선과 뗏목을 나란히 하여 깃발이 무리 지어 있는 곳을 포위했다.

화살은 질풍처럼 날아가 곳 여기저기에 박혔다. 500여 명에 달하던 병사는 순식간에 300명, 200명으로 줄어갔다. 동기와 성하는 어차피 도망칠 수도 없다고 단념했다.

“백기를 들고 관우에게 항복을 청할 수밖에 없소.”

방덕은 여전히 혼자서 활을 놓지 않았다.

“항복할 자는 항복하라. 나는 위왕 외에 다른 사람에게는 무릎을 꿇을 줄 모른다.”

그러면서 남은 화살을 있는 대로 쏘아대며 고군분투했다.

3

“얼마 되지도 않는 적병을 상대로 무얼 꾸물대느냐?”

관우가 탄 병선이 곳으로 오더니 느닷없이 적을 향해 화살과 돌을 마구잡이로 퍼부었다.

위나라 장병은 픽픽 쓰러져 하나둘 물속에 빠졌다. 방덕은 여전히 불사신처럼 관우가 탄 배를 향해 예리하게 활시위를 튕기고 살아남은 부하를 격려하며 곁에 있던 성하에게 외쳤다.

“용감한 장수는 죽음을 겁내 구차하게 피하지 않는다 하였소. 오늘이야말로 바로 나 방덕이 죽는 날 같소이다. 그대도 후세에 오명을 남기지 마시오."

"알겠소이다."

성하도 죽음을 각오하여 대답하자마자 창을 휘두르며 강가를 향해 내달렸다. 촉군 뗏목 하나가 강기슭으로 올라오려던 참이다.

안타깝게도 다가가기가 무섭게 성하는 수많은 적에게 무참히 베이고 말았다. 촉병은 함성을 지르며 방덕 발밑까지 쫓아올라왔다. 이 광경을 본 방덕은 활을 버리고 바위를 번쩍 안아 들더니 적병 머리 위로 하나둘 떨어뜨렸다.

"이놈들, 무얼 바라느냐?"

피와 살과 바위는 가루가 되어 휘날렸다.

방덕은 주변에 있던 바위를 거의 다 던져버렸다. 아무리 큰 바위라 해도 방덕은 잘만 들어 올렸다. 사력을 다했다고 할까, 귀신 같은 용맹함이라고 할까. 말로 다 표현할 수 없는 몸부림이었다.

방덕 아래에는 사람도 뗏목도 모습을 감추었다. 방덕은 다시 활을 거머쥐었다. 하지만 주위에는 부하 시체가 겹겹이 쌓여 있을 뿐이다. 이제 살아 있는 아군이 없었다.

주변에서는 계속 화살과 돌이 휙휙 날아왔다. 내로라하는 장수 방덕도 힘이 다한 건지 화살에 맞기라도 한 건지 털썩 쓰러졌다. 다가가기를 꺼리던 촉군 세력 중에서 배 1척이 재빠르게 노를 저어 다가왔다. 곳을 점령한다 싶었을 때 죽은 척하던 방덕이 벌떡 일어나 촉병을 눈 깜짝할 사이에 쓰러뜨리고 무기를 빼앗더니 훌쩍 적선에 올라탔다.

승선한 병사 7~8명을 번개같이 베어 죽이더니 배를 저어 유유히 곳을 벗어나 탁류 속으로 줄행랑을 놓았다. 배는 붉은 피로 얼룩져 볼썽사나웠다. 그 빠르고 대담무쌍한 모습에 일순간 촉군 배와 뗏목은 넋이 나간 듯했다.

이때 배 1척이 쏜살같이 달려오더니 느닷없이 방덕이 탄 배 옆구리를 뱃전으로 강하게 들이받았다. 그러고는 갈고랑이와 갈퀴를 던져 뱃전을 끌어당겨서 순식간에 방덕을 실은 배를 뒤집어버렸다.

"해냈구나, 대단하다."

"앗, 저 대장은 누구지?"

촉군은 이 모습을 지켜보다가 일제히 환호하고 손을 흔들며 칭찬했다. 불사신 방덕도 물안개 속으로 배와 함께 가라앉았다.

방덕을 물에 빠뜨린 촉나라 장수는 만족하지 않고 즉시 탁류 속으로 몸을 날렸다. 그러더니 소용돌이치는 파도 사이를 헤엄치며 상대 방덕과 물속에서 격투하여 마침내 그 거물을 사로잡아 보였다.

이미 싸움이 끝난지라 관우는 배를 기슭에 돌려 기다렸고 그 용사는 방덕을 질질 끌며 관우 앞으로 나아갔다. 그 용사 정체가 바로 '주창'이라는 사실은 이미 전군에 널리 알려졌다. 주창은 촉군에서 으뜸가는 수영 달인이다.

위나라 총대장 우금도 포로가 되어 관우 앞에 끌려 나왔다. 우금은 슬피 울며 목숨을 구걸했다. 관우는 가엾다는 듯이 웃으며 물었다.

"불쌍한 개를 베어봤자 무슨 소용 있겠느냐? 형주 감옥에 보내줄 테니 지시를 기다려라."

그다음으로 방덕이다.

방덕은 무릎을 꿇지 않고 오연하게 서 있었다. 관우는 방덕의 용맹함을 아까워하며 설득하려 애썼다.

"그대 형 방유도 한중왕을 모시네. 내가 잘 말해줄 테니 그대도 촉나라를 섬기며 천수를 누리면 어떻겠는가?"

방덕은 대담하게도 껄껄 웃어젖혔다.

"누가 그런 부탁을 했더냐? 쓸데없는 참견하지 마라. 나는 위왕 말고 다른 주군은 모른다. 얼마 못 가서 현덕도 나 같은 꼴이 되어 위왕 앞으로 끌려 나갈 터. 그러면 네놈은 현덕에게 위나라 녹을 먹으며 살라고 권할 셈이냐?"

"좋다. 소원대로 네놈이 준비한 관을 쓰게 해주마. 앉아라!"

관우는 핏대를 올리며 소리 질렀다.

방덕은 말없이 땅에 꿇어앉았다. 그 목을 앞으로 내밀자마자 알연한 소리와 함께 검이 방덕 목덜미를 두 동강 냈다.

4

비는 그쳤으나 홍수로 불어난 물은 쉽사리 줄어들지 않았다. 방덕이 분투했던 곳에는 그 후에 분묘가 하나 생겼다. 관우가 방덕의 충성스런 죽음을 애도하며 세웠다 한다.

한편, 그 지방에 일어난 대홍수는 당연히 번천도 휩쓸었으며 번성 돌담과 벽도 물에 잠겨버렸다. 안 그래도 오랜 농성 탓에 지쳐가던 참이었는데 성안에 흐르는 사기마저 급락했다.

"왜 하늘은 우리에게 이리도 가혹하신가."

그저 자연을 원망하고 내일을 비관하며 전의를 상실해갔다.

그나마 다행인 점은 이 홍수 덕분에 관우가 쳐놓은 포위진도 멀리 물러났고 각각 고지로 진을 옮겨야 했으므로 한동안 공방전이 멈췄다는 사실이다.

그사이에 성안에 있던 수많은 장수가 수장 조인을 중심으로 협의한 끝에 안을 하나 권했다.

"이제는 아사하거나 함락되거나 둘 중 하나를 선택해야 합니다. 차라리 이 틈을 타 밤중에 몰래 배를 띄워 성을 버리고 어디론가 도망쳐 잠시 몸을 숨기는 게 좋겠습니다."

조인도 동의하여 탈출 준비를 서둘렀다.

"한심한 생각입니다!"

만총이 분개했다.

"이 홍수는 장마로 산에 있던 물이 불어난 결과니 급하게 줄어들지는 않겠으나 보름만 기다리면 반드시 원상 복귀될 것입니다. 정보에 의하면 허창(許昌) 지방도 이번 물난리로 굶주린 민중이 폭도로 돌변하고 백성이 소란을 피우니 사태는 시시각각 험악해진다고 합니다. 관우 군이 이 사태를 평정하지 않고 내버려 둔 이유는 만약 병력을 나누어 허창으로 향하는 즉시 우리 번성이 뒤에서 추격할 것으로 걱정해서입니다."

만총은 조인에게 어떻게 처신해야 할지 분명히 못을 박았다.

"장군은 위왕의 아우뻘 되는 사람 아닙니까? 장군이 하는 거동 하나하나는 위나라 전체에 제법 큰 영향을 끼칩니다. 지금은 이 고립된 성을 끝까지 지켜내야 할 시점입니다. 장군이 이 성을 버리면 이득을 보는 건 관우며 황하 이남 땅은 순식간에 형주 군마에 평정당할 것입니다. 그리되면 무슨 면목으로 위왕을 뵙고 위나라 사람을 대하겠습니까?"

만총이 해주는 충고는 조인의 무지몽매함을 깨우치는 데 충분했다. 조인은 솔직하게 잘못을 사죄했다.

"만약 그대 가르침이 아니었으면 나는 대사를 자못 그르쳤을 것이오."

그러고는 여태까지 성안에 팽배했던 패배주의를 일소하기 위해 장수들을 모아 훈시했다.

"솔직하게 말하겠다. 나는 한때 잘못된 생각을 했으나 지금은 생각을 고쳐먹었다. 나라에 은혜를 입고 성을 수비하라 명받은 몸인데도 한때나마 성을 버리고 도망치려 했으니 부끄럽기 짝이 없다. 그대들도 마찬가지다. 이제부터는 성을 나가 목숨을 부지하자고 하면 이처럼 처벌할 것이니 명심하라."

조인은 검을 뽑아 자기가 타던 백마를 베어 물속에 던져버렸다. 장수들은 사색이 되어 이구동성으로 맹세했다.

"반드시 성과 운명을 함께하겠으며 목숨이 붙어 있는 한 성을 사수하겠습니다."

그날부터 서서히 물이 줄어들기 시작했다. 성안 병사는 생기를 조금씩 되찾아갔고 벽을 고치고 무너진 돌담을 다시 쌓으며 새로운 방루를 더하여 노궁과 석포를 늘어놓았다.

"자, 덤벼라."

병사들은 그 어느 때보다 사기를 끌어 올렸다.

20일이 채 지나기 전에 홍수는 깨끗이 말랐다. 관우는 우금을 생포하고 방덕을 죽였으며 급하게 원군으로 온 위나라 칠군을 반 이상 물고기 밥으로 만들었으니 그 위세를 사방에 떨쳤고 '관우라는 이름은 우는 아이도 그친다'는 속담 그대로 천하에 위풍당당하게 울려 퍼졌다.

　이때 형주에서 차남 관흥(關興)이 찾아와 관우는 여러 장수가 세운 무공과 전황을 소상히 적은 서간을 주며 성도로 보냈다.

　"이 서간을 한중왕께 전하라."